Siegmund Günther

**Peter und Philipp Apian, zwei deutsche Mathematiker u. Kartographen**

Ein Beitrag zur Gelehrtengeschichte des xvi. Jahrhunderts

Siegmund Günther

**Peter und Philipp Apian, zwei deutsche Mathematiker u. Kartographen**
*Ein Beitrag zur Gelehrtengeschichte des xvi. Jahrhunderts*

ISBN/EAN: 9783743607491

Hergestellt in Europa, USA, Kanada, Australien, Japan

Cover: Foto ©Raphael Reischuk / pixelio.de

Manufactured and distributed by brebook publishing software (www.brebook.com)

Siegmund Günther

**Peter und Philipp Apian, zwei deutsche Mathematiker u. Kartographen**

# Peter und Philipp Apian,

## zwei deutsche Mathematiker u. Kartographen.

Ein Beitrag zur Gelehrten-Geschichte des XVI. Jahrhunderts.

Von

Dr. Siegmund Günther.

(ABHANDLUNGEN DER KÖNIGL. BÖHM. GESELLSCHAFT DER WISSENSCHAFTEN. VI. FOLGE. 11. BAND.)
(Mathematisch-naturwissenschaftliche Classe Nro. 4.)

PRAG.
Verlag der kön. böhmischen Gesellschaft der Wissenschaften. — Druck von Dr. Ed. Grégr.
1882.

# EINLEITUNG.

Unter den vielen berühmten Namen des Reformationszeitalters, deren Träger die Geschichte der mathematischen Wissenschaften uns aufbehalten hat, nehmen diejenigen zweier bayrischen Gelehrten, des Peter und Philipp Apian, eine hervorragende Stelle ein. Dieselben könnten so recht als Musterbilder gelten, wenn es sich darum handeln sollte, die Thatsache zu beleuchten, dass jene Zeit des Sturmes und Dranges auch für die bayrischen Länder eine Periode ungewöhnlich erhöhter geistiger Regsamkeit in ihrem Gefolge gehabt hat. Angesichts der eminenten Vielseitigkeit beider Männer, angesichts ihrer engen Beziehungen zu den Bedeutendsten und Bekanntesten ihrer Zeitgenossen ist es nicht zu verwundern, dass nicht allein die Geschichtschreiber der verschiedensten exakten Disciplinen, sondern auch der politische Historiker ihrer Personen und Leistungen Erwähnung zu thun sich gedrungen fühlt. Allein so günstig dieses Verhältniss auch sein mag, um in weiteren Kreisen eine gewisse oberflächliche Kenntniss zu verbreiten, so erschwert doch andererseits diese Zersplitterung gar sehr die Erwerbung eines Gesammtbildes, und es wird deshalb der Versuch, ein solches Bild aus den verschiedenen da und dort zerstreuten Nachrichten sowie aus den zu Gebote stehenden Originalquellen herzustellen, auf Billigung rechnen können. Die vorliegende Studie soll allerdings zunächst die Lebensgeschichte der beiden Apian in abgerundeter, nach Möglichkeit authentischer, Fassung bringen, sie möchte sich aber weiterhin auch als ein Beitrag zur Kennzeichnung der geistigen Bewegung betrachtet wissen, welche damals durch Deutschland und vornehmlich durch die deutschen Universitäten ging, und sie will drittens für die Geschichte der Mathematik — insbesondere der Astronomie und mathematischen Geographie — eine Anzahl wenig oder gar nicht bekannter Materialien verarbeiten. Diesen Zweck zu erreichen, werden wir in den beiden gesonderten Biographien von Vater und Sohn, in welche dieser historische Versuch zerfällt, den rein-biographischen und allgemein culturgeschichtlichen von dem spezifisch-wissenschaftlichen Bestandtheil insoweit zu trennen bestrebt sein, als es sich mit dem obersten Principe, dem einer einheitlichen Darstellung, verträgt.

## I. Peter Apian.

### Quellen.

Die Quellen, denen wir unsere Nachrichten über die Lebensschicksale unseres Helden entnehmen, fliessen nicht eben zahlreich und sind nicht sämmtlich von gleicher Reinheit, so dass einige Vorsicht bei ihrer Benützung wohl geboten erscheint. Insbesondere die in ausländischen Werken, z. B. von de Thou, Riccioli u. a. beigebrachten Notizen, von welchen weiter unten gleichfalls die Rede sein muss, lassen an Zuverlässigkeit Vieles zu wünschen übrig. Sehr correct ist jedenfalls all' das, was Melchior Adam's Sommebrerk¹) für unseren Zweck enthält, indem diese, leider nur sehr kurze, Zusammenstellung der wichtigsten Momente von dem Sohne Philipp, also einem in jeder Hinsicht klassischen Zeugen herrührt. Selbstständig gearbeitet und an Details weitaus reichhaltiger ist der bezügliche Artikel in Kobolt's Lexikon²). Diese beiden Werke sind es denn auch wesentlich, auf welche diese unsere eigene Schilderung sich stützt. Ausserdem ziehen wir noch ständig bei die sehr inhaltsreiche, wenn auch nicht selten zu sehr aus sekundären Quellen schöpfende Monographie des Altdorfer Philosophen Schwarz³), welche auch den vom Standpunkt der Wissenschaftsgeschichte auszustellenden Anforderungen gebührend Rechnung trägt. Eine Reihe anderer Nachweise wird passenden Ortes ihre Berücksichtigung finden.

### Geburt und Jugendzeit.

Die Wiege des wackeren Mannes, welcher durch nahe dreissig Jahre seine ganze Kraft in den Dienst des bayrischen Staates stellen sollte, stand nicht in diesem, sondern im Herzogthum Sachsen. Die Familie Bienewitz oder Bennewitz — genau lässt sich der Name heutzutage nicht mehr erkennen*) — scheint zu den geachteten, rathsfähigen Geschlechtern der Stadt Leisnig**) gehört zu haben, welche auf der Verbindungslinie Leipzig-Dresden ziemlich in der Mitte gelegen ist.***) Von den Eltern sind lediglich die Vor-

---

*) Jene unglaubliche Sorglosigkeit in der Rechtschreibung von Eigennamen, mit deren Überwindung jeder Freund mittelalterlicher Geschichtsforschung zu thun hat, kennzeichnet sich deutlich in einer Bemerkung des Ingolstädter akademischen Historiographen Rotmar in seinen Annalen⁴): „Inscriptus est die 18. Aprilis anni 1523, adeoque Luchsio Rectore, matriculae academicae Andreas Panewitz sen. Bennewitz, ut alibi legitur, ex Lusatia nobilis: hunc ego Petri Apiani fratrem existimo."

**) Die Vaterstadt Leisnig zog, wie ihr Lokalhistoriker Caspar Schneider⁵) berichtet, grossen Vortheil aus dieser ihrer Eigenschaft. Als Kaiser Karl V., bei welchem, wie sich später zeigen wird, im schmalkaldischen Kriege durch Sachsen zog, hatte sich Leisnig für den Churfürsten erklärt und musste sich dem Belagerer ergeben. Dem damaligen Kriegsrechte zufolge war, da nach der Übergabe noch Widersetzlichkeiten Seitens der Bewohner vorgefallen sein sollten, der Ort der Plünderung und Zerstörung verfallen, und diese sollte eben beginnen, als ein Mitglied des kaiserlichen Gefolges in einem Zimmer seines Quartierhauses ein Bildniss des ihm wohlbekannten kaiserlichen Hofmathematikers entdeckte. Karl, hindurch aufmerksam geworden, liess unverzüglich Umfragen nach der Herkunft des Gemäldes anstellen und nahm nicht nur die über den Geburtsort eines von ihm hochgeachteten Gelehrten verhängte Strafe zurück, sondern versicherte auch im Übrigen die Stadt seiner Gnade.

***) Wenn der bekannte Jesuit Riccioli⁶) in seinem Katalog der Astronomen von „Petrus Apianus a Leypziga" spricht, so ist in diesem Ausspruch lediglich eine, beim Italiener wohl erklärliche Verwechselung zweier ähnlich klingender Namen zu erblicken.

namen Martin und Gertrud auf die Nachwelt gekommen. Ebenso wenig wissen wir über die Jugenderlebnisse ihres im Jahre 1495 geborenen Sohnes Peter, dem übrigens bereits als Knaben von einem Mönch eine glückliche und ehrenvolle Zukunft verheissen worden sein soll. Seine Schulbildung genoss er zu Rochlitz, einem wenige Stunden südwestlich von der Heimath gelegenen Städchen: „Petrus Apianus, zu Rochlitz aufferzogen und in der Schule instruirt," berichtet Albinus.[5]) Wie lange er daselbst geblieben und wie der ihm gewordene Unterricht beschaffen gewesen sei, darüber vermögen wir uns ein Urtheil nicht zu bilden. Desgleichen muss es unentschieden bleiben, ob, wie man aus gewissen Andeutungen schliessen wollte[6]), in späterer Zeit die Schule zu Rochlitz mit der bekannten Fürstenschule zu Meissen vertauscht ward. Jedenfalls befand sich der junge Bienewitz schon im Jahre 1518 zum Studium in Leipzig; damals mag er wohl auch, dem Zeitgeschmack huldigend, seinen deutschen Namen latinisirt haben.[*]) Beiläufig sei bemerkt, dass er selbst niemals die häufig zu lesende Form „Appianus" gebrauchte, sondern diesen Namen durchgängig ohne die Verdoppelung des p schrieb.

### Universitätsstudien.

Die sächsische Hochschule stand, wie auch in späteren Zeiten, so schon damals keiner anderen deutschen nach. Die Professoren, bei welchen Apian hörte, werden uns zum Theile von ihm selbst namhaft gemacht. So sagt er in seiner „Kosmographie"[**]) von Leipzig[10]): „Ibi claret Praeceptor meus Wolfgangus Schindler Cubiteū. sacrae theologiae Licent. Colle. prin. Collegiatus." Dieser Schindler, ein Deutschböhme aus Elbogen, war auch ein tüchtiger Philolog. Des Weiteren kommen in Betracht der Humanist Aubanus und der berühmte Petrus Mosellanus. Von besonderer Bedeutung war für unseren Apian der Lektor der Astronomie, Caspar Borner, „quo, teste Camerario, ante illa tempora nemo exquisitius, aut industria majore, situs, loca, figuras, ortus, obitusque siderum, signorumque coelestium, observaverat, neque hujus contemplationis iter ostenderat planius" (Schwarz, a. a. O.). Professor der reinen Mathematik war damals ein gewisser Kalb[11]); ausserdem scheint ein polyhistorisch gebildeter Mediciner, der durch seine Begründung des „Auerbach-Hofes" auch in weiteren Kreisen bekannte Doktor Heinrich Stromer von Auerbach, Vorträge über Arithmetik gehalten zu haben.[12]) Jedenfalls war somit dem Leipziger Studenten die beste Gelegenheit geboten, alles Wissenswürdige in sich aufzunehmen. Peter Apian hat diese Gelegenheit reichlich ausgenützt. Wir wissen freilich nicht, wie lange er sich in Leipzig aufhielt, welche akademische Grade er erwarb, u. s. f., allein das umfassende Wissen, welches uns gleich in

---

[*]) Sonderbarerweise übersieht ein so ausgezeichneter Fachmann, wie der französische Universalhistoriker de Thou, diesen einfachen Sachverhalt. In der Notiz, welche er über Apian's Tod in seine Zeitgeschichte einrückt, und welche wir, um nicht später wieder darauf zurück kommen zu müssen, gleich hier reproduciren, heisst es[19]): „Decessit et hoc anno (1552) XI. Kalend. Martiis Ingolstadii ad Danubium, ubi profitebatur, Petrus Appianus Benevitius Lusaticae in Misnia natus, astronomicae rei scientia nostro aevo clarissimus etc. etc."

[**]) In seiner Ortstafel huldigt Apian dem Gebrauch, bei Plätzen, welche ihm aus diesem oder jenem Grunde Interesse bitten, den trockenen Angaben der geographischen Breite und Länge auch noch topographische Nachweisungen beizufügen. So geschieht dies u. a. auch (a. a. O.) in ziemlich detaillirter Weise bei der Heimathsstadt „Leysnick".

seinen ersten Veröffentlichungen entgegentritt, bewahrheitet unsere Vermuthung besser, als
diess irgendwelche andere Zeugnisse zu thun vermöchten. Die Akademie bewahrte auch das
Gedächtniss ihres einstigen Mitbürgers in Ehren; wenigstens berichtet der uns bereits bekannte Albinus (a. a. O.) nach Melchior Mathesius von Apian, „dass er neben dem Philone (?),
wie newlich aus Homelli\*) Oration angezogen worden, unter die gelehrtesten Mathematicos zu
unsern Zeiten gerechnet wird."

### Aufenthalt in Wien.

Man hätte erwarten sollen, dass der junge Gelehrte nach Beendigung seiner Studien
seine Dienste nunmehr seinem Vaterlande Sachsen angeboten hätte, wo einem Manne von
seiner Abkunft und Bildung sich gute Aussichten hätten eröffnen müssen. Auch sind wir
nicht in der Lage, die Beweggründe, welche ihn zum Verlassen der Heimath bestimmten,
klar zu überschauen. Albinus allerdings (a. a. O.) ist mit einer Erklärung bei der Hand.
„Petrus Apianus," so heisst es bei ihm, „hatte sich mit seinem Bruder vereiniget, und
denselben mit etlichen Worten so sehr beleidiget, dass er nicht sicher für ihm gewesen; derhalben er ihm auch aus dem Lande entwichen. Ist ihm aber solcher Abzug nicht weniger
erspriesslicher und nützlicher gewesen, als dem Onesimo seine Flucht von dem Bürger zu
Colossen, Philemone, seinem Herren." Da hier nur von einem Bruder schlechtweg gesprochen
wird, so lässt sich nicht direkt behaupten, dass man es nur mit gewöhnlichem Klatsch des
Meissner Chronisten zu thun habe, allein wahrscheinlich ist diess nicht minder. Denn weder
kann jener Andreas Panewitz, den Rotmar (s. v.) für einen Bruder unseres Apian hält, dem
Letzteren feindlich gesinnt gewesen sein, weil er sich sonst ganz gewiss nicht nach Ingolstadt
begeben haben würde, noch auch kann ein zweiter Bruder, Georg, gemeint sein, von dem
wir bald Näheres hören werden.\*\*) Wir lassen diese Angelegenheit, Mangels triftiger Entscheidungsgründe, am Besten auf sich beruhen und begleiten unseren Apian auf seinen
weiteren Fahrten. Er wandte seine Schritte jener Hochschule zu, auf welcher seit hundert
Jahren die mathematischen Disciplinen mehr denn irgendwo anders in Blüthe standen, der
Wiener. Johann von Gmunden, Peurbach, Stoeberl (Stiborius) und Regiomontan hatten hier
gewirkt, und noch besass die Schule in Georg Tanstetter einen Lehrer, dessen Name einen
guten Klang in deutschen und welschen Landen hatte. Dass Apian — den Angaben von
Schwarz[14] entgegen — längere Zeit in Wien sich aufhielt, geht schon aus seinen intimen
Beziehungen zu Tanstetter hervor, den er in seiner Ausgabe der Peurbach'schen Planetentheorie[15] als seinen geliebten Lehrer begrüsst, mit dem er sich auch zu einem anderen,
später zu erwähnenden, literarischen Unternehmen zusammenthat. Ausserdem aber ist es so
gut als gewiss, dass Apian's erster Autorenversuch, die Weltkarte von 1520, dem Wiener
Aufenthalte seine Entstehung verdankt. Auch jetzt sind wir in der unerfreulichen Lage, eine

---
\*) Hommel (1518—1562), war Professor zu Leipzig. Bekannt ist er als Erfinder des sogenannten verjüngten Maassstabes.

\*\*) Von zwei weiteren Brüdern, Nikolaus und Gregor, weiss man, dass sie zugleich mit Peter und dem
schon genannten Georg in den Ritterstand erhoben wurden[17]; wäre diese Standeserhöhung denkbar,
wenn sie, denen anscheinend selbstständige Verdienste nicht zur Seite standen, feindselig gegen ihren
berühmten Bruder gesinnt gewesen wären?

Discontinuität im Laufe unserer Erzählung einräumen zu müssen: die Dauer des Wiener Aufenthaltes und die Motive der Übersiedelung nach Niederbayern sind uns unbekannt. Man darf zwar vermuthen, dass wesentlich der Wunsch, grössere typographische Unternehmungen bequemer in's Werk setzen zu können, in erster Linie maassgebend war, allein, warum gerade Bayern für diesen Zweck ausersehen ward, leuchtet weniger ein. An eine Berufung oder dergleichen scheint jedenfalls in jener früheren Zeit nicht gedacht werden zu dürfen.

## Aufenthalt in Bayern.

Der Ort, wo sich Apian zuerst niederliess, war Landshut, wenn wir nämlich annehmen dürfen, dass er sich in der nämlichen Stadt dauernd aufhielt, in welcher er seine erste selbstständige Schrift, die „Isagoge" [1]*), bei Johann Weyssenburger erscheinen liess. Bereits stand er mit bayrischen Gelehrten auf freundschaftlichem Fusse, denn empfehlende Gedichte von Johann Denk und Aventin sind dem kleinen Werkchen vorgedruckt, welches im Jahre 1524 herauskam und uns weiterhin Anlass zu wichtigen Wahrnehmungen bieten wird. Ob der Aufenthalt in Regensburg, von dem wir sogleich hören werden, ein dauernder war, kann bei der damaligen Sitte der Gelehrten, ihren Zielen auf wissenschaftlichen Reisen nachzugehen, nicht wohl entschieden werden. Jedenfalls müssen wir auf diesen und damit auch um ein Jahr zurückgehen, um die Geschichte von Apian's Berufung an die bayrische Hochschule im Zusammenhang darstellen zu können, denn dieselbe vollzog sich keineswegs in so glatter Weise, wie die Angaben von Schwarz u. a. erwarten lassen. Trefflich klar und wegen ihrer steten Beziehung auf die Akten des Universitäts-Archives authentisch ist dagegen die Schilderung, welche v. Prantl [1]) von diesen Vorgängen gegeben hat.

## Beziehungen zu Ingolstadt.

Gelehrte Beschäftigung und literarische Thätigkeit waren während des späteren Mittelalters und auch noch während des folgenden Jahrhunderts nur dann möglich, wenn der betreffende Gelehrte, wo ferne er nicht etwa der Klostergeistlichkeit angehörte, zu einer der bestehenden grossen Universitäten oder allenfalls auch zu einer grösseren und auf geistige Interessen bedachten Reichsstadt, wie Nürnberg, Augsburg u. s. w., in nähere Beziehung trat. Konnte er auch nicht gleich als wirklicher Professor unterkommen, so suchte er doch wenigstens ein „Zugewandter" der Akademie zu werden — eine Art affiliirter Sonderstellung, welche deren sämmtliche Beamte genossen und welche unter Umständen auch Handwerkern, sofern deren Gewerbe für die Wissenschaft irgendwie nutzbringend war, nicht versagt wurde. Auf diese Weise in den Schutz der Hochschule einzutreten, war die Tendenz Apian's, als er bereits im Juni 1523 von Regensburg aus eine Eingabe an den Ingolstädter Senat machte. Er wies darin auf die mannigfachen literarischen Entwürfe hin, mit welchen er sich trug und deren Realisirung mit Hülfe der Druckerpresse ihm in der Musenstadt leichter schien, denn irgendwo anders; zugleich hoffte er als Ange-

---

*) Dass Apian sein Schriftchen auf Wunsch seines ehemaligen Landesherren (wohl Herzog Georg's des Bartigen) ausarbeitete, bezeugen die Titelworte, sollte aber vielleicht durch dieselben auch angedeutet sein, dass zwischen Wien und Landshut resp. Regensburg noch ein vorübergehender Aufenthalt in Sachsen lag?

höriger der Universität gleich den wirklichen Lehrern derselben das Privilegium der Steuerfreiheit erlangen zu können, und schliesslich ersuchte er direkt darum, ihm die Herausgabe seiner Werke durch ein Darlehen von 200 fl. zu erleichtern. Diese der Gegenwart wohl etwas bedenklich erscheinende Bitte darf uns in jener Zeit nicht Wunder nehmen; wissen wir doch, dass die Verfasser nur höchst selten in der glücklichen Lage waren, Honorar von ihren Verlegern zu beziehen, dass sie vielmehr gewöhnlich darauf angewiesen waren, durch Widmung ihrer Geistesprodukte an Potentaten oder gelehrte Körperschaften zu einer mageren Belohnung zu gelangen. In unserem Falle zeigte sich die akademische Behörde zwar im Allgemeinen willfährig, indess verlangte man von Apian eingehendere Motivirung seiner Bitte und begnügte sich einstweilen mit einer Abschlagszahlung. So zog sich die Sache hin bis in den Oktober des nächstfolgenden Jahres, wo nunmehr der Kanzler Leonhardt v. Eck die Sache in die Hand nahm. Der Mathematikus der Universität ward zu einem Gutachten aufgefordert, welches für den Bittsteller günstig ausgefallen zu sein scheint, denn nunmehr traten die Commissäre des Senates, der Kanonist Hauer und der Theologe Burckhard, in direkte Verhandlungen mit Apian ein, und es wurden ihm in etwas mehr als Jahresfrist (zuletzt im Januar 1526) drei Darlehen von bezüglich 32, 110 und 30 fl. gemacht. Damals nun mag die scientifische Bedeutung des fremden Gelehrten den Ingolstädter Herren mehr und mehr aufgefallen sein; die Beziehungen wurden immer enger und führten im Jahre 1527 zur Anstellung Petr Apians als Professor der Mathematik an der bayrischen Landesuniversität. Die hierauf bezügliche Notiz in den Akten (Lit. D. Abtheil. III, Fasc. N. 4) hat folgenden Wortlaut: „De Apiano mathematico, quem doctor Leonardus voluit habere Ingolstadii, placuit dominis, quod illud fiat. Insinuetur articulus Magistro Joanni Feltmuller, ut et ille ex parte sue lectioni se providere possit. Commissum est autem dominis Georgio Hauer et d. Francisco Burckhardt, ut illi cum eodem Apiano agant, eum conducant et singula pro bono universitatis cum eo disponant." Von den zwischen diesen Deligirten und dem Candidaten vereinbarten Vertrag mögen zwei Artikel ihres allseitigen Interesses halber hier verbotenus mitgetheilt werden (Lit. D, Abtheil. III, Fasc. N. 6, 23ʳ): „6ᵗᵘˢ articulus: laast Im mein gnediger Herr gefallen, das die universitet dem Apiano hat Zugesagt 32 fl. solds, und das er zu den Zwaien Franckforter messen zu yeder ain monat vacanz hab. — Octavo, quod centum et decem florinos quos Camera Appiano mutuo dederit et granator de anno domini 1525 in exposita posuerit, postulantur, et ipse Petrus Appianus ad proximum consilium vocetur et cum eo concordetur, quomodo velit solvere an velit, sibi hos annuatim a salario suo detrahi."

### Berufung.

Diese Berufung gereicht der Anstalt zur hohen Ehre. Das mathematische Fach war in Ingolstadt allerdings niemals so darnieder gelegen, wie an anderen Hochschulen, vielmehr können wir aus verschiedenen Dokumenten die Einsicht gewinnen, dass wenigstens für den üblichen Unterricht im Quadrivium (Arithmetik, Geometrie, Musik, d. h. mathematische Intervallenlehre, Astronomie) stets gesorgt war. Nach den Gründungsstatuten von 1472 war zur Erlangung des artistischen Baccalaureates neben viel Philosophischem auch einige Kenntniss des Euklides, der „Perspektiva" (Optik, gewöhnlich nach dem Lehrbuch des Engländers Pekkam vorgetragen), der „Proportiones" und der „Latitudines" erforderlich [16]. Besonders diese letztere Disciplin, in welcher Curtze [10]) die Vorläuferin unserer modernen Coordinatengeometrie erkannt hat, beweist, dass man nicht am Elementarsten kleben, sondern die Jünglinge auf einen höheren Standpunkt fördern wollte, wenn schon die Vermuthung nicht ausgeschlossen ist [30]), dass man den betreffenden Titel mehr aus Anhänglichkeit an das Vorbild der in mathematischen Fragen voranstehenden Wiener Hochschule [31]), als gerade aus innerem Drange in's Vorlesungsverzeichniss aufgenommen hatte. Der Baccalaureus selbst musste zu seiner höheren didaktischen Ausbildung Collegien über den Computus (die Kalenderrechnung) lesen.[12]). Euklid, Ptolemaeus, das astronomische Compendium des Johann v. Halifax (a Sacro Bosco) und eine „Practica astronomiae" finden sich bereits in dem ersten Katalog der Universitätsbibliothek vom Jahre 1508 vor.[13]) Im Ganzen also dürfte das damalige Ingolstadt völlig dem Bilde entsprochen haben, welches uns Hankel mit Meisterhand von dem Betriebe der mathematischen Wissenschaften an den mittelalterlichen Bildungsstätten Deutschlands entwirft [14]). Auch trug zu diesem günstigen Verhältniss der Umstand wesentlich bei, dass in Ingolstadt nicht wie anderwärts, z. B. nach David Strauss [25]) in Tübingen, die philosophische Fakultät eine unwürdig-untergeordnete Stellung ihren Schwestern gegenüber einnahm, dass sie vielmehr nach v. Prantl's Worten [26]) „den eigentlichen Schwerpunkt der Universität bildete." Trotzdem stand der Lehrer der Mathematik auf der akademischen Stufenleiter ziemlich tief, und da auch die Besoldung für das Fach alles eher denn günstig zu nennen war, so waren tüchtige Lehrkräfte dafür schwer zu erlangen. Wer ein paar Jahre auf diesem niederen Posten ausgeharrt hatte, suchte baldmöglichst eine angesehenere und besser dotirte Lehrstelle zu erreichen. Der tüchtige Astronom Stabius docirte wahrscheinlich von 1498—1503 zu Ingolstadt, gieng aber sodann nach Wien über, wo sich ihm bessere Aussichten boten [17]); seine Nachfolger Rud, Ostermair und Würzburger scheinen nur eine sehr wenig bedeutende Rolle gespielt zu haben. Nach des Letzteren Abgang trat sogar eine Vacatur von 5 Jahren ein, „bis im Jahre 1524 der Ingolstädter Johann Veltmiller mit der für dieses Fach üblichen Besoldung von 16 fl. und der Verpflichtung, an Vakanztagen zu lesen, aufgenommen wurde" [28]). Dieser Veltmiller nun war es, der als Experte (s. o.) über die dem Apian zuzuwendenden Vortheile vernommen ward; wir dürfen wohl annehmen, dass er für dessen Berufung sich auch aus einem sehr persönlichen Grunde interessirte, insoferne er selbst von der mathematischen Lektur zu einer anderen überzugehen beabsichtigte, wie er uns denn auch vom Jahre 1533 an als Professor der Medicin wieder begegnet [19]). Jedenfalls bewies er und mit ihm die Universität einen weiten Blick, als sie sich für die Gewinnung Apian's interessirten, denn die bis dahin erschienenen Schriften desselben waren doch mehr nur vorbereitender Natur, wogegen die eigentlich hervorragenden Leistungen erst seiner akademischen Periode angehören. Ganz besonders ehrenvoll für sämmtliche Theile war aber die ganz enorm hoch erscheinende Besoldung, welche Apian sofort bei seinem Eintritt erhielt; dieselbe belief sich auf 100 fl., mehr als das Sechsfache des von seinem Amtsvorgänger bezogenen Salariums.

### Pekuniäre Bedrängnisse.

Da wir hier gerade auf die Geldverhältnisse zu sprechen kamen, so erscheint es gerathen, dieselben gleich in Einem Zuge abzumachen. Trotz der ihm gewordenen Gunst wusste Apian nicht sofort in bessere pekuniäre Verfassung zu kommen, und wenn auch die

Ursache seines Missgeschickes, wie wir gleich nachher hören werden, durchaus keine unehrenvolle war, so hatte er nichts destoweniger beträchtlich unter solchen sehr irdischen Sorgen zu leiden. V. Prantl sagt darüber [20]): „Apian gerieth durch seine zahlreichen literarischen Publikationen stets in neue Geld-Verlegenheit, so dass er im November 1529 abermals um ein Darlehen von 600 fl. bat, welches vom Senat wegen Mangels an Mitteln abgeschlagen, aber im Mai 1530 auf Befehl des Herzogs ausbezahlt wurde, worauf im Jahre 1533 wieder 50 fl. als Beitrag zu Druckkosten folgten." Es ist erfreulich zu sehen, wie der wohlmeinende Landesfürst (Wilhelm IV.) hier persönlich eingreift, um eine Zierde seiner geliebten Landesuniversität wenigstens momentaner Noth zu entheben.

### Aventinus.

Wir besitzen übrigens noch ein anderes, recht sprechendes, Zeugniss für die Bedrängniss, in welcher unser Held sich Jahre hindurch befand. Am 1. Juli 1527 — wahrscheinlich also auf der Reise nach seinem Bestimmungsort — kehrte er in Abensberg bei seinem Freunde Turmair, dem wohlbekannten „Vater der neueren Geschichtschreibung" ein, der ihm schon länger befreundet war und, wie oben bemerkt, bereits bei einem seiner Jugendwerke mit einem Poëm Gevatter gestanden hatte. Turmair hatte, wie uns sein Biograph Wiedemann berichtet [1]), die Gewohnheit, ein äusserst detaillirtes, selbst komische Einzelnheiten registrirendes, Tagebuch zu führen, und in diesem finden wir denn die Thatsache verzeichnet, dass Turmair dem Apian, der sich wieder einmal in gänzlich zerrütteten Verhältnissen befand, mit einem Viatikum von 20 fl. unter die Arme greifen musste. Der Letztere hatte somit allen Grund, in der Dedikation seines „Cosmographicus liber" an den Cardinal-Erzbischoff von Salzburg von seinem Freunde zu sagen: „Aventinus mihi semper amicissimus" . . .

### Spätere günstige Vermögensverhältnisse.

Es ist, wenn wir, der chronologischen Entwicklung zuwider, diesen Punkt gleich hier vorwegnehmen dürfen, aus Apian's späteren Lebensjahren zum Glücke weit Besseres zu berichten. Mag nun eine reiche Partie oder der Ertrag der meistentheils im Selbstverlage publicirten, sehr gangbaren Bücher das Meiste dazu gethan haben, jedenfalls muss derselbe ein trefflicher Haushälter geworden sein. In Ingolstadt selbst besass er ein eigenes, wie es scheint, werthvolles Haus, dessen Besitz dereinst seinem Sohne Philipp bei seinem Abschied ein grosses Hinderniss werden sollte [22]). Aber auch auswärts wusste er sich mit der Zeit umfangreiche Besitzthümer zu erwerben. Wir haben über diesen Gegenstand eine selbstständige Monographie von Mois [13]) zur Verfügung, der wir als Hauptpunkte die folgenden entnehmen. Anno 1547 erkaufte Apian von dem oberpfälzischen Oberjägermeister Vincenz von Würzburg die im Landgerichte Beilngries (unteres Thal der Altmühl) gelegene Hofmark Ittlhofen, welche also ungefähr eine starke Tagreise von Ingolstadt entfernt lag. Unter'm 6. Juni gleichen Jahres bestätigte Churfürst Friedrich diesen Kauf und verlieh dem Käufer gleichzeitig die Jagdgerechtigkeit und die Gerichtsbarkeit (die „malefizische", d. h. den Blutbann, ausgenommen). Der mit dem Kaufvertrage zugleich eingegangenen Verpflichtung, seinen Wohnsitz nach Ittlhofen zu verlegen, scheint Apian jedoch nur in der

Weise genügt zu haben, dass er einen seiner erwachsenen Söhne daselbst wohnen liess.\*) Ausserdem besass Peter Apian noch Brunnstein bei Holnstein sowie (seit 1548) einen Hof zu Dirn und nicht weniger als 4 Hofgüter bei Kemnath am Südabhange des Fichtelgebirges. — Aus dem fahrenden Gelehrten war also im Laufe zweier Jahrzehnte ein recht wohlbegüterter Grossgrundbesitzer geworden.

### Druckerei.

Wir nehmen nach dieser Abschweifung den Faden unserer Erzählung wieder auf. Gleich nach seiner Bestallung in Ingolstadt berief Apian seinen Bruder Georg zu sich, den er wahrscheinlich selber in früheren Tagen unterrichtet hatte; „qui et ipse in arithmetices ac mensurae studio multum fuerat versatus", sagt Schwarz [34]). Seiner Leitung ward die grossartige Druckerei übertragen, welche alsbald in Ingolstadt gegründet ward und nicht allein durch die innere Güte der ihren Pressen entstammenden Werke, sondern nicht minder durch deren gediegene und elegante Ausstattung die Bewunderung zeitgenössischer wie späterer Bücherfreunde erregte. Das Zeichen der Firma, durch welches deren Editionen als solche gekennzeichnet und vor Nachdruck geschützt wurden, war ein an der Press-Schraube drehender Jüngling mit der Umschrift: „Industria superat vires." Übrigens scheint die Apian'sche Druckerei noch ein Zweiggeschäft in Landshut besessen zu haben; wenigstens wäre es sonst nicht recht erklärlich, wie neben dem „Quadrans Astronomicus", von dem ausdrücklich am Schlusse gesagt wird, „Excussum Ingolstadii in officina Apiani die VI. Julii An. MDXXXII", noch eine astrologische Praktik für das nämliche Jahr 1532 erschienen sein könnte, „gedruckt in Landshut durch Georgium Apianum". Abgesehen von dieser seiner Thätigkeit bekleidete Georg städtische Ämter zu Landshut (s. u.). Die zu bewältigende Druckarbeit war vermuthlich eine so beträchtliche, dass die Ingolstädter Setzer und Schriften nicht ausreichten. Hierauf würde dann auch die Thatsache hinweisen, dass neben der eigenen Druckerei auch diejenige eines Nürnberger Meisters, des Johann Petrejus, in Thätigkeit gesetzt werden musste, um dem rastlosen Fleisse Apian's ein Genüge zu thun. Weiter unten werden uns Proben solcher in Nürnberg gedruckter Bücher begegnen. Jedenfalls ist es sehr zu bedauern, dass wir über die innere Einrichtung der Apian'schen Officin so wenig wissen, und dass ein Plan, uns näher mit derselben bekannt zu machen, nicht zur Ausführung gekommen ist.\*\*)

---

\*) Nach des Vater's Tode traten drei seiner Söhne, nämlich Theodor, Karl und Claudius, gemeinschaftlich den Besitz von Ittlhofen an, indem sie dasselbe auf gemeinsame Rechnung verwalteten und die entfallenden Erträgnisse unter sich theilten. Aller Wahrscheinlichkeit nach bestand die Sitte fort, dass einer der Besitzer am Orte wohnte; wenigstens starb der letztgenannte Soho daselbst und liegt in der Kirche des Dorfes Ittlhofen begraben, woselbst sein Denkstein noch im Beginn des gegenwärtigen Jahrhunderts zu sehen war. Nach seinem Tode und nach dem Wegzug des Bruders Philipp aus Bayern mag die Besitzung ihren Werth in den Augen der Brüder verloren haben; im Jahre 1570 ward sie von ihnen wieder verkauft.

\*\*) Zapf, ein bekannter Bibliomane, theilt betreffs dieses Planes Nachstehendes mit [11]): „So forderte ich den gelehrten Literator und Bibliographen, den Herrn Oberhofbibliothekar in München, Johann Christoph Freyherrn von Aretin, erst in diesem Jahre auf, die Geschichte der berühmten Privatbuchdruckerey des gelehrten Mathematikers Petr Apian in Ingolstadt besonders zu bearbeiten;" derselbe habe ihm hierauf geantwortet, er sei diesem Wunsche bereits nachgekommen und werde sein Elaborat im zweiten Theile seiner Buchdruckergeschichte (in dem „Beiträge zur Geschichte und

### Ehestand.

Kurz vor seiner Berufung nach Ingolstadt, wahrscheinlich aber bereits im Besitze guter Versprechungen betreffs dieser Anstellung, war der damals einunddreissigjährige Mann in den Stand der Ehe getreten. Seine Erwählte stammte aus Landshut, wo, wie wir sahen, Apian sich zeitweilig aufgehalten hatte; sie hiess Katharina und war eine Tochter des Rathsherrn Thomas Mosner, der später in gleicher Eigenschaft (als „senator," d. h. wohl als rechtskundiger Beirath oder Syndikus) nach Ingolstadt versetzt wurde. Der anscheinend sehr friedlichen und glücklichen Ehe entstammten 9 Söhne und 5 Töchter; von den ersteren werden uns jedoch nur 6, 2 Philippe, Theodor. Timotheus, Karl und Claudius, von den Töchtern nur 2, Corona und Regina, mit Namen genannt.[14]) Philipp II. trat, wie wir wissen, mit Glück in die Fussstapfen des Vaters, Theodor erwarb sich als praktischer Jurist und, seit dem 5. September 1566, Assessor beim Reichskammergericht zu Speyer einen geachteten Namen; die Übrigen scheinen wenig hervorgetreten, zum Theile früh gestorben zu sein. Nur Karl und Claudius sind uns oben schon als Gutsherren von Itlhofen begegnet; Karl gieng später nach Amberg in die Dienste des Churfürsten v. d. Pfalz. Über das Todesjahr der Gattin Katharina schweigt Schwarz; Cellius aber giebt an[15]), dass sie am 6. Juli 1574 an Paralyse verschied. Von Apian's Privatleben hat der Chronist nur wenig zu berichten, denn gerade über solche, für den Culturhistoriker besonders wichtige Momente pflegen uns die Quellen im Stiche zu lassen. Nur eines Punktes wollen wir erwähnen. Erhard Cellius, der Biograph des Sohnes Philipp, der sein Elogium zweifellos auf Grund persönlicher Mittheilungen aus dem Leben des Verewigten verfasst hatte, hebt es als einen hohen Vorzug Peter Apian's hervor (a. a. O.), dass derselbe seine Söhne durchaus selbst unterrichtet habe. Es will das etwas heissen, wenn man sich der riesigen Geschäftslast entsinnt, welche auf seinen Schultern ruhte, allein er erzielte durch diese seine Aufopferung auch gute Erfolge. Denn Philipp, welcher diesen seinen Namen nach einem früh verstorbenen geliebten Kinde trug, zeigte sich in jeder Hinsicht des Vaters würdig, Theodor wurde ein tüchtiger Mann und auch Karl wird von Cellius als „vir prudentissimus" bezeichnet.

### Leben in Ingolstadt.

Die neue Heimath, welche ihm der kluge Sinn der Universität und die Grossmuth des Herzogs in Ingolstadt erschlossen hatte, verliess Apian nie wieder auf längere Zeit. Die damals häufigen pestartigen Epidemien nöthigten die Hochschule mehrmals zu Auswanderungen nach benachbarten Orten, wo man sich dann thunlichst einrichtete und, sogut es gieng, das Semester zum Abschlusse brachte. Im zweiten Theile dieser Studie haben wir einige dieser Translokationen genauer zu verfolgen. Auch Apian Vater wird sich daran betheiligt haben; nähere Nachrichten darüber fehlen jedoch. Hie und da wurden Reisen an das kaiserliche Hoflager nothwendig, so im Jahre 1546, in welchem der damals bereits hochberühmte Mathematiker von seinem Gönner, Kaiser Karl V., nach Regensburg berufen

---

Literatur" betitelten Journale) veröffentlichen. In dieser Zeitschrift ist jedoch nur ein kleines, auf dieses Objekt bezügliches, Fragment zu finden, dessen wir in der Lebensbeschreibung des Philipp Apian ohnehin Erwähnung zu thun haben werden.

wurde. Diese Ausflüge standen ausnahmslos mit Apian's Berufsthätigkeit in näherer oder fernerer Beziehung. Dagegen hat Wiedemann [24]) die Vermuthung ausgesprochen, derselbe möge auch zu diplomatischen Reisen verwendet worden sein, und so wenig diese Art Geschäfte sich mit den sonstigen Gewohnheiten des gelehrten Mannes vereinigen lassen will, so ist doch nicht zu leugnen, dass die Quelle, aus welcher Wiedemann schöpfte, in der That zu Gunsten seiner Ansicht spricht. In dem Vorwort zu seiner Monographie des Kometen von 1532 spricht nämlich Apian [38]) von seinen Observationen, welche er in verschiedenen Städten auf einer Reise angestellt habe. „Unnd wiewol ich zu der selbigen zeyt nit anheim, sonnder durch den Durchleuchtigen, Hochgebornen, Fürsten unnd Herrn, Hern Gorgen, Hertzogen zu Sachsen, Lanndtgrauc in Düringen, unnd Marckgraff zu Meyssen, etc. Meinen Gnedigen Herrn ins Landt zu Meyssen erfodert unnd iu seiner Fürstlichen G. gescheften gewesen bin, hab ich dennoch auss unnd nach dem schrifftlichen beveflich E. F. G." — Apian wendet sich an den Herzog Wilhelm — „den selbigen vorgesagten Cometen, so er Erschinnen ist, in gemelten Stetten (wie nachvolget) fleyssaiglich observirt." Man gewinnt hieraus den Eindruck, als sei der ehemalige Unterthan von seinem Landesherrn zeitweise zurückgefordert und in irgend einer politischen Angelegenheit versendet worden. — Eine andere, grössere Reise, über die wir urkundlich unterrichtet sind, verfolgte eine rein-wissenschaftliche Tendenz, nicht jedoch, wie man erwarten sollte, eine mathematische, sondern vielmehr eine archäologische oder wenn man lieber will, religionsgeschichtliche [40]); „im Jahre 1533 machte er mit mit dem Professor der Poesie Barth. Amantius\*) auf Kosten Raymund Fugger's eine grössere Reise, deren Frucht eine Sammlung kirchlich-christlicher Inschriften war, welche uns an Apian auch eine philologisch-antiquarische Richtung bezeugt." Wir werden unsere Besprechung von Apian's literarischen Leistungen speziell mit dem auf Grund dieser Reise entstandenen Inschriftenwerke zu beginnen haben.

### Akademische Verhältnisse.

Seine akademische Wirksamkeit anlangend, scheint Apian sich wesentlich auf seine Lehrthätigkeit selbst beschränkt und in den allgemeinen Universitäts-Angelegenheiten eine vorsichtige Zurückhaltung beobachtet zu haben. Wir schliessen diess daraus, dass in den wichtigeren Senatsberathungen, von denen uns v. Prantl's Geschichtswerk berichtet, sein Name nirgendwo hervortritt. An inneren Wirren fehlte es gerade der Periode Apian's durchaus

---

\*) Da dieser Amantius einer der wenigen Universitäts-Collegen Apian's ist, zu welchen dieser in engere persönliche Beziehungen getreten zu sein scheint, so mögen hier einige Worte über denselben am Platze sein. Geboren zu Landsberg am Lech, studirte er in Tyrol und Ingolstadt, wo er seit 1530 auch das Lehramt der Poesie erhielt. Seine Hinneigung zur Reformation veranlasste ihn, sich 1535 nach Tübingen zu wenden; von hier gieng er als geheimer Rath des pommer'schen Herzogs nach Greifswald und dann wieder, in grösster Ungnade entlassen, als Rechtsconsulent nach Nürnberg.[41]) Zeitweilig als Rath des Markgrafen Georg Friedrich nach Ansbach berufen, gab er auch diese Stellung bald wieder auf und lebte bis zu seinem Tode (um 1556) in Schwaben, nicht jedoch, wie häufig erzählt wird, in Dillingen, sondern, nach Schnurrer's Richtigstellung,[42]) in dem benachbarten Lauingen. Da sich dort keinerlei höhere Lehranstalt befand, so wird wohl auch Kobolt's Nachricht hinfällig, dass Amantius sich in seinen späteren Jahren wieder dem Lehrberufe zugewandt habe.[43])

nicht; es genügt zu dem Ende an die Namen Dr. Eck und Leonhard Käser zu erinnern, welch' letzterer recht eigentlich auf Betreiben der Universität Ingolstadt im Jahre von Apian's Amtsantritt dem Flammentod überliefert wurde. Auch des Letzteren Vorgänger, Professor Veltmiller, ward wegen allzu lauer Bethätigung katholischer Überzeugungen in Disciplinarstrafe genommen [44]). Apian selbst dagegen scheint von dem Verdachte ketzerischer Gesinnung, dem damals nicht leicht zu entgehen war, niemals auch nur im Geringsten getroffen worden zu sein. Dass er für einen besonders guten Katholiken gegolten habe, beweist u. a. auch ein Diktum des selbst sehr glaubenseifrigen Aventin-Biographen Wiedemann; vom Vater zum Sohne Philipp übergehend, bemerkt er [45]), dieser — der wahrlich an Tiefe des religiösen Gefühles Keinem nachstand — habe wohl des Vaters Talent, nicht aber „seinen frommen und redlichen Sinn" und in Folge dessen auch nicht sein Glück geerbt! Die jesuitische Invasion, unter welcher die Hochschule später so unsäglich zu leiden hatte, fiel in ihren Anfängen noch mit den letzten Lebensjahren Apian's zusammen, indess finden wir nicht, dass er durch dieselbe irgendwie berührt worden wäre. Wieso demnach Keyssler in seinen gelehrten Reisen dazu gelangt [46]), die Bibliothek der Jesuiten „von Appiano Mathematico" gestiftet sein zu lassen, ist unerfindlich. Wahrscheinlich von hier aus ist diese Notiz in Baumeister's Reisewerk [47]) übergegangen, nur hat sie insofern eine noch viel unrichtigere Form angenommen, als jetzt Apian gar als Begründer der Universitäts-Bibliothek bezeichnet wird (s. o.).

### Beziehungen zu Kaiser Karl. (Vgl. Anhang I.)

Wir würden unserer Pflicht, ein getreues Bild von dem Leben und Treiben des wackeren Gelehrten zu entwerfen, nur sehr unvollkommen nachkommen, wollten wir nicht längere Zeit stehen bleiben bei dem intimen Bande gegenseitiger Achtung und Freundschaft, welches denselben mit seinem Kaiser, mit Karl V., verband. Selbst in mathematischen Dingen wohl erfahren und vor Allem Freund und Kenner der praktischen Mechanik, scheint Karl, der sonst so unnahbare und abstossende Spanier, dem Manne der Wissenschaft auch die liebenswürdigen Seiten seines Charakters erschlossen zu haben. Die Geschichtschreiber haben nicht unterlassen, dieses so eigenartigen, für beide Männer gleich ehrenvollen, Verhältnisses als einer besonderen Merkwürdigkeit allenthalben Erwähnung zu thun. Den Tod seines Collegen in seinen Annalen registrirend schreibt z. B. Rotmar [48]): „Humanis valedixit Petrus Apianus, Mathematicus insignis et Matheseos professor, augustissimo Imperatori Carolo V. propter eam scientiam, cujus ipsemet Caesar perquam studiosus erat, admodum gratus, et liberaliter ab eodem donatus; Academiae nostrae singulare decus et ornamentum." Ebenso Gerhard Vosaius [49]) „Caesari Carolo V. fuit gratissimus: qui Ingolstadii, ubi Mathesin docuit accesitum, equestri dignitate ornavit." Riccioli, der überhaupt über eine gute Dosis Byzantinismus verfügt, benützt diesen Anlass, um in einer enthusiastischen Apostrophe an Fürsten und Gelehrte deren Zusammenwirken zu preisen*) [50]): „Quid tamen appellet ad Caesares, Caium inquam Julium, Hadrianum, Antoninum, Fridericum III., Maximilianum I. et II., Ca-

---

*) Wobei ihm aber der Schnitzer passirt, den schon 1619 gestorbenen Maximilian I. nach im Jahre 1540 leben zu lassen. Man ist auch versucht, betreffs der citirten Anekdote daran zu denken, dass Riccioli den Astronomen Apian mit dem Maler Albrecht Dürer verwechselte.

rolum V., Matthiam, Rudolphum II., Ferdinandumque I. ac IL, qui Uraniam tanquam Reginam in suas aulas tanta honorificentia receptarunt: Et Maximilianus quidem suo Petro Apiano Caesareum Astronomicum adornanti, figuras Mathematicas sua ipse manu delineavit."

## Erhebung in den Adelstand.

Die einzelnen Entwickelungsstadien in dem immer enger sich gestaltenden Verkehre beider Männer finden sich nirgends systematisch behandelt, weshalb wir im Folgenden das bisher Versäumte nachholen wollen. Schon im Jahre 1532 hatte, wie aus dem Schriftstück selbst hervorgeht, der Kaiser dem Apian ein Privileg für seine gelehrten Arbeiten gegeben; wahrscheinlich war es in erster Linie der „Cosmographicus liber" gewesen, dessen geographische Nachrichten die Aufmerksamkeit des Herrschers auf sich zogen, in dessen Reich die Sonne nicht unterging. Im Jahre 1540 veröffentlichte Apian das Hauptwerk seines Lebens, das „Astronomicum Caesareum" und widmete es in schwungvoller Ansprache dem Fürstenpaar Karl-Ferdinand. Hierdurch mag er Karl's Geschmack besonders getroffen haben, wenigstens übernahm der Kaiser die Druckkosten des Werkes und beschenkte seinen Verehrer auch mit einer grösseren Geldsumme, angeblich 3000 Goldgulden. Die Ernennung zum kaiserlichen Hofmathematikus dürfte ebenfalls in das genannte Jahr fallen. Im folgenden Jahre wurde der Regensburger Reichstag abgehalten, und hier erhob der Kaiser nicht nur unseren Apian selbst, sondern auch, wie oben schon in einer Randnote bemerkt ward, dessen drei Brüder Nikolaus, Georg und Gregor in den Reichsritterstand[1]). Diess geschah am 20. Juli 1541. Schon wenige Tage darauf aber ward unserem Apian eine andere kaum minder hoch anzuschlagende Ehre zu Theil: am 29. Juli ernannte ihn der Cardinal Contarini zum Comes et Miles sacri Palatii et Aulae Lateranensis".*) Allein auch der Kaiser stand nicht an, die Ehren seines Lieblings unaufhörlich zu mehren; am 20. Mai 1544 liess er ihm zu Speyer auch das Dekret eines kaiserlichen Hof- und Pfalzgrafen ausfertigen, so dass er, nachdem ihm schon von Seiten des Papstes das Recht zugesprochen war, Notare und „Tabellionen" zu creiren, sowie auch uneheliche Kinder zu legitimiren[32]), nunmehr auch die wichtige Befugniss erlangte[34]), „duos quolibet anno Doctores, Licentiatos, Baccalaureos, et Poetas Laureatos creare et facere." Dass Apian von diesen seinen Rechten auch Gebrauch machte, geht aus dem Blanket-Formular hervor, welches erhalten geblieben und publicirt worden ist; der Herausgeber nennt es[35]) ein „Instrument, das Apianus selbst, wenn er einen Notarius cre-

---

*) Man kannte zwar die Sendung des Cardinales Contarini oder Contarenus — nicht Contarens, wie es fälschlich in der Urkunde heisst — welche aus Anlass eines in Regensburg abzuhaltenden Religionsgespräches erfolgt war, allein man wusste früher nicht, dass diese Sendung gerade für Apian Folgen gehabt hatte. Der Herausgeber eines in Nürnberg unter dem Titel „Literarisches Wochenblatt" erscheinenden bibliographischen Anzeigers war aber gegen Ende des vorigen Jahrhunderts so glücklich, das bezügliche Dokument sammt anderen aufzufinden; in einer Auktion ward ein in bedrucktes Pergament eingeschlagenes Buch erstanden, und als man die beschädigte Hülle von ungefähr abnahm, fand sich, dass dieselbe gerade die drei Urkunden enthielt, von denen oben die Rede war.[16]) Man kann dieselben am angeführten Orte textuell wiedergegeben finden, allein da in denselben wesentlich die Wendungen des damaligen schleppenden Kanzleistyles wiederkehren, so glaubten wir auf nochmalige Reproduktion verzichten und uns mit obigem Auszuge begnügen zu sollen.

irte, ausgestellet und vermuthlich in Vorrath drucken lassen, bei der Ausfertigung aber den Namen des neuen Notarii und anderes in die gelassenen Lücken, oder leeren Räume hineingeschrieben hat." Das Dokument ist sehr ausführlich gehalten und giebt dem Candidaten eingehende Instruktion über seine mit dem Amt eines Notars verknüpften Obliegenheiten [14]). — Persönlich hat sich Apian dem Kaiser Anno 1546 zu Regensburg vorgestellt,\*) ob schon früher, geht aus dem vorhandenen Aktenmaterial nicht mit Sicherheit hervor. Da uns des Cellius Informationen genauer zu sein scheinen, als diejenigen Westenrieder's [15]), welcher die Überreichung von Büchern und Instrumenten bereits im Jahre 1541 vor sich gehen lässt, so haben wir die obige Darstellung gewählt, wiewohl freilich nicht ausgeschlossen ist, dass Apian die Reise nach Regensburg zu verschiedenen Malen in gleicher Absicht machte. Jedenfalls fand noch im gleichen Jahre 1546 eine zweite Zusammenkunft zwischen Karl und Apian statt, und diessmal unter sehr erschwerenden Umständen. Es war nämlich der schmalkaldische Krieg zum Ausbruch gekommen, Schaertlin von Burtenbach lag mit der Bundes-Armee vor Ingolstadt, und der hart bedrängte Kaiser hatte sich in ein verschanztes Lager unter den Mauern der Stadt zurückziehen müssen; das Rathhaus der Stadt bewahrt noch heute [19]) ein Gemälde, auf welchem die beiden Feldlager abgebildet sind. Karl, dessen eherner Gleichmuth nicht leicht zu erschüttern war, betrieb auch während dieser schweren Zeit seine Lieblingsstudien, unterstützt von einem lombardischen Mathematiker, den er während des ganzen Feldzuges zur Seite hatte. Zugleich aber benützte er die günstige Gelegenheit, seinen Hofmathematikus zu jeder Zeit zur Stelle haben zu können, und berief ihn häufig zu gelehrter Unterhaltung in's Lagerzelt. In seiner „Vita Caroli V." erzählt der meklenburgische Theolog Chytraeus [16]), „Petrus Apianus hab seinen Freunden offtemals verzehlet, dass er im deutschen Krieg (a. 1546) ins Keysers Lager bey Ingolstadt von Carolo gefordert, das er ihme in einem künstlichen Instrument, davon der Planeten lauff, fortgang, stillstehen, zurückgang, gantz artig in eines jeden Planeten unterschiedlichen Zirkel, so durch kleine Rädlein umbgeführet, augenscheinlich dargethan. Im selbigen Krieg war auch bey Carolo Turrianus Cremonensis Mathematikus." Für Apian, der wenig soldatischen Geist in sich fühlte, hatten diese Besuche manches Unangenehme, und besonders in Einem Falle scheint sich ihm der Gegensatz zwischen kriegerischer und gelehrter Beschäftigung recht fühlbar aufgedrängt zu haben. Wir würden uns mit dieser Hinweisung auf eine bekannte Anekdote begnügen, wenn nicht fast sämmtliche Biographen so viel Aufhebens davon machten, dass wir ihr wenigstens eine Randnote\*\*) zu

---

\*) Wir wissen diess aus des Cellius Biographie von Apian Sohn [17]), wo besonders auch erwähnt ist, dass dieser letztere die von seinem Vater dem Kaiser überreichten Werke, die als Manuskript übergeben worden zu sein scheinen, zum Theile selbst geschrieben hatte. Auch Philipp hatte sich eines huldvollen Empfanges zu erfreuen und ward längerer, persönlicher Unterhaltung gewürdigt.

\*\*) Von den zahlreichen Berichten wählen wir als einen offenbar sehr vertrauenswerthen jenen aus, welchen Candler in den Denkschriften jener bayerischen Privatgesellschaft [1]) abdrucken liess, aus welcher später die Münchener Akademie hervorgieng. Apian war wieder einmal beim Kaiser, als sämmtliche Batterien der Protestanten gegen Festung und Lager zu spielen begannen. „Da war dem Apiano gar nicht wohl zu Muth; er zuckte und duckte sich zuweilen, wann er nur ein Blatt von einem Baum rauschen hörte, und gabe gantz besondere Kennzeichen, dass bey ihme Hertzhafftigkeit und Lieb zu den freyen Künsten nit so glücklich vergesellschaftet wären, als bey dem grossmüthigen Carolo, welcher gantz unerschrocken da stundte, und dess Apiani Discurs mit grosser Aufmerksamkeit anhörte, unerachtet es so gefährlich zugienge, dass auch eine vierpfündige Stück-

widmen uns veranlasst sehen. Von weiterem persönlichen Verkehr zwischen beiden Männern schweigt die Geschichte, soweit wir sehen können, gänzlich.

### Berufungen nach auswärts.

Überblicken wir jetzt, nachdem allen hervorstechend wichtigen Einzelheiten ihr Recht geworden ist, den Lebenslauf unseres Apian noch einmal im Zusammenhange. Von 1527—1552, also ein volles Viertel-Säkulum hindurch Ordinarius für Mathematik und Astronomie, eine hochgeschätzte Lehrkraft und als Schriftsteller berühmt, glücklicher Gatte und Vater, mit Glücksgütern reichlich bedacht und bis in die letzten Jahre anscheinend von guter Gesundheit, scheint ihm zum Lebensglück kaum irgend etwas gefehlt zu haben. An Ehrenbezeigungen, für die er sehr empfänglich war, mangelte es ihm ebensowenig, denn er besass den Adel*) und konnte sich an der Gunst dreier Fürsten, des Kaisers Karl und der Herzöge Georg von Sachsen und Wilhelm von Bayern erfreuen.**) Diesem letzteren und seiner alma mater bewahrte er denn auch eine dankbare Anhänglichkeit und wies standhaft alle Anträge, ihn der Ingolstädter Hochschule abwendig zu machen, zurück. Dürfen wir Melchior Adam glauben, dessen Darlegung freilich sehr plausibel erscheint,⁴) so bestimmten Apian's Entschluss auch materielle Beweggründe. „Etsi ab aliis publicis scholis saepius honorifice invitaretur extra patriam : maluit tamen patriae prodesse : praesertim cum et domum haberet ornatissimam et patrimonium non exiguum: unde commode vivere posset." Leipzig, Tübingen, Wien, Padua und Ferrara werden uns als die Universitäten genannt, welche den bayrischen Mathematiker gerne gewonnen hätten: lauter berühmte und um das mathematische Fach wohlverdiente Hochschulen. Leipzig und Wien sind uns als solche bereits bekannt, Tübingen

---

kugel mitten durch das Keyserliche Gezelt, jedoch ohne jemand zu beschädigen, durchpfloge." Nicht ohne einige Ironie notiren auch Celllus⁴⁷) und Schwarz⁴⁸) dieses Abenteuer; Ersterer theilt zugleich mit, dass auch Philipp Apian Zeuge dieses Vorfalles gewesen und vom Kaiser sehr freundlich behandelt worden sei. Sehr gnädig meint Schwarz (a. a. O.): „Quae metlenlositas in tam praeventi periculo vix vitio vertenda videtur Apiano; cum hoc ipso exemplo intelligatur, quantum interult inter Heros magnanimum fortissimumque, et inter virum quidem eruditum, sed vitae umbraticae addictum." Die gelehrten Herren, die so schrieben, selbst aber niemals Pulver rochen, würden in ähnlicher Lage schwerlich anders gehandelt haben, als Apian.

*) Apian's Wappen, um auch davon zu sprechen, wird von Lunig⁴⁹) folgendermassen beschrieben: „Ein gelb oder goldfarbener Schild, stehende darinne auffrechts in einem blauen oder Lasurfarbenen rodundten oder gescheibten Gewulken ein schwartzer Adler, mit zweyen Köpffen, auffgethanen Flügeln, ausgebreiteten Schwantz, ausgereckten Füssen, gelben Schnabel und Klauen, und ausgeschlagenen rothen Zungen; die Köpffe mit gelben oder Gold farbenen Diatemen gekrönt, anff dem Schild ein Turniers-Helm, mit gelber oder Gold farben und schwartzer Helm-Decken gezieret; darauff eine gelbe oder Goldfarbe Königliche Crone, entspringende daraus ein schwartzer Adler in einem blauen Gewölcklein, allermassen wie ein Schild geschickt." Einem Werk Philipp Apian's, dessen Analyse der zweite Abschnitt dieser Schrift bringen wird, ist dieses Wappen in guter heraldischer Ausführung vorgedruckt.

**) Ein hervorragender Gönner Apian's war auch der reiche Fugger: „Post Carolum Caesarem," schreibt Rotmar⁵¹) „a quo Nobilibus Imperii adnumeratus est, et Guilelmum Bavariae ducem, praecipue Moecenatem expertos est Raimundum Fuggerum, cujus maxime impensis sumtuosam illam expeditionem literariam suscepit, ad conquirenda scilicet monumenta vetera." Jener junge Baron v. Fugger von dem gleich nachher zu berichten sein wird, ist jedenfalls ein naher Verwandter, wo nicht ein Sohn Raymund's gewesen; dass dieser einen Sohn besass, dessen Alter so ziemlich stimmen würde, steht fest.⁵⁵)

war durch Stoeffler, Padua durch Prosdocimo Beldomandi in Ansehen bei der Fachwelt gelangt, Ferrara war den Deutschländern besonders lieb, weil sie daselbst — wie z. B. nicht sehr lange zuvor der jugendliche Nikolaus Coppernicus — gerne den akademischen Lorbeer zu erringen pflegten.[**]) An Versuchungen also fehlte es nicht, allein die bayrische Hochschule durfte sich sammt ihrem fürstlichen Protektor dazu beglückwünschen, den Werth des Mannes rechtzeitig erkannt und ihm eine Stellung bereitet zu haben, aus welcher zu scheiden ihn auch die glänzendsten späteren Anträge nicht mehr zu bestimmen vermochten.

### Krankheit und Tod.

Die letzten Lebensjahre Apian's wurden durch Steinbeschwerden getrübt, die ihn bis zu seinem Ende nicht mehr verliessen. Als Philipp Apian (s. u.) von seiner ersten französischen Studienreise zurückkehrte, fand er, nach Cellius[69]), „patrem ex totius anni continuo durante calculo debilitatum ac prostratum." Am 21. Juli des Jahres 1552 führte diese Krankheit, welche Schwarz[70]) in präciserer medicinischer Fassung als Nephritis bezeichnet, den Tod des erst siebenundfünfzigjährigen Mannes herbei. Er ward, wie Rotmar anmerkt[71]), bei den Franziskanern beigesetzt, allein der Grabstein, welcher einem so hervorragenden Manne doch zweifellos gesetzt ward, ist längst aus der Klosterkirche verschwunden, wie denn überhaupt im heutigen Ingolstadt jede Spur persönlicher Reminiscenzen an Apian und seine Familie verwischt zu sein scheint.

### Stimmen der Zeitgenossen.

Der verhältnissmässig frühe Tod des berühmten Lehrers und Forschers erregte die allgemeinste Theilnahme in weiten Kreisen. Wer sich die Mühe giebt, die Literatur jener Tage auf Aussprüche der Trauer und des Beileides hin zu durchmustern, kann reichliche Ausbeute machen. Wir wollen nur einige der bemerkenswertheren aufführen. Eine hübsche, den Mann der Wissenschaft feiernde, Nänie des Baron's Georg v. Fugger (a. o.), eines Zuhörers, hat uns Cellius[72]) aufbewahrt. Sie lautet: „O utinam, Apiane, toties a me obsecratus, instigatus, imo et impulsus, haec quae toties (etiam confectis jam typographicis ad eam rem formis) promiseras, praestitisses: jam te defuncto non desideraremus ingens illud et mirabile opus umbrarum: incomparabilis trientis:*) ingeniosae perspectivae: planisphaerii admirandi: stupendi Astrolabii et dimensionum: quae per te nunc optare, frui autem ipsis non licet. Qui etiam fraudatis liberis; imo toto terrarum orbe (incredibile dictu) inauditum prioribus seculis perpetuum motum abs te excogitatum tecum abstuleris. Sed incūsemus potius inimica fata, quae te tantum hominem nobis inviderunt." Dieser Nachruf lässt uns einen tiefen Einblick in die Beziehungen Apian's zu seinen strebsamen Schülern thun, die von den Plänen und Entwürfen ihres Meisters offenbar gut unterrichtet waren und nun mit tiefem Schmerze so manche schöne Hoffnung zu Grabe getragen sahen. — Ein ebenfalls recht warm empfundenes Gedicht („epicedion"), welches Adam Siber zum Verfasser hat, hat uns Mel-

---

*) Bezüglich dieser Schrift war Fugger's Besorgniss unbegründet, indem die Beschreibung des als „trieus" bezeichneten Instrumentes nicht verloren ging, sondern von dem Sohn Philipp in mustergültiger Weise nachgeliefert ward. Auch Galgemayr gab, worauf weiter unten die Rede kommen wird, Einiges aus dem Nachlasse heraus.

chior Adam aufbehalten.[13]) Ganz Deutschland wird in demselben zur Leichenklage um einen seiner besten Söhne aufgefordert, der an Verdienst dem trinakrischen Greise — wohl Archimedes — gleichgesetzt werden müsse. Wir haben weiter oben gesehen, dass selbst ein Ausländer, wie der berühmte Thuanus, den Tod Apian's als ein besonders merkwürdiges Ereigniss in seinen Büchern der Zeitgeschichte notiren zu müss'n glaubte. Auch Mitglieder anderer Fakultäten gewannen die Überzeugung, dass die Wissenschaft mit diesem Todesfall einen herben Verlust erlitten habe, und rühmten auf ihre Weise die Verdienste des Dahingegangenen; so nennt ihn der Theologe Hermann [14]) „astronomum et cosmographum insignem."

### Bildnisse.

Ein Bildniss Apian's findet sich in den Bilderwerken von Reusner und de Bey, sowie auch in den „Icones" von Boissard und in Zeidler's „theatrum" [15]). König Ludwig I. hat die Büste des Mannes, der, wohl zum erstenmale, die Mathematik im eigentlichen Bayern zu Ehren brachte, in der von ihm gegründeten Ruhmeshalle bei München aufstellen lassen.

### Wissenschaftliche Leistungen.

Nachdem wir solchergestalt mit dem eigentlich biographischen Theile unserer ersten Aufgabe zu Ende gekommen sind, treten wir in den zweiten, schwierigeren Theil derselben ein. Wie so häufig bei Gelehrten, wickelte sich das äussere Leben unseres Helden in ruhiger und gleichförmiger Weise ab, und höchstens die nahen Beziehungen, die zwischen ihm und einem der mächtigsten Männer des Jahrhunderts, dem Beherrscher Deutschland's, Spanien's und beider Indien, obwalteten, waren dazu geeignet, einige Romantik in die Schilderung eines zwar harmonischen, an grossen Ereignissen aber armen Lebensganges hineinzubringen. Wer von der Sinnesart und von dem inneren Leben eines Gelehrten Kunde erhalten will, der muss denselben in seiner geistigen Werkstatt aufsuchen und deren Produkte kennen lernen. Die Bücher eines solchen Mannes sind es, deren Studium uns das Denken und Trachten desselben besser und klarer, als jede noch so eingehende Beschreibung, vor Augen führen. Wir nehmen uns vor, die literarischen und — soweit diess thunlich — die mehr künstlerischen Leistungen Apian's einer sorgfältigen Prüfung zu unterziehen; dass wir dabei auch die freilich sehr vereinzelten und zerstreuten Bemerkungen mit berücksichtigen, welche wir da und dort in der Fachliteratur vorfinden, versteht sich von selber. Es war deren Sammlung und Sichtung keine ganz leichte Arbeit, da Apian's polyhistorische Neigungen ihn bewogen, in die allerverschiedensten Zweige des Wissens selbstthätig einzugreifen, und somit auch Schriftsteller aller Art bei ihren Untersuchungen mit Apian zu rechnen hatten.

### Eintheilung.

Am bequemsten für den Historiker wäre es zweifellos, die einzelnen Werke ihrer chronologischen Reihenfolge nach vorzunehmen und einzeln zu analysiren. Ein übersichtliches Gesammtbild würde auf diesem Wege jedoch kaum herzustellen sein, vielmehr müsste dabei vielfach Zusammengehöriges auseinandergerissen, Fremdartiges wenigstens räumlich vereinigt werden. Wier ziehen es deswegen vor, eine Anordnung zu treffen, welche sich lediglich nach den Materien richtet. Um die immerhin mindest wichtige Seite des Ganzen zu anticipiren, beginnen wir mit jenen Schriften, welche ein von der eigentlichen Berufswissenschaft des Verfassers, der Mathematik, weit abliegendes Thema behandeln. Alsdann gruppiren wir die mathematischen Werke nach den einzelnen Disciplinen in dem Sinne, dass die reine Mathematik den Reigen eröffnet, die angewandte ihr folgt und Kosmographie sammt Erdkunde den Schluss bildet. Der Sammler Gesner ist der einzige uns bekannte Autor, der von einem kirchengeschichtlichen, vielleicht auch geschichtlich-geographischen Traktate Apian's berichtet [14]). Es wäre diess eine zu Ingolstadt in Octav erschienene „Descriptio peregrinationis S. Pauli ex libro actorum et ejus epistolis concinnata Germanice." Eine Jahreszahl wird von Gesner nicht angegeben. Da alle übrigen Bibliographen von diesem Buche schweigen, und da man auch in allen Büchersammlungen, die hier zuerst in Frage kämen, vergeblich danach sucht, so darf diese Notiz wohl mit einigem Rechte als apokryph betrachtet werden.

## Corpus Inscriptionum.

Als ein wirklich bedeutendes Zeugniss von Apian's Schaffen auf nicht mathematischem Gebiete steht dagegen das bereits erwähnte Inschriftenwerk [17]) da. Wieviel dieser selbst, wieviel sein sachkundiger Freund Amantius zu dieser gemeinschaftlichen Leistung beigetragen, wird allerdings nicht leicht zu entscheiden sein, indess ist aus den Berichten der Zeitgenossen wohl zu schliessen, dass Apian, dem auch die schöne typographische Ausstattung zu danken ist, in hervorragender Weise betheiligt war. Einen grossen Theil der hier verarbeiteten Materialien lieferte, wie wir bereits wissen, die mit Unterstützung des reichen Fugger unternommene gelehrte Reise, doch würde man irren, wenn man annehmen wollte, dass diese allein zur Beschaffung einer solchen Fülle von Stoff hingereicht hätte. Es fehlte im Gegentheil nicht an auswärtiger Mithülfe. So sorgte Johann Choler, ein Patrizier von Augsburg, den vermuthlich Fugger für das Projekt seines Schutzbefohlenen zu interessiren gewusst hatte, für die Acquisition der französischen Inschriften; auch andere Alterthumsfreunde, wie Peutinger, Laubenberg und Pirkheymer,[8]) steuerten aus ihren Collektaneen reichlich bei. Nicht minder nahm Apian die Hülfe seines besonders competenten Freundes Aventin in Anspruch, und zwar allem Anschein nach in durchaus loyaler Weise. Wenigstens ist die Behauptung Klein's [19]), es habe Apian gewisse Inschriften aus den — zu Ingolstadt im Manuskript aufbewahrten — „Annalen" Turmair's widerrechtlich in sein Werk herübergenommen, von Wiedemann [19]) widerlegt und dahin richtig gestellt worden, dass der Geschichtschreiber selbst seinem mathematischen Freunde Alles bereitwillig überliess, was er selbst in Händen hatte. — Von dem Inhalte des „Corpus Inscriptionum", unter welchem Titel es sich nicht selten erwähnt findet, ist nun Folgendes zu berichten. Die Einleitung bildet ein Dekastichon des Amantius, diesem folgt ein Schreiben Melanchthon's, welches sich sehr günstig über den Plan der Unternehmung ausspricht und gewissermassen als Geleitbrief für jenes diente; der berühmte Philolog lobt zumal, dass eine Sammlung dieser Art den antiquarischen Studien mächtige Anregung gewähren müsse : „nam monumenta illa non solum afferunt lumen historiis, sed etiam recta ingenia ad literarum atque antiquitatis admi-

---

*) Pirkheymer's Beiträge scheinen übrigens, gewissen Andeutungen nach zu schliessen, von etwas minderwerthiger Beschaffenheit gewesen zu sein.

rationem exuscitant, quae res meo judicio bonarum artium studia alit." Es folgen griechische
Gedichte von Johannes Agricola und Joachim Camerarius, Zuschriften von Laubenberg, Rosinus, Micyllus, Jul. Pflug und Osiander. Weiter schliesst sich an ein sehr genaues Verzeichniss sämmtlicher für die Inschriftenkunde wichtiger Abbreviaturen. Die Anordnung der Inscriptionen, welche durchweg von Zeichnungen begleitet sind, an welche man freilich nur den Maassstab ihres Zeitalters anlegen darf, ist eine geographische, und die Länder folgen in nachstehender Reihe auf einander: Spanien, cisalpinisches Gallien (Frankreich), Italien, Dalmatien, Carnien (die illyrischen Lande), Deutschland, Ungarn, Griechenland, Asien (Cypern, Pergamum, urbs Trojae, Cilicien), Judaea und Afrika. Der sehr detaillirten Beschreibung der einzelnen Inschriften sind his und da Bemerkungen allgemein geschichtlicher Natur beigegeben; so wird von Anchiala, einer kleinasiatischen Stadt, mitgetheilt, sie sei von Sardanapal begründet worden.

### Urtheile über dieses Werk.

Über den wissenschaftlichen Werth dieses grossartig angelegten Werkes werden wir auch heute noch nicht gering denken dürfen, wennschon es einleuchtet, dass demselben zur Zeit lediglich eine historische Bedeutung innewohnen kann. Dass Unrichtiges und Unvollkommenes mit unterlief, ist selbstverständlich, allein eine nachhaltige Schmälerung des Verdienstes der Autoren kann darin nicht gefunden werden. So rühmt u. a. Iselin das Werk, welches als das erste seiner Art in Deutschland an's Licht gekommen sei und die auf ein verwandtes Ziel gerichteten Arbeiten der Italiener völlig in Schatten gestellt habe[10]), „wobey gleichwohlen nicht zu läugnen, aber auch in ansehung der zeiten leicht zu entschuldigen ist, dass einige falsche und neuerdichtete Stein-schriften für alte und ächte eingebracht worden."
Bestimmter formulirt seinen Tadel Baumgartner, indem er sagt[11]): „Was die innere Güte betrifft, so haben einige gelehrte Alterthumskundige daran ausgesetzt, dass Apianus sich durch Pomponii Laeti, Cyriaci Anconitani u. a. Ansehen verleiten liess, verschiedene unächte Aufschriften, sonderlich aus Spanien, mit hineinzubringen, welches sonderlich Anton Agostini gethan, der S. 162. 164 seiner Dialogorum de veterum nominum Antiquitate, nach Andr. Schotti lateinischer Übersetzung, verschiedene Beispiele daraus anführt, die schwerlich zu retten sind." Man sieht, dass aller Ausstellungen im Einzelnen ungeachtet das Buch bei den Archäologen, auch noch im vorigen Jahrhundert, viel Anklang gefunden hat, wogegen es jetzt nahezu vergessen ist. Möchten diese Zeilen dazu beitragen, die Erinnerung daran im Gedächtniss der Nachwelt wieder etwas aufzufrischen! Freilich trägt auch die grosse Seltenheit der „Inscriptiones" dazu bei, dieselben in Vergessenheit gerathen zu lassen; diese Seltenheit wird von Kennern der Bibliothekswissenschaft, z. B. von Schelhorn[12]), aus dem Umstande hergeleitet, dass das Werk, in einer nicht gar grossen Anzahl von Exemplaren aus der Apian'schen Privatbuchdruckerei hervorgegangen, wahrscheinlich im gewöhnlichen Buchhandel nur zu hohen Preisen zu haben gewesen sei. —

### Mathematische Lehrthätigkeit.

Von dem durchschnittlichen Betriebe der mathematischen Disciplinen auf den deutschen Hochschulen zu Ende des XV. und zu Anfang des XVI. Jahrhunderts haben wir oben bereits, als wir die Berufung Apian's nach Ingolstadt zu schildern hatten, eine allgemeine Skizze zu entwerfen gesucht. Es ist anzunehmen, dass sich auch Apian im Grossen und Ganzen innerhalb des überlieferten Rahmens des Quadriviums hielt, es ist aber auch sicher, dass er vielfach über diese Grenzen in seinen Vorträgen hinausgriff und Dinge behandelte, von denen die Mehrzahl seiner Fachgenossen sich fernhielt. Sind doch mehrere der später einlässlich zu behandelnden Bücher geradezu Compendien zum Gebrauche in Vorlesungen. Es kam gerade während Apian's Amtsdauer in Ingolstadt der Gebrauch auf, dass die Professoren in ihren öffentlichen Collegien, die deshalb auch unentgeltlich zu halten waren, blos die Rudimente ihres Faches vortrugen, ausgewählte Kapitel und schwierigere Materien dagegen für ihre „Collegia privata" reservirten, die demgemäss mit den modernen Privatissimis auf eine Stufe zu stellen sind. Dass Apian gereiften Schülern einen tiefen Einblick in sein eigenes Geistesleben verstattete und dieselben zum Umgang auch mit höheren Problemen der Wissenschaft anzuspornen wusste, haben wir oben an dem Beispiele des jungen Baron Fugger zu sehen Gelegenheit gehabt.

## Apian als Arithmetiker.

Den mathematischen Unterricht eröffnete, wie jetzt, so auch damals, die Arithmetik Zu einer Zeit, da noch Universitätsdocenten, wie in Wittenberg wirklich geschah[11]), die Studirenden durch den Trost zur Erlernung der Rechenkunst animiren zu müssen glaubten, dass die eigentliche Schwierigkeit erst beim Dividiren anhebe, musste auch der gute Universitätslehrer tief herabsteigen, wenn er Erfolg sehen wollte, und so ist denn auch Apian's Rechenbuch[44]), auf dessen Titel der Verfasser sich als „Ordinarius der Astronomei zu Ingolstadt" einführt, in erster Linie ein Buch für den Anfänger von ausgeprägt elementarem Charakter, ähnlich wie die bekannteren Bücher von Simon Jakob und Adam Riese. Allein bei genauerem Zusehen findet man bei Apian soviel des Abweichenden und Selbstständigen, dass man ganz andere Eindrücke von seinem Werke gewinnt als sie eine blos oberflächliche Beschauung gewährt, und so konnte es nicht fehlen, dass die Geschichtschreiber der Mathematik auf das bis vor Kurzem wenig beachtete Büchlein aufmerksam wurden. Gerhardt, der uns u. a. auch damit bekannt macht, dass derselbe drei Auflagen in den Jahren 1527, 1532 und 1537 erlebte,\*) giebt eine recht übersichtliche Inhaltsanalyse[17]), indess hoffen wir, ein Leser der folgenden Zeilen wurde dem Schlusssatze Gerhardt's[18]) nicht beipflichten, welcher dem Verdienste Apian's nicht gerecht wird; er lautet nämlich: „Wesentlich Neues oder ein Fortschritt, abgesehen von den am Schluss gegebenen Wurzelausziehungen, ist nicht zu finden." In mustergültiger Weise ist ferner die vergleichend-historische Bearbeitung des Apian'schen Textes durchgeführt in Treutlein's Monographie der älteren deutschen Rechenkunst, aus welcher wir bereits weiter oben eine Notiz angezogen haben. Angesichts der Vollständigkeit, welche

---

\*) Die erstere Ausgabe ist allerdings fraglich, insoferne sie sich einzig auf die sehr kurze Notiz bei Kästner[\*]) zu stützen scheint. Dem gegenüber bemerkt Treutlein[16]): „Das von mir benützte Exemplar trägt am Schlusse die Jahreszahl MDXXXII und lässt nirgends die Andeutung finden, als ob es die zweite Auflage sei. Sollte sich Kästner's Angabe auf das Datum der Widmung beziehen: „Geben zu Ingolstadt am 7tag Augusti im 27 jare"? Wir sind nicht vermögend, diese Streitfrage zu entscheiden, können aber auch unsererseits nur bestätigen, dass von der bei Kästner verzeichneten angeblich ersten Ausgabe uns gleichfalls nirgendwo eine Spur begegnet ist.

jener Abhandlung gerade in den für uns wichtigen Abschnitten nachzurühmen ist, darf unsere eigene Schilderung der in Apian's Arithmetik enthaltenen Eigenthümlichkeiten auf keinerlei selbstständiges Verdienst Anspruch erheben. Noch mag vor dem Eintritt in die materielle Behandlung mit Treutlein (a. a. O.) die Thatsache hervorgehoben werden, dass, von Peurbach abgesehen, Apian der erste deutsche Universitätsprofessor war, der eine Anleitung zur Rechenkunst in der vaterländischen Sprache herausgegeben hat.

### Fingerrechnung.

Zunächst ist als ein interessanter Umstand der hervorzuheben, dass Apian dem früher viel gebrauchten, zu seiner Zeit jedoch bereits aus der Mode gekommenen Digitalcalcul einen gewissen Platz einräumt. M. Cantor, der die Geschichte dieser Kunstfertigkeit in seinem neuen Werke systematisch verfolgt hat, bemerkt, dass dieselbe bei wilden Völkerschaften Südafrika's vorkomme[**]), dass sie in Ägypten heimisch gewesen sei[**]), dass bei den älteren Griechen vielen Andeutungen zufolge mit den Fingern gerechnet ward[**]), dass auch die Römer sich zur Zahlbezeichnung ihrer Finger bedienten[**]). Der Byzantiner Nikolaus Rhabda schrieb eine „$\emph{ἔκφρασις\ τοῦ\ δακτυλικοῦ\ μέτρου}$"[**]), und auch Beda Venerabilis[**]), sowie die Lehrer der Arithmetik und Kirchenrechnung in den Klosterschulen betrieben die Zahlendarstellung und Rechnung mit den Fingern systematisch. Bei Apian erscheint dieses kindliche Surrogat des „Rechnens auf der Linie" und „der Rechnung mit der Feder" blos als Auskunftsmittel[**]): „Ob aber einer so gar ungeschickt were und die zal im sinn zu behalten nit vermöcht sol er die finger der linken handt nach derselbigen zal, welche behalten sol werden legen und heben. Darnach so er kommet zu den andern Figuren*) sol er die zal welche er im sinn behalten hat nach Anleytung der Finger Addirn." Weiterer Ausführung halber verweist Apian auf sein „Centiloquium", ein für uns leider mystisches Werk, welches uns weiterhin noch zu beschäftigen haben wird. Man wird sich anlässlich unserer Besprechung der astronomischen Schriften Apian's überzeugen können, dass derselbe die fünf Finger der Hand überhaupt als Versinnlichungsmittel für die verschiedensten Dinge zu benützen liebte, und so haben wir für seine Hinneigung zum calculus digitalis noch einen Erklärungsgrund, den Treutlein aus der blossen Betrachtung des logistischen Werkes nicht zu entnehmen im Stande war.

### Die 4 Species und die Progressionen.

Die missbräuchliche Eintheilung des Rechnens in die neun Species der Addition Subtraktion, Multiplikation, Division, Duplation, Mediation, Progression, Potenzirung und Radicirung, wozu wohl gar noch die Numeration als selbstständige Operation hinzutritt, findet sich auch bei Apian, der nur das Wurzelausziehen nicht mitrechnet[*]). Betreffs der, Subtraktion weicht er ebensowenig von den damals gebräuchlichsten Vorbildern ab[**]). Dagegen emancipirt er sich beim Multipliciren von der landläufigen pythagoräischen Tafel (dem grossen Einmaleins) und dokumentirt dadurch seine selbstständigere Auffassung. Die Multiplikation ward nicht direkt, sondern, was allerdings in gewissen Fällen für das Kopfrechnen

---

*) „figurae"-Ziffern. Vgl. hiezu eine von Kästner[**]) angeführte Anekdote.

Vortheile bieten mag, nach einer Regel vollzogen, welche unsere Buchstabenrechnung durch die Formel

$$ab = (10-a)(10-b) + 10(a+b-10)$$

darstellen würde [99]). Übrigens giebt er noch eine ganze Reihe anderer Multiplikationsmethoden [100]), so z. B. eine Anordnung des Rechnungsschema's in Form einer „Gale"*). An diese letztere erinnert auch eine der von ihm mitgetheilten Divisionsvorschriften [101]). In diesen letzteren nun zeigt sich Apian, was Gerhardt (a. o.) leugnen will, als erfinderischer Kopf, und Treutlein [102]) hat ganz Recht, wenn er eine derselben bezeichnet „als eine den Charakter der neuen Zeit verrathende Methode, welche in gewissem Sinne von den Decimalbrüchen Anwendung macht." Eigentlich beruht dieselbe allerdings auf dem Versuch, allein das Tatonnement ist ein geregeltes und sicheres, so dass dieses Verfahren sich jedem anderen, damals bekannten, zur Seite stellen durfte. Abgesehen davon, dass der die Brüche von den Ganzen trennende Einerstrich bei Apian noch nicht vorhanden ist, darf man seiner Bezeichnungsweise einen mindestens eben so hohen Grad von Ausbildung zuerkennen, als derjenigen, unter welcher später Stevin die definitive Einführung der Dezimalbrüche vollzog. Freien Blick und richtige Erkenntniss bekundet unser Arithmetiker nicht minder in dem die Proben behandelnden Kapitel. Man weiss, dass die Rechenmeister des Reformations-Zeitalters auf Rechnungsproben ein übertrieben hohes Gewicht legten und zudem fast ausschliesslich der sogenannten „Neunerprobe" ihr Zutrauen schenkten.**) Apian dagegen zeigt [104]), dass man mit gleichem Rechte wie von der Neun, auch von den Zahlen 6, 7, 8, 11 Gebrauch machen könne. In der Lehre von den Progressionen lehnt sich Apian der Hauptsache nach an das gebräuchliche Schema an [105]), welches zwischen der gewöhnlichen Zahlenreihe und jeder anderen, nach vorgeschriebenem Bildungsgesetze aufsteigenden, Zahlenfolge unterschied und erst letztere dann wieder nach arithmetischer und geometrischer Progression gruppirte. Indess scheint es uns, als sei Treutlein an Apian's Behandlung dieser Spezialität doch etwas zu schnell vorbeigegangen. Derselbe ordnet nämlich, was Gerhardt [106]) mit Recht hervorhebt, der geometrischen Progression die entsprechende arithmetische der Potenz-Exponenten zu, wie z. B. in nachstehendem Bilde:

0   1   2   3   4   5   6   7
1,  2,  4,  8,  16, 32, 64, 128 ...

Ganz abgesehen davon, dass man hieraus, ohne gerade Besonderes hineinzulegen, recht wohl die Thatsache $2^0 = a^0 = 1$ abstrahiren könnte, erinnert diese Verknüpfung der beiden Reihen auch noch an eine andere geschichtliche Erscheinung. Ganz ähnlich nämlich verfuhr Michael Stifel in seiner berühmten „Arithmetica integra," die doch erst um mehr als ein Jahrzehnt später als unsere Vorlage erschien, und lediglich aus dieser Zusammenstellung glaubten mehrere Schriftsteller ein Recht herleiten zu dürfen, Stifel unter den Vorläufern der Er-

---
*) Kann „Helm," oder, was wegen der Gestalt des Zahlenbildes bei weitem wahrscheinlicher ist, auch „Galeere" bedeuten.
**) Der Aberglaube mit den Proben erhielt sich lange Zeit fort und erreichte in wissenschaftlicher Hinsicht sein definitives Ende erst durch einen sehr gründlichen Aufsatz des auch sonst verdienten Dessauer Mathematikers Dusse [103]), betitelt: „Gründe und Beurtheilung der gewöhnlichen Rechnungsproben durch die Reste über das Gleichsache."

findung der Logarithmen zu nennen. Kästner beispielsweise meint [107]), man könne darin völlig den Anfang*) der Logarithmenlehre erblicken, „diese Spekulation auf Logarithmen zu bringen, fehlte nur noch, dass man zwischen die Potenzen, welche die geometrische Reihe darstellt, Zahlen, welche in eben diese Reihe passten, einschob, und die ihnen zugehörigen Glieder der arithmetischen Reihe berechnet, welches nicht mehr ganze Zahlen bleiben konnten." Wir gehören nicht zu denen, welche in dem gelegentlichen Einfall älterer Mathematiker die Spuren einer Neuerung von grösster Tragweite bemerken wollen, allein constatiren wollten wir doch, dass Apian einen ganz ähnlichen Gedanken gehabt hat, wie der — zum Theil eben dadurch — berühmter gewordene Stifel.

## Wurzelausziehung.

Wir gehen zu Apian's Behandlung der letzten elementaren Rechnungsoperation, des Wurzelausziehens, über, worin selbst Gerhardt (s. o.) eine bemerkenswerthe Leistung erkennt. Bezüglich der Quadratwurzel freilich gieng Apian nicht wesentlich über das bereits Vorhandene hinaus [108]), umsomehr aber bei den Radikalen vom dritten Grade; seine Methode zur Ausziehung der Kubikwurzel ist kurz und elegant und nähert sich von allen Verfahrungsweisen zeitgenössischer Autoren — vielleicht den einzigen Ramus ausgenommen — am meisten der modernen Manier. Das nachfolgende Beispiel [109]) enthält wohl in sich selbst die genügende Erläuterung:

```
                    3
                   30693
                  36518816
                   84              a   b   c
          b   5       48           4   5   6
             25       12
                     240        Genitura    3 .
       Cubus         300          q   16  | 48
            125      125          a    4  | 12
                    27125
          c   6     6075        Genitura    3 .
             36      135          2025   | 6075
                    36450          45    |  135
       Cubus        4800           ab
            216      216
                   3693816
```

Unserer Beachtung besonders werth erscheint hier der Gebrauch von Buchstaben in der Eigenschaft von Stellenzeigern. Die blosse Verwendung allgemeiner Symbole ist freilich

---

*) Bis in dieses Jahrhundert herein ward das Logarithmiren als eine Art von Interpolationsproblem, nicht aber, wie jetzt, mittelst der einfachen Gleichung
(Logarithmus)
Basis = Numerus
definirt.

an sich noch keine Buchstabenrechnung. „Schon Aristoteles hat eine Kraft, eine Zeit durch einen einfachen Buchstaben bezeichnet. Bezeichnungen durch einfache Buchstaben hat man auch Cicero's Briefen nachzuweisen vermocht"[110]). Viel weiter giengen hierin Pappus, unter den Neueren Regiomontan und der unbekannte Verfasser des „Algorithmus demonstratus." Wir finden sonach bei Apian nichts durchaus Neues vor, indess gewährt es Freude, auch in seinem Werke eine Etappe auf dem Wege zu einer der grossartigsten Erfindungen, derjenigen der Buchstabenrechnung, kennen zu lernen. Auch noch nach einer anderen Richtung hin hat die Lehre vom Irrationalen unserem Apian ein dankbares Andenken zu bewahren. Fast alle ältere und neuere Autoren schweigen gänzlich über die Ausziehung höherer als der vierten Wurzeln, so dass der Schüler fast zu der irrigen Meinung hingedrängt wird, die Methoden für die Berechnung von $\sqrt[2]{a}$ und $\sqrt[4]{a}$ versagten vollkommen schon bei $\sqrt[5]{a}$. Apian aber giebt eine Reihe von Beispielen, „an welchen die Art gezeigt ist, wie unmittelbares Ausziehen bis zur achten Wurzel hin statthaben könne."[111])

### Praktische Arithmetik.

Die Bruchrechnung anlangend ist zu erwähnen, dass Apian die Operationen des Multiplicirens und Dividirens durch eine Art geometrischen Schema's anschaulich zu machen sucht.[112]) Die Regel de tri bei Apian zeichnet sich durch Betonung des Weghebens gemeinschaftlicher Faktoren aus, welchen Kunstgriff er als „forteyl" bezeichnet.[113]) Stehen die in die Rechnung eingehenden Grössen nicht im direkten, sondern im umgekehrten Verhältniss, wie z. B. Geschwindigkeit und Zeit, so tritt der Regel de tri eine selbstständige regula conversa zur Seite. Für beide empfiehlt er eine von der gewöhnlichen abweichende Probe.[114]) Auch die verschiedenen Abarten und Erweiterungen der Grundregel werden abgehandelt, jedoch ohne besondere merkwürdige Einzelheiten zu bieten; ein Gleiches gilt von der „welschen Praktik".[115]) Ganz besonderes Gewicht aber legt Apian auf die sogenannte „Tolletrechnung", ein lediglich bei ihm und bei Johann Widmann von Eger vorkommendes Verfahren, Mischungs- und Legirungsrechnungen durch Manipulation mit Rechenpfennigen zu erledigen. Treutlein giebt eine sehr ausführliche Übersicht über diese Rechnungsweise, welche später auch auf dem Papier nachgeahmt wird: dieselbe ragt zwar in scientifischer Hinsicht nicht besonders hervor, lässt uns aber wieder in dem Ingolstädter Mathematiker den gewandten, um Mittel nie verlegenen Geist erkennen, als welchen ihn noch gar viele andere Proben bethätigen werden. Verfasser dieses glaubte das Wort „Tollet" aus dem italienischen tavoletta ableiten zu sollen und überzeugte sich später, dass schon Formaleoni, wie diess auch von Breusing[116]) erwähnt wird, in seinem „Saggio sulla nautica antica de' Veneziani" sich für diese Etymologie erklärte. Breusing selbst dagegen glaubt (a. a. O.) den Ausspruch mit toilette (italienisch toeletta, provencalisch teleta) in Verbindung bringen zu sollen, „da durch die Tafel ein Gewebe, ein Netz dargestellt wird."

### Algebra.

Wir haben oben auf ein von Apian selbst zwar citirtes, sonst aber gänzlich unbekanntes Werk aus seiner Feder vorübergehend unsere Aufmerksamkeit zu richten gehabt.

Gewisse weitere Ausführungen des Fingercalculs sollten in einem „Centiloquium" nachgeliefert werden. Unter den von Schwarz als mit einem kaiserlichen Schutzbrief vom Jahr 1534 bedacht aufgeführten Schriften Apian's [11]) nimmt es freilich die dritte Stelle ein, allein ob es wirklich das Licht der Welt erblickt habe, ist damit noch lange nicht entschieden. Treutlein bedauert es mit Recht, dass Apian seinem Vorsatz, ein Lehrbuch der „Coss" oder Algebra zu schreiben, allem Vermuthen nach wieder untreu wurde. „Dass er diess wollte," heisst es dort,[12]) „ja dass er ein solches vielleicht schon ausgearbeitet hatte, geht aus einer Stelle der Vorrede zu seinem Rechenbüchlein vom Jahre 1532 hervor, wo er sagt: „Die Regulas Cosse mit sampt dem Centiloquio, darinne der kern ligt, werd ich in kürtzer zeit (wil Got) auch in druk geben."" Nach der Leistung zu urtheilen, welche uns in eben diesem Rechenbüchlein vorliegt und welche in mehrfacher Beziehung unter gleichzeitigen Leistungen Anderer hervorragt, wäre seine Coss eine vorzügliche Handhabe gewesen zur Beurtheilung seiner Auffasung der Algebra und damit der Geschichte der Letzteren." Da bereits vor 150 Jahren der gelehrte Vielschreiber Leupold es beklagt hat,[13]) des Centiloquiums nicht mehr habhaft werden zu können, so dürfen wir auf jede Hoffnung bezüglich derselben wohl endgültig verzichten. Immerhin ist es von Interesse zu wissen, dass Apian auch als Algebraiker auf der Höhe damaliger Wissenschaft stand, wobei wir uns jedoch immer vor dem Irrthum hüten müssen, die damalige Algebra für eins mit unserem modernen Literalcalcul zu halten.

### Geometrische Anfangsgründe.

Der Zahlenlehre reiht sich im encyklopädischen Systeme mathematischen Wissens zunächst die Geometrie an. Ein der theoretischen Raumlehre gewidmetes Werk hat Apian allerdings niemals geschrieben; auch das entweder nie gedruckte oder alsdann früh verlorene Lehrbuch der Körpermessung („Liber de mensuratione vasorum, cum artificiali partis vacuae inventione"), welches in Schwarz's Liste aufgeführt wird (s. o.), dürfte, den letzten Worten des Titels nach zu schliessen, mehr ein Manuale für die damals in hohen Ehren gehaltene Kunst des Wein-Visirens gewesen sein, an welcher ja auch Kepler seine ersten Sporen als scharfsichtiger Förderer der Stereometrie verdient hat. Obwohl jedoch eigentliche Fachschriften auf diesem Gebiete von Apian nicht vorhanden sind, so sehen wir uns doch nicht gänzlich ausser Stande, über seine Ansichten, geometrische Systematik und Lehrart betreffend, uns Klarheit zu verschaffen. Im Jahre 1532 richtete der Edle von Loubenberg, dessen wir schon oben beim Inschriftenwerk als eines Freundes Apian's zu gedenken hatten, und dessen Wappen Letzterer mehrfach als eine Art von Titelvignette seinen Büchern vorsetzte, ein Schreiben an denselben, worin er die Bitte stellt, Apian möge seine erprobten, guten Dienste einer neuen und dankenswerthen schriftstellerischen Aufgabe weihen. Der Commentar, welchen Johann Werner\*) zur Geographie des Ptolemaeus geschrieben habe, sei leider den Studirenden, wie mehrere an ihn gelangte Briefe bezeugen könnten, unverständlich; Apian möge also hier vor den Riss treten und durch einen neuen Commentar zu jenen „annotationes et paraphraseis" einem allseitig empfundenen Übelstande abhelfen; nicht minder sei er dazu

---
\*) Wegen dieser Arbeit Werner's und insbesondere auch wegen der von diesem unternommenen Bearbeitung der mathematischen Geographie des Amiraculus ist auf die Monographie des Verf.[14]) zu verweisen.

berufen, die Trigonometrie Werner's mit neuen Erläuterungen zu versehen und endlich nach dem „Meteoroscopium planum" zu fahnden, welches der Nürnberger Astronom zwar versprochen, nicht aber bekannt gegeben habe. In seiner Antwort an Wilhelm v. Loubenberg, Schlossherrn auf Wagegg, seinen Freund und Patron, erklärt sich Apian bereit, auf den ihm gemachten Vorschlag einzugehen und insbesondere die Lehre von den Sinus in eine mehr systematische und den Bedürfnissen der Anfänger entsprechende Form zu bringen, sowie auch deren Anwendung auf Fragen der sphärischen Astronomie zu illustriren. Auf den das Meteoroskop betreffenden Wunsch dagegen glaubt er nicht eingehen zu sollen. Er bereite nämlich selbst eine Ausgabe des Ptolemaeus vor, welche allen Anforderungen genügen und insbesondere auch neue, treffliche Projektionsmethoden zur Darstellung der Kugelfläche in einer Ebene enthalten werde; damit jedoch auch in der kurzen Zwischenzeit die Studirenden derjenigen instrumentalen Hülfsmittel nicht entbehrten, welche ihnen das Meteoroskop liefern sollte, veröffentliche er jetzt gleich seine Anweisung zum Gebrauche zweier neuer Instrumente: des Quadranten und des Torquetums. Werner würde, wenn Gott ihm ein längeres Leben geschenkt hätte, gewiss selbst gerne die Selbstständigkeit und Nützlichkeit dieser beiden Instrumente bezeugt haben. So entstanden denn zwei an sich getrennte Traktate, die man jedoch stets in ein und demselben Bande vereinigt antrifft. Der erste derselben ist die auf Loubenberg's Verlangen angefertigte Einleitung zu Werner's Paraphrase der ptolemäischen Geographie [131]); es folgt sodann diese letztere selbst sammt dem Werkchen des Amiruccius, und ganz zuletzt als eine Art von Anhang [132]) die Schrift über das Torquetum. *) Apian hatte, wie wir wissen, ganz besonders die Bedürfnisse des Studirenden im Auge und musste deshalb, wenn er sich dem Durchschnitts-Wissensstande dieser Leserklasse anbequemen wollte, ziemlich tief herabsteigen. Allein gerade dieser Umstand macht uns das Werkchen interessant. Wir finden hier eine gedrängte, aber doch ziemlich umfassende Zusammenstellung elementarer planimetrischer und elementarer trigonometrischer Sätze, aus der wir entnehmen können, wie Apian verfuhr, um einem Astronomie-Beflissenen wenigstens die allernothwendigste rein-mathematische Schnelldressur zu Theil werden zu lassen. Indem wir sonach Alles, was in der erstgenannten Schrift zur praktischen Geometrie und zur rechnenden Astronomie gehört, späterer Betrachtung vorbehalten, concentriren wir uns hier auf den einführenden geometrisch-trigonometrischen Abschnitt. —

### Goniometrie.

An die Spitze werden zehn ausschliesslich auf die Lehre vom Kreis bezügliche Definitionen gestellt. Der Kreis ist hier keine Linie, sondern eine Fläche („planum sive superficies"); diese Erklärung weicht sowohl von jener des Euklides als auch von der gegenwärtig üblichen ab, indem wir der Curve die von ihr umschlossene „Kreisfläche" ausdrücklich gegenüberstellen, wogegen erstere bei Apian (a. a. O.) als „circumferentia circuli" erscheint.

---

*) Kästner nennt [130]) auch eine Ingolstädter Gesammtausgabe der beiden in dem Nürnberger Sammelbande von einander gesonderten Traktate [133]). Ist schon der letztere ein sprechendes Zeugniss für die Eleganz der damaligen Typographie, so muss nach Kästner's Angaben jene zweite — aus Apian's Atelier hervorgegangene — Auflage geradezu luxuriös ausgestattet gewesen sein. Regiomontan's Brief kommt auch in der letzteren zum Abdruck.

Die nun folgenden Begriffsbestimmungen von Bogen, Durchmesser, Centrum und Sehne sind die unsrigen, der Sinus aber wird, wie es dem geschichtlichen Entwickelungsgang entspricht als halbe Sehne des doppelten Bogens definirt. Neu und nach unseren Anschauungen überflüssig ist die Einführung eines „sinus rektus primus" und eines „sinus rectus secundus": „sinus rectus primus perpetuo quoque chorda propositi arcus media est, qui duplicatus nonaginta gradibus minor atque inferior est;" „sinus rectus secundus chorda est media arcus residui usque ad quartam circuli duplicetur, fere autem semper sinus complementi magis quam sinus rectus appellatur." Es kostet dem modernen Leser einige Mühe, hierin die ihm geläufige Definition von Sinus und Cosinus wiedererzuerkennen. Complement und Sinus versus (letzterer auch als „Sagitte" bezeichnet) bieten nichts Neues, dagegen enthält wieder die zwölfte und letzte Erklärung einen Begriff, von dem die moderne Trigonometrie sich völlig emancipirt hat. „Chordaga ut quidem veterum usurparunt pars est circuli gradus 15. comprehendens, atque sic si circulum totum in partes 24 dividas quaelibet earum dicitur chordaga." *) Nächst diesen unerlässlichen Bezeichnungen der für den astronomischen Praktiker unentbehrlichsten geometrischen Dinge giebt Apian sieben „communes sententiae", worunter hier nicht etwa „Axiome" im euklidischen Sinne, sondern vielmehr „willkürliche Sätze" im Sinne der späteren Compendienschreiber aus v. Wolf's Schule zu verstehen sind. Hierher gehört die Theilung des Kreises in Grade, Minuten und Sekunden, die Festsetzung, dass in den nachfolgenden Sinustafel die einzelnen Sinus in Theilen des Radius 100000 ausgedrückt werden sollen, dann freilich auch der strenge genommen in eine ganz andere Kategorie zu versetzende Lehrsatz von der Gleichheit der Sinus zweier Nebenwinkel und zwei, allerdings unmittelbar einleuchtende Sätze über Sehnen und Sagitten zweier sich resp. zu 360° und 180° ergänzenden Winkel. Nunmehr ist der Lernende genugsam vorbereitet, um an die eigentlichen Theoreme und Probleme gehen zu können, deren, unter dem gemeinschaftlichen Titel „propositiones", diese Einleitung zu den Tafeln sechs enthält, wozu noch eine „regula brevissima" zur Ausziehung der Quadratwurzel kommt. Die erste Proposition theilt, natürlich ohne Beweis, das „von Archimedes und Ptolemaeus" ermittelte Verhältniss der Peripherie zum Durchmesser $\left(\frac{22}{7}\right)$ mit, die zweite bereitet mittelst einer geometrischen Betrachtung auf die Wurzelausziehung vor, indem sie an wirklich gezeichneten Figuren ausführt, dass, wenn man eine Quadratseite in $n$ Theile theilt und die entsprechenden Parallelen zieht, das Quadrat selbst in $n^2$ Einzelquadrate zerlegt wird. Satz 3 erörtert den Vorgang des Radicirens theoretisch und verweist betreffs des Praktischen auf die erwähnte kurze Regel. Interessant in dieser Umgebung ist der nächste Satz, der die Verwandlung eines Rechteckes in ein Quadrat lehrt. Genau, wie diess in unseren Schulen geschieht, vollzieht sich dieselbe durch Construktion einer mittleren Proportionallinie. Nun kommt der pythagoräische Lehrsatz an die Reihe, den jedoch Apian nicht unter diesem Namen, sondern ledig-

---

*) Kästner, der zuerst auf das überaus häufige Vorkommen des Wortes „Kardaga" in Peurbach's Werken hinweist, sucht auch über die Etymologen desselben sich Klarheit zu verschaffen [116]. Dass es aus dem Arabischen stammt, hat er und sein Gewahrsmann Tychsen richtig erkannt; wir freilich wissen jetzt, dass Kardaga selbst nicht acht arabischen Ursprunges, sondern eine arabische Verketzerung des Sanskritwortes kramajyā ist, welch' letzteres den indischen Geometern allerdings $\frac{1}{96}$ des Kreisumfanges bedeutete [116]. In Europa scheint Lullus das Wort eingebürgert zu haben [117].

lich als vorletzten Satz des ersten Buches der „Elemente" kennt. Auch der Beweis ist der euklidische, allein da gerade die zwei wichtigsten Hülfslinien in der beigegebenen Figur nicht ausgezogen sind, so gewinnt es den Anschein, als habe der Verfasser diesen Beweis mehr zur Salvirung seines mathematischen Gewissens aufgenommen, sich für den Schüler aber mehr auf die Demonstratio ad oculos verlassen, welche darin zu erblicken ist, dass die drei über der Hypotenuse und über den beiden Katheten errichteten Quadrate resp. in 25, 16 und 9 Zellen getheilt sind. Die „propositio sexta" endlich geht zur Hauptsache über und eröffnet die Grundsätze, auf welchen die Construktion trigonometrischer Tafeln beruht: „quonam pacto ex praemissis propositionibus arcus sinum invenias." Die Beantwortung der hier gestellten Frage nimmt zwei enggedruckte Folioseiten in Anspruch.[138])

### Sinus und Chorden.

Dass sie so lang ausfallen musste, während doch im Wesentlichen nur der Gang der Rechnung skizzirt, auf das eigentliche Detail aber nicht eingegangen wird, hat seinen Grund darin, dass Apian, der ein Minimum geometrischer Kenntnisse bei seinen Lesern voraussetzt, jeden einzelnen Hülfssatz, den er verwendet, erst selbst wieder verificiren muss. Er zeichnet in einen Kreis ein Quadrat und ein reguläres Sechseck, zeigt, dass $\sin 90°$ gleich Sinus Totus gleich 100000, $\sin 30° = 50000$ sei und berechnet nun

$$\sin 45° = \sqrt{5000000000} \ , \quad \sin 60° = \sqrt{7500000000} \ .$$

Alsdann wird noch gezeigt, wie man den Sinus von $(45 - 30 = 15)$ Grad und jenen von $(90 - 15 = 75)$ Grad bestimmen kann. Weiter geht Apian nicht; er glaubte wohl, dass das Mitgetheilte einen oberflächlichen Begriff von der Anfertigung einer Sinustabelle geben könne, und dass sein Leserkreis damit zufrieden sein werde. Es folgt dann auf neun Seiten diese Tabelle selbst, welche von Minute zu Minute innerhalb des Intervalles 0° bis 90° den Sinus finden lehrt. Differenzen werden nicht gegeben, wohl deshalb, weil bei den Rechnungen, welche von den Besitzern dieses Elementarwerkes gefordert wurden, die Sicherheit der Beobachtungen doch höchstens bis zu einer Bogensekunde verbürgt werden konnte. Eine Nachschrift erörtert noch, wie man auch den Sinus stumpfer und überstumpfer Winkel aus der Tabelle entnehmen könne, doch werden nur die Absolutwerthe, nicht jedoch die Vorzeichen berücksichtigt. Desgleichen wird gezeigt, wie man zu einem gegebenen Sinus den zugehörigen Bogen aufzuschlagen habe, resp. was zu thun sei, wenn die Rechnung auf den Sinus versus, statt auf den Bogen selber führe. Einen Anklang an die griechische Sehnenrechnung bieten die beiden Problemstellungen: „Arcus alicujus dati chordam subtensam et perfectam quo pacto investiges?" und „Chordae propositae arcum qua ratione invenire queas?" Doch werden dieselben mit ganz wenigen Worten abgemacht, wohl weil die indisch-arabische Trigonometrie so fest bereits ihre Wurzeln geschlagen hatte, dass die Sehne als bestimmendes Element nur ganz ausnahmsweise noch in eine Aufgabe eingehen konnte. Unmittelbar nach der zuletzt genannten Frage beginnen [139]) die astronomischen Anwendungen, welche an diesem Orte unserem Programme gemäss noch nicht Gegenstand der Besprechung sein sollen.

### Instrumentum primi mobilis.

Es wird vielmehr angezeigt sein, im unmittelbaren Anschluss an die „Introductio" erst noch das zweite trigonometrische Werk [139]) Apian's vorzunehmen, soweit dasselbe zur reinen Mathematik Gehöriges enthält. Dieses Werk stammt aus einer späteren Periode und darf wohl als die Quintessenz dessen betrachtet werden, was sein Verfasser auf dem Gebiete der astronomischen Anwendungen der Trigonometrie mittelst dieser letzteren leisten zu können glaubte. Gewidmet ist es dem Bischof Christoph von Augsburg; dass derselbe dem schwäbischen Freiherrngeschlecht der Stadion angehörte, wäre an sich gleichgiltig und verdient an dieser Stelle nur um desswillen Erwähnung, weil Apian seine Devotion gegen diese Familie mit seiner mathematischen Kunstfertigkeit in eine höchst sonderbare Verbindung bringt. Das Wappen der Stadion zeigt nämlich, von Ähren als Helmzierde abgesehen, drei und drei Fuchseisen („instrumentum quo lupis capiendis strui solent insidiae") und Apian stellte sich nun die von einer etwas byzantinischen Gesinnung zeugende Aufgabe, die Form eines solchen Fuchseisens durch exakte geometrische Construktion nachzubilden. Diess gelang ihm, indem er über jedem der beiden Begrenzungsradien eines Quadranten einen Halbkreis nach innen zu beschrieb, denn nun ergab die von drei (theilweise sich selbst durchsetzenden) Kreisbögen begrenzte Figur in der That ein Ding, welches dem halbmondförmigen Jagdgeräthe auf dem Helme und im Schilde des dem Buche vorgedruckten Wappens ähnlich genug sieht. Mit dieser Bereicherung des geometrischen Formenschatzes, zum Theil sogar in recht künstlerischer Ausführung, wird man beim Durchblättern des Buches nicht weniger als dreimal überrascht! In der Zueignungsschrift an den Kirchenfürsten rühmt Apian sich noch, dass er auf ganz ähnliche Weise auch das herzoglich-sächsische und das Loubenberg'sche Wappen in's Mathematische übersetzt habe.

### Graphische Darstellung der Sinus.

Der Leser wird nun geneigt sein, dieses Figurenspiel blos für einen geistreichen, vielleicht sogar geschmacklosen Einfall ohne Werth zu halten. Indess geschähe damit dem höflichen Gelehrten entschiedenes Unrecht. Denn, wie wir gleich sehen werden, ist das bewusste Fuchseisen zugleich eben jenes „instrumentum primi mobilis,"*) von welchem die Titelworte berichten. Die Verwendung der Vorrichtung ist folgende: Nachdem der Umfang des Quadranten, auf dessen Halbmessern die uns bekannten Halbkreise errichtet sind, in 90° abgetheilt worden ist, befestigt man im Mittelpunkt einen Faden,[141]) dessen Gebrauch gleich nachher erhellen wird. Endlich beschreibe man noch aus einem der Symmetrielinie des Quadranten angehörigen Punkt, dessen Auffindung Apian weitläufig auseinandersetzt, dessen Entfernung in unserer Bezeichnung, wenn r den Halbmesser darstellt, jedoch ganz einfach durch $\frac{r}{\sqrt{8}}$ ausgedrückt wird, einen durch die Endpunkte des Quadranten gehenden und

---

*) In der „octava sphaera," dem Fixsternhimmel, dachten sich die Anhänger des Ptolemaeus die treibende Bewegungsursache, das „primum mobile," befindlich, welches eben die vierundzwanzigstündige Rotation des Himmels bewirkte. Da die Sinus nur fast ausschliesslich zur Berechnung von Fixstern-Distanzen in Anwendung kamen, so mochte es nicht ferne liegen, ein wesentlich zu ihrer Berechnung dienendes Hülfsmittel nach dem Orte der Sterne, dem Sitze des primum mobile, zu benennen.

etwas über diesen letzteren hinausgehenden Kreisbogen.*) Diesem concentrisch werden dann noch zwei andere minder ausgedehnte Kreisbogen gezeichnet, deren gegenseitiger Abstand so gross gewählt wird, dass gerade die Gradstriche und die den einzelnen Graden beizuschreibenden Zahlen innerhalb der Kreisringe Platz finden. Damit ist der „Limbus" vollendet, der centrale Faden repräsentirt die Alhydade. Nunmehr werde der eine der begrenzenden Radien in eine an sich ganz willkürliche Anzahl gleicher Theile getheilt; es empfehle sich jedoch, meint Apian, hiezu stets eine Potenz von 10 zu wählen. Er selbst wählt bekanntlich als Einheit $\frac{1}{100000}$ des Radius.

### Generelle Betrachtung von Apian's Methode.

Nunmehr kann mit Einem Schlage Sinus und Sinus versus gefunden werden, sobald noch von dem in $n$ gleiche Theile getheilten Radius aus concentrische Kreise durch jeden einzelnen Theilpunkt bis zum Durchschnitt mit dem über dem Radius construirten Halbkreis gezogen sind. Jener letztgenannte Halbkreis ist der „semicirculus versus", der andere der „semicirculus rectus". Soll nun etwa für 75° der Sinus versus gefunden werden, so lege man den vom Centrum ausgehenden Faden gespannt an den Theilpunkt 75 des Limbus und markire den Punkt, in welchem dieser Faden den semicirculus versus durchschneidet; verfolgt man dann den von diesem Punkt zum Durchmesser herabgehenden Kreisbogen und gelangt hiebei zum Theilpunkt $p$ (vom Quadranten-Centrum aus gerechnet), so ist der gesuchte Sinus versus $= n - p$. Verfährt man ganz genau ebenso mit dem semicirculus rectus und gelangt auf dessen Durchmesser zum Theilpunkt $q$, so ist jetzt der Sinus selbst $= q$. Der Beweis für die Richtigkeit dieses Verfahrens ist bei Apian allerdings nur unbefriedigend geführt; uns dagegen fällt er sehr leicht. Bezeichnet man nämlich mit Apian mit $AB = BC = n$ resp. die Diameter des semicirculus versus und des semicirculus rectus, mit $D$ und $E$ die Mittelpunkte dieser Strecken, mit $G$ den von der Alhydade getroffenen Theilpunkt des Limbus, endlich mit $H$ und $K$ die Punkte, welche die Alhydade mit beiden Halbzirkeln gemein hat, so ergiebt sich, wenn noch $HD$ und $KE$ gezogen und $\measuredangle BAG = \alpha$ gesetzt wird, aus den gleichschenkligen Dreiecken $AHD$ und $AKE$ unmittelbar

$$\frac{\frac{AH}{2}}{\frac{n}{2}} = \cos\alpha, \quad AJ = n - n\cos\alpha = n \sin vers\, \alpha,$$

woferne, wie diess Apian verlangt, $AJ$ auf $AB = AH$ gemacht wurde, sowie andererseits

$$\frac{\frac{AK}{2}}{\frac{n}{2}} = \cos(90° - \alpha), \quad AK = n \sin\alpha.$$

---

*) Man begreift, dass jenes Übergreifen der Halbkreise nicht aus geometrischen, sondern mehr aus heraldischen Gründen nothwendig war, um die scharfen Spitzen der Fangeisen zum Ausdruck zu bringen.

Man wird kaum anstehen, das ganze Verfahren für sinnreich und für das verhältnissmässig denkbar einfachste zu erklären. Denn, wenn sonst in den goniometrischen Lehrbüchern jener Periode die Anweisung ertheilt wird, man solle eben die Sinuslothe wirklich zeichnen und sodann messen, so wird ganz ignorirt, dass erstens diese Mannigfaltigkeit von Perpendikeln die Übersichtlichkeit der Zeichnung bis auf's Äusserste stören musste, und dass zweitens die Konstruktion so vieler rechter Winkel eine ganze Fülle von Fehlerquellen bedingte. Ganz anders Apian's Mechanismus. Denkt man sich das „instrumentum primi mobilis" ein für allemal, in hinlänglich grossem Maassstab, in Metall ausgeführt, so leistet es alles Erforderliche schnell und sicher, und wir werden dem Manne unsere Achtung nicht versagen, der eine an sich groteske Idee in so überraschender Weise zu realisiren und eine willkürliche geometrische Spekulation in ein so höchst brauchbares Hülfsmittel der ausübenden Goniometrie umzusetzen verstanden hat.

### Sinustafel.

An die Beschreibung des Instrumentes schliesst sich die uns bekannte Sinustafel und am diese wiederum eine gedrängte Vorschrift, zum Argument die Funktionen, zu den Funktionen das Argument aufzusuchen. Neues bietet letztere nicht, vielmehr wird sehr schnell über sie hinweggegangen, um zu den interessanteren astronomischen Anwendungen der Sinusrechnung zu gelangen. Damit ist denn auch unsere eigene Aufgabe, insoweit wir uns dieselbe zunächst hier gestellt hatten, gelöst. Wenn es vielleicht scheinen sollte, als seien wir in unserer Analyse der zweiten trigonometrischen Schrift Apian's etwas gar zu weitläufig geworden, so möge zu unserer Entschuldigung der Umstand sprechen, dass, wie wir wenigstens glauben, eben diese Schrift bislang viel zu wenig von den Geschichtschreibern gewürdigt worden ist. Wer z. B. vielleicht blos den betreffenden, ziemlich umfangreichen, Abschnitt in Kästner's Geschichtswerk [132]) gelesen hat, wird zwar von Apian's Unterwürfigkeit gegen Grosse dieser Welt, ganz gewiss aber nicht von seinem Geschick und praktischen Talent eine richtige Vorstellung bekommen haben.

### Ebene Trigonometrie bei Apian.

Welchen Gesammteindruck gewährt uns nun die Thätigkeit, welche Apian in reiner Geometrie und elementarer Trigonometrie entfaltete, soweit uns dessen gedruckte Werke zu einem Urtheil gerade über diese, offenbar nicht mit besonderer Vorliebe gepflegte, Seite seiner Thätigkeit berechtigen? Wir sehen, dass der Ingolstädter Mathematiker seinen Euklid gründlich los hatte,\*) dass er aber auch gründlich über die Frage nachgedacht hatte, welches Minimum theoretischer Kenntnisse einem Studirenden nöthig war, der sich lediglich in gewissen Partieen der angewandten Mathematik umsehen wollte. Ob es mit unseren geläuterten pädagogischen Anschauungen verträglich erscheinen kann, einen jungen Mann durch eine solche didaktische Schnellpresse gehen zu lassen, ist eine Frage für sich, allein das wird man zugestehen müssen, dass man im Falle der Bejahung sich dieser Pflicht nicht wird zu-

---

\*) Diess beweisen die zahlreichen Citate, welche allerorts aus dem geometrischen Fundamentalwerk gemacht werden.

gleich rascher und besser entledigen können, als dies Apian gethan hat. In der ebenen und sphärischen Trigonometrie steht derselbe nicht völlig auf der Höhe seiner Zeit, denn er operirt ausschliesslich mit Sinus, Cosinus und Sinus versus, wogegen ihm die von Albategnius eingeführte und in Regiomontan's „tabula foecunda" energisch verwerthete Tangente, die ebenfalls arabische, von Abul Wâfa [134]) zuerst gebrauchte Cotangente und auch die coppernicanische Sekante (a. a. O.) anscheinend fast (s. S. 39) unbekannt geblieben sind. Auf der anderen Seite aber weiss er alle ihm in den Wurf kommenden Probleme so zu wenden, dass er mit seinen etwas primitiven Hülfsmitteln aufs Beste ausreicht, und in dieser seiner unläugbaren Gewandtheit bewährt er sich wieder als Kenner. Seine trigonometrischen Tabellen beweisen allerdings, dass er ein feiner astronomischer Rechner nicht war; anderenfalls würde er dem Interpoliren, welches kurz vorher durch Einführung doppelter Differenzreihen von Coppernicus eine beträchtliche Förderung erfahren hatte,[134]) mehr Beachtung geschenkt haben. Auch würde für Rechnungen, wie sie dieser letztere für seine grossen Ziele anstellen musste, der Apian Versuch, die Sinustafel durch instrumentale Mittel zu ersetzen, bei weitem nicht die wünschenswerthe Genauigkeit geboten haben, allein daran glauben wir festhalten zu müssen: lässt man jenen Versuch überhaupt einmal als berechtigt zu, so kann er zu keiner einfacheren und glücklicheren Lösung führen, als die von Apian gegebene ist. Die Neuzeit bedarf einer instrumentalen Trigonometrie nicht mehr, allein das fünfzehnte und sechzehnte Jahrhundert dachte hierüber anders,\*) und wenn man in jener Zeit dem „instrumentum" mit Bewunderung begegnete, darf uns das in keiner Weise Wunder nehmen, wenn wir nur einigermassen den Zeitumständen Rechnung zu tragen wissen.

### Praktische Geometrie.

Mit der reinen Mathematik abschliessend wenden wir uns nun jener Disciplin zu, welche uns am Ungezwungensten den Übergang zur angewandten Grössenlehre vermittelt: der praktischen Geometrie. Dieselbe ist zugleich jenes Arbeitsfeld, dessen Kultivirung Apian mit besonderer Vorliebe sich zuzuwenden pflegte, und nicht selten werden wir Gelegenheit haben, wenn auch nicht gerade geniale Züge, so doch Beweise seiner Umsicht, Sachkunde und zumal seiner ungewöhnlichen Talente in mechanisch-technischen Dingen anzutreffen. Der von geodätischen Gegenständen handelnden Schriften aus der Feder unseres Apian haben wir eine ganz hübsche Reihe zu verzeichnen. Dass wir unsere Darstellung gleich auch über jene Publikationen ausdehnen, welche der Gnomonik und überhaupt der direkten Bestimmung der wahren Zeit gewidmet sind, wird bei allen Jenen Billigung finden, welche mit der bei den Geometern jenes Zeitalters durchgängig anzutreffenden Tendenz vertraut sind, mit einem und demselben Instrumente gleich alle möglichen Aufgaben zu lösen.

### Zeitbestimmung bei Nacht.

Bereits im Jahre 1524 trat Apian mit einem solchen vielumfassenden Instrumente vor die Öffentlichkeit. Er fügte nämlich seinem ersten wirklich bedeutenden Werke, dem „Cosmographicus liber", einen Anhang bei, den er auf den dringenden Wunsch seines Bru-

---

\*) Unwillkürlich erinnert die Apian'sche Vorrichtung an den vom Cardinal Nikolaus Cusanus erfundenen Transporteur zur Kreisquadratur, welchen dieser auch „in ere aut ligno" anfertigen liess.[133])

ders Georg auszuarbeiten sich entschlossen hatte,*) und der dazu dienen sollte, „horam usualem noctu ex radiis Lunaribus mediante Compasso prope verum cognoscere"[116]).**) Dieser „Compass" besteht in einem getheilten Kreise, dessen Peripherie zur Hälfte den Tag-, zur Hälfte den Nachtstunden angehört. Um dessen Mittelpunkt dreht sich ein kleinerer concentrischer Kreis, auf dessen Limbus Monate und Tage verzeichnet stehen, während in seinem Innern der Vollmond sowie der total verfinsterte Neumond in gleicher Entfernung vom Mittelpunkt angebracht sind. Endlich ist noch ein dritter, concentrischer und zugleich drehbarer Kreis vorhanden, aus welchem ein excentrischer Kreis so ausgeschnitten ist, dass bei geeigneter Verstellung die beiden Mondscheiben genau in die Lücke sich einpassen lassen. Dieses Instrument wird nun vertikal gegen den Mond gehalten und auf dem Limbus die „Mondstunde" abgelesen. Diess ist jedoch nicht die wahre Nachtstunde, vielmehr muss man obiges Resultat dadurch verbessern, dass man das „Alter" des Mondes mit $12^0$ 11' multiplicirt,***) durch 15 dividirt und den Quotienten zu der direkt abgelesenen Zahl hinzuaddirt. Hierauf wird das Wesen der Mondphasen durch Wort und Bild erläutert und zur Bestimmung der Stellung von Mond und Sonne die „Generalregel" gegeben, dass der beleuchtete Theil der Mondscheibe stets nach der Sonne hin blickt. Klarer ist die Beschreibung der Sternuhr, welch' letztere denn auch für die Praxis nutzbringender sein mochte, als das auf die Beobachtung des Mondes begründete Zeitmessinstrument. Diese Sternuhr beruht auf vorhergehender Bestimmung des Tages, an welchem ein leicht zu erkennender Circumpolarstern, also am Besten $\alpha$ des grossen Bären, mit der Sonne gleiche Rektascension besitzt. Nun theile man eine Scheibe in die 12 Monats- und 365 Tageszahlen, eine andere ihr concentrische und drehbare dagegen in 24 Stunden ab und schneide in letztere, um die Stunden auch bei Nacht auffinden zu können, die entsprechenden Zähne ein. Um das gemeinschaftliche Centrum lasse sich schliesslich auch ein Lineal als Alhydade drehen; diess Lineal muss über die Zähne hinausragen und durchbohrt sein. Soll eine Zeitbestimmung gemacht werden, so stellt man die drehbare Scheibe so, dass der der Mitternachtstunde entsprechende — etwa durch Grösse ausgezeichnete — Zahn auf den betreffenden Monatstag zu stehen kommt, ergreift die Uhr bei einem Handgriff und visirt durch den im Lineal befindlichen Loch-Diopter den Polarstern an. Hierauf verschiebt man, immer den Polarstern im Auge behaltend, das Lineal so lange, bis seine eine Kante mit der Verbindungslinie von $\alpha$ und $\beta$ Ursae majoris am Himmel zusammenzufallen scheint; die Stunde, auf welche jetzt die Alhydade hinweist, ist die gesuchte. Apian scheint auf seine Idee etwas gehalten zu haben, denn er reproducirt sie mit den gleichen Worten und Figuren auch in dem gnomonischen Werkchen, auf welches wir gleich nachher zu sprechen

---

*) Man findet hie und da irrigerweise diesen „Appendix" nicht der Kosmographie selbst, sondern ihrer Vorläuferin, der „Isagoge" beigebunden. Bei dem vom Verf. benutzten Exemplar ist dies z. B. der Fall.

**) Da der „Cosmographicus liber" merkwürdigerweise eine Numerirung nach Seiten aufweist, so haben wir dieselbe auch über den ihrer entbehrenden Anhang ausgedehnt.

***) In dieser — wörtlich aus dem Originale übertragenen — Fassung ist die Regel offenbar ganz sinnlos. Es ist gemeint, dass der Werth $12^0$ 11' in Minuten verwandelt und hierauf als unbenannte Zahl behandelt werden soll, nachdem vorher die 15 Stunden ebenfalls in Minuten umgesetzt wurden. Das Ergänzungsglied ist demzufolge $\left(\frac{12 \cdot 60 + 11}{15 \cdot 60} = \frac{731}{900}\right) \times$ Alter des Mondes.

kommen werden. Allein die Idee ist auch geistreich, wie schon daraus hervorgeht, dass sie in wesentlich unveränderter Form sich bis in unsere Zeit erhalten hat. Maedler beschreibt [15]) eine Monduhr, welche bis auf Abweichungen im Einzelnen mit der von Apian vorgeschlagenen übereinstimmt, so dass wir sogar, ohne dem Sinne etwas zu vergeben, die sehr kurze und aphoristische Beschreibung des Originales im Obigen durch die deutlichere des modernen Schriftstellers ersetzen konnten. Allein es verdient doch als eine ganz interessante geschichtliche Thatsache festgehalten zu werden, dass die, in wesentlich unveränderter Konstruktion von Liebhabern der Sternkunde heute noch gebrauchte, Monduhr einen deutschen Astronomen des XVI. Jahrhunderts zum Erfinder hat.

## Zeitmessinstrument.

Die im gleichen Jahre gedruckte Gnomonik,[129]) deren Inhalt ihre Titelaufschrift mit grosser Redseligkeit bekannt macht, ist einem Freunde Apian's, dem Pfarrer zu St. Jodokus, Johann Landsperger, dedicirt, dessen Bekanntschaft er wohl während seines zeitweiligen Aufenthaltes in dessen Wohnort Landshut gemacht hatte. Sowohl aus eigener Erfahrung als auch aus Mittheilungen des gemeinsamen Freundes Aventin wisse er, dass Landsperger die Mathematik schätze und fördere, und so bringe er ihm jetzt diess sein neuestes Geistesprodukt dar, welches, wie er hoffe, insbesondere auch den Auslegern der heiligen Schrift sich nützlich erweisen solle. Wie diess gemeint war, wird uns bald klar werden, sobald wir den ziemlich bunten Inhalt vor unseren Augen vorüberziehen lassen. Apian giebt zunächst eine Tafel der Polhöhen für 76 (europäische, asiatische und nordafrikanische) Städte, damit sein gnomonisches Instrument an verschiedenen Orten der Erde benützt werden könne. Dieses selbst, zu dessen Beschreibung er sich nun wendet, „der Sonneninstrument genendt Theorica", ist einfach ein Transporteur, wie ihn unsere Reisszeuge enthalten, jedoch mit dem Unterschiede, dass nur der eine der beiden Quadranten wirklich in neunzig Grade getheilt ist; bei den „Sternsehern" führe dasselbe „nach Kriechischer sprach" auch den Namen „Organum". Stellt man diesen Transporteur vertikal und lässt von dem höchsten, das Zenith repräsentirenden, Punkt ein Loth („margarith oder perla") an einem Faden herabhängen, so muss diess im Centrum einspielen. Es wird nun gezeigt, wie man das Instrument auf die Polhöhe einstellen, die Tagsstunde durch Beobachtung des Sonnenschattens bestimmen, Länge von Tag und Nacht, sowie Dauer der Dämmerung finden, endlich den Pol und seine Höhe auch bei Sonnenschein wahrnehmen kann. Auf den in den Zueignungsworten erwähnten theologischen Gebrauch der Erfindung weist hin das 10te Kapitel,[130]) „von den Planetenstunden, wy wo, unn worumb sy erfunden seint". Da der Inhalt dieses Kapitels zum Verständniss zahlreicher Andeutungen in astronomischen Schriften Apian's sowohl als auch anderer Gelehrten des XVI. Säkulums beiträgt, so setzen wir wenigstens dessen Eingang vollinhaltlich hierher: „Als uns Hermes Trismeglstus bezeugt, so haben die alten Babilonischen, und Caldeyschen, unnd Judische meister der gestirn einen ytzlichen tag, er sey lang oder kurtz, desgleichen auch die nacht getaylt in 12. gleiche tayl, die selbige taylung haben sy den Siben Planeten (nach ordnung) zu geaygnet, und genendt die Planeten stunden. Auch haben sy dise ordnung und regierung der Planeten heymlich behalten und verschwigen, auch wenig menschen angezaygt, welchen Arabischen meistern haben nachgevolgt Phoenices Syri, der hochberühmte Albumasar, Ababieten, Bethenn uund Marsilius Florentinus, uund vil ander hochberümbte mayster. Bey den Newen aber, zu unsern zeiten, kan und wirt kain krefftige auch glaubwirdige ursach, gedachter regierung, ergrundt. Jedoch wöllen wir der alten Invention nit verwerffen, dieweyl sie uns vil geschrifft ist ercleren, sunderlich die zeit der stunden, so in altem uund neuem Testament der biblischen geschrifft beschriben seindt". An einer grösseren Anzahl von Stellen aus den vier Evangelien wird gezeigt, dass man nur bei genauer Kenntniss dieser Stundeneintheilung die biblischen Zeitangaben richtig verstehen könne. Nicht minder bedürfe solcher Kenntniss der Alterthumskenner, um gewisse Punkte bei Dionysius Areopagita, Macrobius und in den Gedichten des Lucanus zu verstehen. Um zu finden, welcher gewöhnlichen Tagesstunde die Planetenstunde an einem bestimmten Tage entspricht, zeichnet Apian einen Rhombus oder, wie er sagt, „ein weckel",*) dessen obere Hälfte schwarz ausgefüllt ist. Zwei parallele Seiten sind in zweimal zwölf, die beiden anderen in 24 Theile getheilt; die Theilpunkte, welche von 1—24 reichen, sind jeweils mit den ihnen entsprechenden auf der Gegenseite, jene dagegen, welche von 1—12 und dann wieder von 1—12 reichen, ausserdem auch noch mit den beiden Endpunkten der kürzeren Diagonale durch gestrichelte Gerade verbunden. Diese letzteren Geraden markiren die Planetenstunden. Will man nun wissen, welche Planetenzeit an einem Tage von vierzehnstündiger Länge der gewöhnlichen Zeit 10 Uhr Vormittag entspricht, so geht man auf jener Seite des weissen Dreieckes, welche in 24 Theile getheilt ist, bis zum Theilpunkt 14 und auf der anderen bis zum ersten Theilpunkt 10 (der zweite würde 10 Uhr Abends entsprechen) und zieht durch jeden dieser beiden Punkte eine Gerade, deren erste der Vormittag-Nachmittag-Linie parallel ist, während die zweite auf ihr senkrecht steht. Beide Gerade schneiden sich innerhalb eines gewissen, von zwei gestrichelten Linien gebildeten, Winkelraumes, und jeder solche Winkelraum ist durch eine eingeschriebene Ziffer einer Planetenstunde zugeordnet. Wir haben es hier mit einem ganz eleganten Verfahren zu thun, welches man gewiss ohne Zwang als Coordinatenbestimmung bezeichnen kann, da alle charakteristischen Merkmale einer solchen vorhanden sind. Jedenfalls möchten wir diese Konstruktion den Geschichtschreibern der Mathematik als eine ihrer Beachtung nicht unwürdige Vorläuferin der späteren wirklichen Coordinatengeometrie signalisiren. Auch unter dem rein astronomischen Gesichtspunkt ist Apian's Behandlung der „ungleichen" Stunden merkwürdig; diese eigenthümliche Eintheilung erhielt sich nach Wolf [149]) bis tief in die griechische Zeit hinein, ja — was wohl hervorgehoben zu werden verdient — in der Reichsstadt Nürnberg in etwas modificirter Weise bis in das vorige Jahrhundert, und selbst jetzt sind daselbst noch Anklänge an die frühere Art der Zeitmessung nicht zu verkennen. — Die weitere Fortsetzung unseres Apian'schen Büchlein's greift vielfach in das Gebiet der Astrologie über und kommt deshalb erst im späteren Verlaufe dieser unserer Besprechung wieder an die Reihe.

### Der Quadrant.

Die Vervollkommnung der Beobachtungswerkzeuge, und damit zusammenhängend, auch der Beobachtungstechnik, war ein besonderes Anliegen Apian's, welches sich in dem zweiten

---

*) Diese Bezeichnung wählt Apian wohl im Hinblick auf das bayrische Wappen, dessen weiss-blaue Rauten in älteren Drucken nicht selten „Wecken" genannt werden.

Jahrzehnt seiner wissenschaftlichen Thätigkeit in verschiedenen Publikationen kundgiebt. In erster Linie treffen wir hier auf den Quadranten, dessen Beschreibung sich uns in Gestalt einer stattlichen, mit zahllosen Illustrationen geschmückten, Monographie vorstellt.[141]) Hat derselbe wie sein Name besagt, auch in erster Linie astronomischen Zwecken zu genügen, so ist er doch auch dem Feldmesser willkommen, denn einem Passus des ungeheuer weitschweifigen Titelblattes zufolge dient er auch zur Bestimmung von Distanzen, zur Messung von Höhen der Thürme und von Tiefen der Brunnen. Die Widmung an des Kaisers Geheimschreiber, Mathias Zymmerman, betont besonders, dass der Quadrant unter allen Polhöhen seine Brauchbarkeit beibehalte, sobald nur gewisse einfache Veränderungen an den darauf angebrachten Linien angebracht seien.*) Da uns zunächst nur die geodätische Bestimmung des Instrumentes interessirt, so gehen wir gleich zu[142]) „pars libri hujus tertia de turrium aliarumque structurarum dimensionibus juxta ipsarum et altitudinem et mutuam inter se distantiam, et de aquaeductibus" über, indem wir nur vorübergehend bemerken, dass in der dreizehnten Proposition der Quadrant auch zu der Lösung der bei Apian besonders beliebten Aufgabe verwendet wird,[143]) „horas nocturno tempore, ex 16. superioribus stellis fixis, internoscere." Die Höhenmessung senkrechter Erhebungen beruht wie gewöhnlich darauf, die Schattenlänge linear zu messen, den Quadranten mit seinem einen Schenkel in die Richtung des Sonnenstrahles zu bringen und den zwischen diesem Schenkel und dem Bleiloth befindlichen Winkel $\alpha$ abzulesen, worauf die Höhe $h = a \tan (90^\circ - \alpha) = a \cot \alpha$ gefunden wird. Da Apian, wie wir wissen, über keine Tangentafel disponirt, gestaltet sich die Rechnung bei ihm allerdings minder einfach. Natürlich kann auch statt des Schattens die Entfernung vom Fusspunkt unmittelbar gemessen und dafür die Spitze des Thurmes direkt anvisirt werden; diese Erweiterung des gewöhnlichen — angeblich von Thales herrührenden — Verfahrens wird sehr detaillirt auseinandergesetzt. Ein Gleiches gilt, wenn die Höhe des Auges besonders in Rechnung gezogen werden muss. Bei der Tiefenmessung wird der Quadrant so gehalten, dass die — durch zwei auf dem einen Schenkel angebrachte Sehlöcher markirte — Gesichtslinie gerade gleichmässig mit dem Brunnenrande und mit dem Wasserspiegel abschneidet[144]). An diese Aufgabe schliessen sich ganz interessante Untersuchungen über Wasserversorgung, Apian kennt offenbar das Gesetz der communicirenden Röhren und die Grundsätze, nach welchem artesische Brunnen angelegt werden, und so legt er sich die Frage vor, wie eine in hügelichem, an unterirdischen Wasser-Reservoirs reichem, Terrain erbaute Festung durch einen dem Auge des Belagerers entzogenen Kanal mit Trinkwasser versehen werden könne. Es führt diess natürlich zu jener Operation, welche wir heute als die des Nivellirens bezeichnen. Im Anschluss daran wird eine von Vitruv angegebene Methode der Quellenfindung gelehrt, die freilich, wie sie auf sehr problematischen Prinzipien beruht, so auch nur sehr problematische Ergebnisse liefern dürfte. Ein sehr ausführlich dargelegtes Verfahren endlich, Höhen und Tiefen mittelst der Gleichheit des Einfalls- und Reflexionswinkels zu messen, gehört mehr zu den Spielereien geodätischer Natur, freilich aber zu jenen Spielereien, die damals ganz besonderen Anklang fanden, wie sie denn auch in dem verbreitetsten Com-

---

*) Man kann diess schon an den beiden Abbildungen des Quadranten constatiren, welche auf dem Titelblatte und auf Seite drei stehen, denn erstere stellt ihn für die geographischen Breiten 50°, 61° 52°, letztere für die Breiten 47°, 48°, 49° adaptirt dar.

pendium des Zeitalters, dem des Jakob Koebel von Oppenheim, zu finden sind.[16]) Nun folgen wieder die beliebten Aufgaben über Zeitbestimmung. Ein neuer zu diesem Zwecke erfundener Apparat, der „Horometer", dient diesem nicht allein, sondern auch manchen anderen Aufgaben; seine nähere Beschreibung wird man uns erlassen, da ja doch wieder nur die uns wohlbekannten Gedanken in Verwirklichung treten. Aber erwähnenswerth dünkt uns der Umstand, dass ein neues trigonometrisches Hülfsmittel hier wenigstens subsidär zur Geltung kommt. „Ad extremum limbus ille exterior $AC$," so heisst der Wortlaut dieser Stelle[106]), „divisus est in partes 100. significantes puncta umbrae rectae, et inferius iterum ite a cruce † usque ad literam $B$ dissectus est in totidem partes, que puncta designant umbrae versae." Apian fügt diesen Worten noch die ausdrücklich bei, er enthalte sich um desswillen näherer Erläuterungen, weil der Gebrauch dieser neuen Begriffe nur ein beschränkter sei. Wer jedoch weiss, dass seit Abul Wâfa's Zeit eben diese Kunstwörter „umbra recta" und „umbra versa" aus leicht einleuchtenden gnomonischen Gründen das bedeuteten, was eine spätere Zeit unter Cotangens und Tangens begriff,\*) der kann es nur bedauern, dass Mangel an Tafeln gerade einen Apian des grossen Nutzens zweier so äusserst verwendbarer goniometrischer Funktionen beraubte. Ein Abschnitt von ganz eigenthümlichem Charakter beschliesst das Werk; wir möchten die neue Disciplin, die darin von Apian's reger Phantasie begründet wird, als digitale Chronologie und Astronomie bezeichnen, ein Seitenstück zu dem digitalen Rechnen.\*\*) Da wird gezeigt, wie man durch gewandten Gebrauch der Finger Astrognosie treiben, d. h. sich über den Ort der wichtigeren Fixsterne unterrichten könne, da wird der auch heute noch gerne geübte Kunstgriff gelehrt, „manum cum digitis in 12. menses totius anni partiri," da wird aus Holzstäbchen oder Strohhalmen ein Instrument zur Zeitbestimmung bei Nacht angefertigt, und noch grösserer Vereinfachung halber werden endlich diese Stäbchen noch durch die ausgestreckten Finger beider Hände ersetzt, „si neque calamorum nec virgultorum tibi sit copia." „Die Rüthchen oder Finger geben gegenseitige Lagen der Sterne um den Pol."[116]) Diess der wesentliche Inhalt der ersten systematischer abgefassten Schrift Apian's über Instrumentenkunde. Wir glauben nicht, dass an rein wissenschaftlichem Gehalt dieselbe ihre zahlreichen Collegionen aus derselben Periode überragt, wohl aber hat man bei ihrer Lektüre mehrfach Anlass, des Autors Findigkeit und Geschick, die vorhandenen geringen Hülfsmittel vielseitig zu verwenden, wo nicht zu bewundern, so doch anzuerkennen.

### Distanzmessung.

Am reichsten entfaltete sich Apian's literarische Wirksamkeit auf feldmesserischem Gebiete im nächstfolgenden Jahr, 1533, von welchem an er sich immer mehr auf die Astronomie, als Hauptaufgabe seines Lebens, concentrirt zu haben scheint. Drei selbstständige Bücher und Abschnitte aus anderen Werken, die sich eigentlich auf andere Dinge beziehen,

---

\*) In seiner Besprechung der Gnomonik jenes arabischen Mathematikers sagt Cantor[117]: „Da ist, wie wir sehen, der allgemeine Begriff der Tangente ganz fertig, da ist der Name dieser Funktion vorbereitet, da ist auch, wie schon gesagt wurde, die regelmässige Anwendung derselben in den verschiedensten trigonometrischen Aufgaben."

\*\*) Diese spezielle Liebhaberei Apian's hatten wir oben im Auge, als wir die Neigung besprachen, welche derselbe, im Gegensatz zu seinen Fachgenossen, nach der Fingerrechnung gegenüber bethätigt.

sind hier anzuführen. Zuerst die kleine Abhandlung über das „Horoskop", ein nicht etwa astrologisches, sondern zu geodätischen und chronometrischen Zwecken zu brauchendes Instrument, das als eine Verbesserung des Peurbach'schen „geometrischen Quadrates" angesehen werden darf. Kästner, der sich über dieses letztere in längerer Ausführung verbreitet[149]), giebt auch den Inhalt des horoskopischen Werkchens mit genügender Ausführlichkeit an[150]), den auch der, wie immer, lange Titel signalisirt[151]). Jener schreibt: „Ein Quadrat, an einer Seite Dioptern, die Seiten eingetheilt, Stundenlinien auf der Fläche, an den Rändern Sternbilder. Man begreift, dass es als gnomonischer Quadrant dient. In den Nachrichten, vom Gebrauche, allerley astronomisches, Sterne bey denen es dient... Geometrischer Gebrauch. Letzterer ist genau, wie beim' Quadranten." Wenden wir uns jetzt zu den Aphorismen geodätischer Natur, welche wir da und dort in Werken eingestreut finden, die uns bereits anderer Ursachen halber Stoff zur Besprechung geboten haben.

### Jakobsstab.

In dem nun schon vielfach erwähnten einführenden Commentar zu Werner's Bearbeitung des Ptolemaeus findet sich auch ein Abschnitt[152]): „Compositio et usus radii astronomici, qui ad omnem mensurationem Geometricam adhiberi potest, partim jam recens a Petro Apiano inventum." Dieses „theilweise" ist hier recht wörtlich zu nehmen, denn der Idee nach ist das neue Instrument der den Seefahrern arabischer Abstammung wohlbekannte Jakobsstab[153]), den dann Regiomontanus für die schärfere Bestimmung von Kometen-Örtern zu verwerthen gelehrt hatte[154]), um dessen Verbesserung und Berichtigung sich endlich auch Werner selbst Verdienste erwarb. Was Apian's Leistung auszeichnet, ist die Angabe einer besseren Theilungsmethode für den Stab, auf welchem der die eigentliche Distanzmessung besorgende Querstab hin- und hergeschoben wurde. Apian verwendet seinen Radius sowohl für verticale, als auch für horizontale Entfernungen, und wir dürfen ihn immerhin als einen jener Geodäten bezeichnen, der dem später so berühmt gewordenen Probleme von der Distanzmessung aus Einem Stande mit am frühesten und unter rationellen Gesichtspunkten näher trat.*) Am Schlusse der Schrift, von welcher bisher die Rede war, findet sich endlich als eine neue und belangreiche Erfindung angegeben[157] ein „quadrans novus quem universalem seu generalem libuit appellare eo quod quicquid in primo mobili quaeri, excogitari, aut proponi potest per hunc licet invenire." Derselbe soll seiner ersten und wichtigsten Bestimmung zufolge allerdings zur Messung von Stern- (eventuell, wie sich später zeigen wird, auch Mond-) Distanzen dienen, eignet sich aber natürlich auch zur Erleichterung gewisser Operationen auf dem Felde. Wolf[158]) giebt an, es sei in späterer Zeit von Apian eine selbstständige Schrift über den Radius astronomicus in Druck gegeben worden, indess haben wir uns diese[156]), die auch von keinem anderen Historiker namhaft gemacht wird, leider nicht verschaffen können.

---

*) Man vergleiche bezüglich dieses Problemes die reichhaltigen literarischen Nachweisungen bei v. Bauernfeind[155]); als erster, auf gesunden Prinzipien, beruhender Versuch wird allsort die Distanzbestimmung mittelst des uns bereits bekannten Peurbach'schen Quadrates genannt. Wenn man will, kann man die Erfindung des Distanzmessers freilich auf Thales[148]) zurückführen.

#### Folium populi.

Eine weitere praktisch-geometrische Publikation aus dem Jahre 1533 bezieht sich auf das unter dem Namen „Pappelblatt" bekannt gegebene Instrument,[146]) welches mit gleichlautendem lateinischen und deutschen Texte beschrieben ward. Hatte schon das im Jahre 1524 der Öffentlichkeit übergebene Werkzeug und noch mehr das „Horoskop" eine chronometrische Tendenz, so finden wir diese in dem „Folium populi" noch prägnanter ausgedrückt, denn „in diesem neuen Instrument, das die form unnd gestalt hat eines blats werden durch den Sonnen scheyn, in der gantzen welt gefunden die gemainen stunden des Tages, und aus der selbigen, vermittels dieses blats magst du die Stunden vom Auff und Niedergang der Sonnen, des geleichen die Judenstund (welche durch die gantze Bibel im Alten und Neuen Testament gebraucht werden) leichtlich erkennen." Abgesehen von dem obigen gewöhnlichen Titel scheint dieses Buch noch einen zweiten, selteneren geführt zu haben, denn man findet unter den von Apian edirten Werken hie und da auch angeführt ein „Instrumentbuch," Ingolstadt 1533. Näheres über letzteres schien sich aus den vorhandenen Quellen nicht entnehmen lassen zu wollen, bis uns eine Notiz bei Kobolt[147]) auf den richtigen Weg brachte: dort wird nämlich ausdrücklich angemerkt, dass Instrumentbuch und Pappelblatt ein und dasselbe seien. Nachdem wir so die Gewissheit erlangten, es nur mit diesem letzteren zu thun zu haben, gehen wir zu einer kurzen Analyse des Inhaltes über. Hervorzuheben ist zunächst, dass die Idee des Instrumentes wesentlich wieder einem devoten Einfall Apian's entstammt. Das Familienwappen des ihm befreundeten und um das Zustandekommen mehrerer seiner Schriften wohlverdienten Barons v. Loubenberg war, wie es die heraldische Kunstsprache nennt, ein redendes und wies als „Laub" drei Baumblätter von herzförmiger Gestalt auf. Wir haben oben bereits gesehen, dass Apian sich rühmte, neben dem Stadion'schen auch noch das Wappen Derer v. Loubenberg mathematisirt zu haben; hier haben wir das Resultat seiner dasfallsigen Bemühungen vor uns. Es wird auf einem grossen Quartblatt eine herzförmige Figur entworfen — ähnlich derjenigen, welche nicht lange zuvor Werner als Abbildung der damals bekannten Erdoberfläche konstruirt hatte[148]) — die beiden kleineren nach oben gekehrten Bögen werden je in 12, die beiden geschweiften und in der Spitze des Blattes zusammen laufenden Bögen je in 24 Theile getheilt, und nun zwischen je zwei entsprechenden Theilungspunkten die Stundenlinien verzeichnet. Wie das zu geschehen habe wird im ersten Kapitel angegeben. Die weiteren Abschnitte lehren sodann die Auffindung der wahren Zeit, die Bestimmung der Tag- und Nachtlänge, sowie des Zeitpunktes von Auf- und Untergang der Sonne und endlich der uns bereits bekannten, für verschiedene Tage verschieden grossen „Judenstunden". Als eine für Apian's gründliche Vertrautheit mit mathematisch-geographischen Fragen zeugende Thatsache mag eine diesem Kapitel einverleibte Bemerkung über die Tag- und Nachtverhältnisse von Norwegen hier eine Stelle finden. Die ganze Schrift stellt dem konstruktiven Geschicke ihres Verfassers abermals ein sehr gutes Zeugniss aus, indess kann ihr doch nicht in gleicher Weise, wie dem instrumentum primi mobilis (s. o.), nachgesagt werden, dass sie Höflichkeit und Wissenschaftlichkeit zu versöhnen wisse; vielmehr trägt sie einigermassen das Gepräge an sich aus einer an sich, unnatürlichen und geschraubten Idee hervorgegangen zu sein. Auch ohne die charakteristische cardioidische Begrenzungsform würde das Instrumentchen die gleichen Zwecke erfüllt haben, ja vielleicht sogar noch in vollkommenerer Weise.

#### Vorgeschichte des Universalinstrumentes.

Konnten wir sonach dem Pappelblatte unsere volle Billigung nicht zu Theile werden lassen, so können wir diess um so mehr bei dem Instrumente, zu dessen Schilderung wir nunmehr übergehen wollen. Wenn wir all' das, was Apian auf dem Felde der instrumentalen Technik geleistet hat, nochmals in Kürze rekapituliren, so bemerken wir zwar, dass derselbe mit jeder der von ihm neu angegebenen oder verbesserten Vorrichtungen gleich eine grössere Anzahl von Aufgaben zu lösen bestrebt war, und somit stets universalere Ziele vor Augen hatte, dass denselben jedoch, soweit sie dieser unser Essay bis jetzt vorführen konnte, ausnahmslos eine gewisse Beschränkung anhaftete. Dieselben waren sämmtlich nur in einer bestimmten Ebene verwendbar; Probleme, welche eine gleichzeitige Winkelmessung in verschiedenen Ebenen verlangten, waren mit ihrer Hülfe, wenigstens direkt, nicht aufzulösen. Es fehlte, um es kurz zu sagen, ein geodätisches „Universalinstrument", eine Verbindung verschiedener getheilter Kreise, wie sie durch die vervollkommnete geometrische Praxis gebieterisch gefordert, allein immer noch nicht befriedigend durchgeführt war. Der Alexandriner Heron hatte freilich schon hundert Jahre vor Christi Geburt seine Schrift „über die Dioptra" geschrieben, und diese Dioptra ist, nach Cantor's sehr einlässlichen Studien,[143] nichts anderes in ihrem Grundgedanken, als der moderne Theodolith. Astronomischen Zwecken dieser Art sollte die Armillarsphäre des Eratosthenes dienen. Sodann dachte wieder der grosse Regiomontan an eine praktische Lösung dieser Aufgabe, und auch Coppernic sucht in dem von der Ortsbestimmung der Fixsterne und von der Anfertigung eines Sternverzeichnisses handelnden Abschnitte seines unsterblichen Werkes[144] das ptolemäische „Astrolab" diesen Absichten dienstbar zu machen. Apian's Universalinstrument lief diesen älteren Versuchen vollständig den Rang ab. Beiläufig sei erwähnt, dass es sogar eine ältere geschichtliche Spezialschrift über diese mannigfachen Konstruktionen giebt,[145] sowie dass das, was später Tycho Brahe als Azimuthalquadrant, Short als Aequatoreal, Silberschlag als Uranometer in die Astronomie einführten,[146] im Grossen und Ganzen nur Modifikationen und Verbesserungen des Apian'schen Entwurfes sind.*)

#### Meteoroscop.

Die von Letzterem über sein Universalinstrument publicirte Schrift**)[147] ist, wie wir erfahren, als eine Art Anhang einer Anzahl anderer Abhandlungen aus seiner eigenen

---

*) Die mathematische Sammlung des germanischen Museums zu Nürnberg enthält, nach dem Berichte des Verf.,[147] ein sehr niedlich gearbeitetes Universalinstrumentchen von etwas anderer Einrichtung, welches allem Vermuthen nach, was die Zeit seiner Entstehung betrifft, der Apian'schen Periode angehören dürfte.

**) Eine zweite Auflage davon hat der Autor dadurch veranstaltet, dass er die ursprüngliche vollinhaltlich in sein astronomisches Hauptwerk aufnahm. Kästner theilt über das neue Instrument Folgendes mit[147]: „Das Torquet ist in mehr Büchern beschrieben worden. Auf die Universitätsbibliothek zu Kiel hat ein Herr von Qualen eines geschenkt, Reyher, Bacilli Sexagenales Kil. 1686, 4°. giebt eine Abbildung auf der 61. S., die mit der im Astr. Caes. übereinstimmt, nur kleiner, grob und nicht gar zu deutlich ist, auch die Eintheilungen nicht zeigen kann; 2 u. f. S. giebt Reiber Apian's Sätze vom Gebrauche, aus einer Ausg. des Astr. 1552; Nur 11 Sätze . . ." Von einer

und aus Werner's Feder beigefügt und schliesst sich auf's Unmittelbarste an die ebenfalls in jener Sammlung abgedruckte „Ad Bessarionem Cardinalem Nicenum ac Patriarcham Constantinopolitanum de constructione Meteoroscopii Joannis de Regiomonte Epistola." Dieses „Meteoroscop" ist bekanntermassen eine Zusammenstellung verschiebbarer Kreise nach Maassgabe jener, an welchen die alexandrinischen Astronomen die Sonnenhöhen zu messen pflegten; dasselbe mag wohl dem Apian bei (der Conception seines, einen analogen Grundgedanken verfolgenden, für den täglichen Gebrauch des Feldmessers aber ungleich geeigneteren Torquetums vorgeschwebt haben.

## Das Torquetum.

Statt der umständlichen Erörterung über die einzelnen Theile, welche man bei Apian findet, sehen wir uns lieber gleich das Instrument im Grossen an. Auf einem Piedestal denke man sich einen festen Klotz, der eine — durch Charniere mit dem Stativ verbundene — verstellbare, schiefe Ebene trägt. Auf dieser ist, der Zeitbestimmung halber, ein in zweimal zwölf gleiche Theile getheilter Kreis gezeichnet. Auf sie ist eine andere, kreisförmig abgerundete, schiefe Ebene aufgesetzt, deren Rand die Thierkreisbilder aufweist. Wollte man mit dem Torquet die astronomischen Ekliptik-Coordinaten direkt messen, so würden an diesem Kreise die Längen abzulesen sein. Der Winkel, den beide schiefe Ebenen mit einander einschliessen, ist gleich der Schiefe der Ekliptik, wogegen die zuerst genannte Ebene so eingestellt werden kann, dass sie auf der Weltaxe senkrecht steht und somit dem Himmelsaequator parallel wird. Um den Mittelpunkt der Ekliptik-Scheibe ist eine, Dioptern tragende, Alhydade drehbar, und auf dieser Alhydade erhebt sich eine zur Scheibe selbst normale Axe; [*]) der Durchmesser eines vertikalen Kreises, welcher mit der Verbindungslinie der beiden Ekliptik-Pole zusammenfällt, ist mit der Richtung jener Axe identisch. Fügen wir dem noch bei, dass um das Centrum jenes Vertikalkreises ein zweites Diopterlineal drehbar ist, so glauben wir Alles gesagt zu haben, dessen ein Kenner der Sphärik zum Verständniss des Instrumentes bedarf. Man kann mit demselben eine ganze Reihe der umfassendsten Aufgaben erledigen. In dem soeben beschriebenen Zustande liefert es, wie bemerkt, unmittelbar die dem System der Ekliptik entsprechenden Coordinaten, klappt man die Zodiakal-Ebene um, so dass sie in die Stunden-Ebene zu liegen kommt, so kann man Rektascensionen und Deklinationen bestimmen, und denkt man sich endlich beide schiefe Ebenen mit jener des Horizontes zur Deckung gebracht, so hat man einen Theodolithen vor sich, der dem Astronomen Azimuth und Höhe, dem Geodäten alle irgendwie erforderlichen horizontalen und vertikalen Winkel liefert. Den Namen eines Universalinstrumentes verdient folglich Apian's Torquet

---

früheren Ausgabe des „Astronomicon Caesareum" kann wohl nicht die Rede sein, vielmehr ist jene Quelle, aus welcher der Kieler Mathematiker geschöpft hat, offenbar die eigentliche ältere Monographie über das Torquet, aus welcher er eben nur so viel herausnahm, als ihm für seine spezielleren Absichten nothwendig erschien.

[*]) Diese Axe muss natürlich eine Durchbohrung besitzen, damit der zur Ebene der Ekliptik parallelen Visirlinie kein Hinderniss entgegenstehe. Der Konstrukteur erreicht dies dadurch, dass er den Vertikalkreis auf vier Säulchen befestigt, welche in den Eckpunkten eines Quadrates befestigt sind, und da für dieses Quadrat selbst (die erwähnte Visirlinie die Verbindungslinie der Mittelpunkte zweier Gegenseiten ist, so ist jede Schwierigkeit gehoben.

mit vollstem Rechte, und seine Erfindung markirt in der Geschichte sowohl der beobachtenden Astronomie, als auch der Feldmesskunst einen entschiedenen Fortschritt. Da wir uns durch Innehaltung des vereinbarten Arbeitsplanes demnächst zu den specifisch-astronomischen Arbeiten Peter Apian's geführt sehen werden, so haben wir auch auf das Torquetum nochmals später mit einigen Worten zurückzukommen.

### Opera posthuma.

Die zu Lebzeiten Apian's der Öffentlichkeit übergebenen geodätischen Schriften sind nun sämmtlich aufgezählt und analysirt. Ehe wir jedoch von dieser Seite seines schriftstellerischen Wirkens Abschied nehmen, haben wir noch einiger posthumer Publikationen zu gedenken. Fast hundert Jahre nach der Zeit, innerhalb welcher wir uns bis zu diesem Augenblicke zu bewegen hatten, lebte in dem schwäbischen Dorfe Haunsheim der gelehrte Pfarrer Georg Galgemayr, der in jungen Jahren, wie uns Doppelmayr[170]) erzählt, bei Philipp Apian zu Tübingen mathematische Vorlesungen gehört und von diesem anscheinend Mancherlei über Entwürfe des Vaters Apian erfahren hatte, welche letzterer zwar hegte, aber nicht mehr auszuführen vermochte. Hiedurch angeregt, gab er im Jahre 1616 eine dem Anschein nach hinterlassene Schrift Peter Apian's heraus.[171]\*) Zehn Jahre später liess dann ein Nürnberger Verlagsbuchhändler, Simon Halbmayr, gleichzeitig zwei Manuskripte drucken, welche ihm der kurz zuvor verstorbene Galgemayr als Verlagsartikel übersandt hatte. Das erste derselben betraf ein Originalwerk dieses letzteren, welches, unter dem Titel „Centiloquium circini proportionum" die ohnehin sehr reichhaltige Literatur über Proportionalzirkel durch ein, an sich nicht besonders merkwürdiges, Stück vermehrt, das zweite dagegen rührte zunächst von Galgemayr her, bezog sich aber auf ein Apiansches Original. Da die Absicht, welche jener mit der Herausgabe dieses Buches[172]) verfolgte, am besten aus dem Vorworte „an den kunstliebenden Leser" erhellt, so reproduciren wir dieses textuell. Galgemayr schreibt: „Der Edle und weitberühmte Mathematicus Pet. Apianus von Leysznick hat vor hundert Jahren ohngefehr in seiner lateinischen Cosmographia ein sonderbares Organon, zu allerley observationen bequem, an Tag gegeben: welches Philip. Apianus Med. D. sein Sohn dem dorso oder Bucken seines astrolabii An. 1580 angebenckt, und seine Erklärung bey anderen seinen hinterlassenen Schrifften ohne zweifel wird zu finden seyn. Kurtzverwichener Zeit ist mir ein Abdruck solches Organi, wie hernach der Stock selbs in folio zu kommen. Auss allen umbständen, wie sonderlich auss dem Loubenbergischen Wappen (wie in seinem Instrumentbuch zu sehen) ist abzunemen, dass es von dem alten Apiano selbst aussgefertiget worden: inmassen Phil. Apianus, mein vielgeliebter Praeceptor, mir offtermale geklagt, dass zu Nürnberg etliche Stück seynd, so von dem Formschneider nicht gar verfertigt worden.

---

\*) Dieses Buch ward zwanzig Jahre später wieder aufgelegt, und letztere Edition hatte Kästner vor Augen bei der Schilderung, welche er vom Inhalte entwirft.[17?]) In der Zueignung an seinem Kirchenpatron Geitzkofller meldet Galgemayr, sein (zweiter) Tübinger Lehrer habe Manuskripte des älteren Apian in Händen, über deren Bearbeitung für die Presse sein Sohn Philipp unverrichteter Dinge gestorben sei. Er habe nun „Abdrücke" eines „Inventum" Peter Apian's erhalten und, von verschiedenen Seiten bestürmt, herausgegeben. An dem Instrument ist bemerkenswerth, dass es mit einer Magnetnadel zur Orientirung versehen ist und einen Vollkreis darstellt, nicht, wie sonst üblich, bloss einen aliquoten Kreissektor.

Und ist gar glaublich, dass nach Petri Apiani todt, auch der Formschneider gestorben, und solche hernach in frembde Hand kamen, und weiln biss daher viel Zeit herumb gelauffen, niemand gewust, wem sie eygendlich zugehören. Welln ich aber für billich erkandt, dass dieses hochberühmten Mathematici Inventa nit sollen dahinden bleiben: als hob ich auff begehrn, dieses Organi Catholici, neben Zuthuung einer halbrunden Scheiben, welche auss dem 14 Capitel gedachter Cosmographia genommen, gebrauch und nutz mit wenig Worten wollen begreiffen, und in Druck geben. Solche meine geringfügige Arbeit hab ich dem Kunstliebenden leser zum besten wollen lassen aussgehen, mit freundlicher bitt, er wolle es in gunsten von mir an und auffnemen." Diese Einleitung setzt uns so ziemlich in's Klare über das, was wir von dem Buche zu erwarten haben. Der Grundgedanke dazu und manche Einzelheit, die Galgemayr während seiner Tübinger Studienzeit durch Philipp Apian's Güte aus dem literarischen Nachlasse von dessen Vater entnommen haben mochte, sind original, so wahrscheinlich der Gebrauch von „umbra recta" und „umbra versa" bei der Höhenmessung, denn hätte der Herausgeber hier aus neueren, geometrischen Hülfsmitteln geschöpft, so würde er zweifellos die zu Beginn des XVII. Jahrhunderts bereits gang und gäben Termini Cotangente und Tangente gebraucht haben. Im Wesentlichen aber haben wir es mit einer ziemlich selbstständigen Arbeit des gelehrten Pfarrherrn zu thun, wenn derselbe auch, so oft es angeht, auf gedruckte Bücher seines Meisters zurückzugehen sucht. Die Ziehung einer Mittagslinie z. B. entnimmt er [174] dem „Cosmographicus liber", betreffs der Eintheilung des „Organon" beruft er sich auf das „Instrumentbuch", wie er durchweg das „folium populi" bezeichnet.[175]) Auch das Organon catholicum ist eine volle Kreisscheibe, was darauf hinzudeuten scheint, dass Apian in einer späteren Periode die Unvollkommenheit der Quadranten und Sextanten lebhaft fühlte und ganze Kreise denselben substituirte — ein freilich etwas verfrühtes Beginnen, da es noch bis zum Ende des XVII. Jahrhunderts anstehen sollte, bis unter dem Einflusse von Tobias Mayer und V. Zach[176]) die Vortheile der Vollkreise von der ganzen astronomischen Welt anerkannt wurden.

### Apian als Astronom.

Wir haben, so sehr wir auch im Vorstehenden beflissen sein mochten, auseinanderzuhalten, was verschiedenen mathematischen Disciplinen angehört, doch häufig nicht umhin gekonnt, gegen diesen Vorsatz zu verstossen und Übergriffe nach allen Seiten hin zu machen, da ja in Apian's Werken, wie in denen seiner Zeitgenossen, Geodätisches und Gnomonisches mit Astronomischem und Geographischem bunt durch einander gemischt ist. Manuigfache Rückblicke und Wiederholungen werden uns daher, wenn wir uns jetzt der Schilderung des Astronomen Apian zuwenden, nicht erspart bleiben können. Indess hoffen wir von unserer Darstellung des praktisch-geometrischen Theiles, sie möge immerhin systematisch genug gewesen sein, um den Leser die Überzeugung gewinnen zu lassen, dass Peter Apian auch als Geodät gewiss auf der Höhe damaligen Wissens und Könnens stand, in dem und jenem Punkt sogar darüber.*)

---

*) Was seine Zeitgenossen am Meisten an Apian's geodätischen Leistungen achteten, geht einigermassen aus den annalistischen Berichten hervor, welche Gerhardt Vossius, der zwar selbst kaum ein Mathematiker, aber ein genauer Reporter war, dem alle literarischen Hülfsquellen seiner Zeit in überreicher

## Sphärische Astronomie.

Die alte Eintheilung der Astronomie in einen sphärischen, theorischen und physischen Theil will zwar gegenüber den veränderten Anschauungen der Neuzeit nicht mehr recht Stich halten, für eine geschichtliche Studie aber empfiehlt sie sich noch immer wegen ihrer grossen Übersichtlichkeit. Nur müssen wir auch dann dem eigentlich technischen Theile der Sternkunde, der praktischen oder beobachtenden Astronomie, einen besonderen Platz einräumen, und ganz besonders muss diess der Historiker thun, der es mit einem Apian zu thun hat. Wir fühlen nur zu sehr, wie viel Missliches diese unsere Eintheilungsmethode hat, insbesondere da wir wieder die Astronomie von der ihr so nahe verwandten Geographie zu trennen genöthigt sind, allein wir wissen an die Stelle unserer Klassifikation keine bessere zu setzen und glauben, dass ein daran allenfalls Anstoss nehmender Kritiker, in die nämliche Lage versetzt, ebenfalls gezwungen wäre, aus der Noth eine Tugend zu machen.

### Blendgläser.

Ein hohes Verdienst um die Himmelsbeobachtung hat sich Apian dadurch erworben, dass er den Gebrauch der Blendgläser als der Erste in einem wissenschaftlichen Werke in Vorschlag brachte. Das haben denn auch die Geschichtschreiber der Astronomie nach Gebühr anerkannt. Delambre meint,[101] Apian habe von der alten Gewohnheit holländischer Seefahrer Kenntniss gehabt, welche beim Bestecknehmen die Diopter ihres Quadranten oder Jakobstabes schon längst durch ein farbiges Glas zu schützen gelernt hatten. Auch A. v. Humboldt[102] und Poggendorff[103] erwähnen Apian's, welch' letzterer beim Mangel eines Fernrohres freilich die Vortheile nur andeuten konnte, die Christoph Scheiner, einer seiner Nachfolger auf dem Ingolstädter Katheder, durch die Einschiebung blauer Plangläser zwischen die Linsen wirklich erreichte. Besonders eingehend endlich hat Arago die Frage nach der Erfindung der Blendungen behandelt. „Avant l'invention des lunettes," sagt er,[104] „avant la découverte des taches, les astronomes avaient déjà imaginé divers moyens d'observer le Soleil sans être complètement aveugles. Les uns visaient à l'image de l'astre renvoyée par l'eau ou par tout autre miroir peu réfléchissant; les autres regardaient à travers un trou d'epingle percé dans une carte. Apian nous apprend dans l'Astronomicon caesareum imprimé en 1540, que de son temps quelques personnes faisaient usage de diverses combinaisons de verres colorés collés ensemble par les bords. Il est vraiment extraordinaire qu'une méthode si simple eût tant tardé à devenir générale, et particulièrement qu'après l'invention des lunettes un astronome tel que Galilée n'y ait pas en recours." Diese Beschreibung ist zum Theile eine fast wörtliche Übertragung der eigenen Worte Apian's. Dieser nämlich fügt seinen ausführlichen Erörterungen über die graphisch-mechanische Vorausbestimmung von Finsternissen nachfolgende Nachschrift bei:[105] Postremum est, et quasi parergum, ut eclypses quos fusissime

---

Fälle flossen, in jedem einzelnen Jahre notirt. An erster Stelle[117] heisst es: „Anno 1524, ac 30 consecutio, erat Petrus Apianus, astrologus egregius; et quadrante, aliisque instrumentis astronomicis sibi multum laudis parabat." Weiter wird er genannt[118] im Jahre 1540: „qui reliquit instrumentum sinuum, sive primi mobilis." Endlich wird berichtet[119]: „Petrus Apianus Norimbergae gloriam meruit instrumento, quod a figura Folium populi nuncupavit." Nürnberg war übrigens nur der Druckort, nicht des Autor's Wohnort, was auch Vossius ganz gut wusste.[120]

descripsi, oculari quoque observatione contuendas doceam. Cum multi sint, qui varie variis videndi instrumentis utantur, omnibus tamen perperam, Alii enim in pelvi aqua referta, Alii speculis, Alii simplici papiro perforata, Alii aliter observare eclypses solent. Tantum vero abest, ut hi veram defectus magnitudinem discernant, ut insuper his rationibus gravissime visum percellant. Eccleipsim itaque Solarem contuiturus, vitrea non amplius quam duo fragmenta, qualibus fenestrae muniuntur spissiora, palmae latitudinem aequantia desummat, bicoloria tamen altero rubro, altero viridi, flavo, purpureo, coeleove existente. Colorum differentias ipsa experientia statim docebit." Es ist uns unfasslich, wie diesem unzweideutigen Anspruch zum Trotz der freilich oft allzu kritische Delambre (a. a. O.) es verantworten kann, dem Apian die praktische Anwendung der Blendgläser abzusprechen;\*) im Gegentheil mag jeder Liebhaber der Sternkunde, der eine Sonnenverfinsterung durch gefärbte oder angerusste Glasscheibchen betrachtet, an Peter Apian als Erfinder dieses einfachen und zweckentsprechenden Beobachtungsmodus denken.

### Instrumente.

Die verschiedenen Instrumente, welcher Apian zur Lösung von Aufgaben der sphärischen Astronomie sich bediente, haben wir bereits sämmtlich kennen gelernt, und da der geodätische Gebrauch vom astronomischen dem Prinzip nach in keiner Weise sich unterscheidet, so brauchen wir uns nicht länger hiebei aufzuhalten. Ob als geometrisches Quadrat, ob als astronomischer Quadrant, ob als Organon catholicum verwendet diente das in seiner Idee unveränderliche und nur nach den Modalitäten der Konstruktion äusserlich verschiedene Beobachtungswerkzeug zur Messung von himmlischen Entfernungen. Direkte Coordinatenbestimmung war nur mit Hülfe des Triquetums möglich; hierauf und auf einige mit letzterem näher zusammenhängende Fragen wird uns die Besprechung des „Astronomicon caesareum" ohnehin zurückführen.

### Globen.

Einer anderen Gattung astronomischer Instrumente jedoch, welche heutzutage allerdings nur noch dem Lehrzweck dienen, damals aber auch für den eigentlichen Forscher eine hohe Bedeutung besassen, muss noch etwas ausführlicher gedacht werden. Es sind diess die Globen. Dass Apian solche in grösserer Zahl angefertigt habe, scheint sicher. So erzählt uns Clemens von der berühmten Büchersammlung des Escurial bei Madrid:[117]) „Hic sphaerarum, globorum, tabularum, atque instrumentorum mathematicorum haud vulgarium magnus numerus. Est unum inter reliqua a Petro Apiano, ejus autore,\*\*) oblatum Carolo V, Imperatori, locorum sitibus, altitudinibus, intervallis et amplitudinibus explorandis percommodum,

---

\*) Man vergleiche hierzu auch J. J. v. Littrow's eingehendere Nachweisungen über die im Laufe der letzten Jahrhunderte von verschiedenen Astronomen verwendeten Blendvorrichtungen [106]); es wird dort neben Apian besonders auch noch Fabricius genannt.

\*\*) Man erinnert sich, dass Apian in Begleitung seines Sohnes behufs Überreichung von Büchern und Instrumenten zum Kaiser nach Regensburg ging. Darunter wird wohl der Globus gewesen sein, den dann Karl nach Spanien mitnahm und in seiner Residenz aufstellen liess. Aus Clemens' Worten möchte man fast schliessen, dass im Escurial noch noch ungedruckte Manuskripte des kaiserlichen Hofastronomen aufbewahrt seien.

cujus usui cognoscendo quatuor grandes Tomos scripsit, quorum alii editi sunt in lucem, alii manu scripti, cum eodem instrumento, hic asservantur." Einen Himmelsglobus von besonderer Konstruktion scheint Apian seinem Herzog verehrt zu haben; aus demselben konnten die Sterne herausgenommen werden, um irgendwelche, für uns freilich nicht sehr verständliche Demonstrationen vorzunehmen. Dies meldet wenigstens Kepler,[***]) der die Sphäre bei seiner Reise von Württemberg nach Graz selbst gesehen zu haben behauptet. Er unterhält sich nämlich mit seinem Lehrer Mästlin über eine Himmelskugel, die er selber anfertigen lassen will, und die nicht mit erhabenen, sondern blos mit bemalten Asterismen geschmückt zu sein brauche. „Pingatur, ut ille, quem Monachii vidi, Apiani opus, qui quidem etiam stellas fecit exemtibiles") propter praecessionem." Man sollte allerdings hiebei nicht vergessen, dass — worüber im zweiten Theile das Nähere — auch der jüngere Apian Globen nach München lieferte, deren einen wohl Kepler im Sinne haben konnte. Da aber Letzterer mehrfach von Apian schlechtweg, und dann immer ohne Beisatz des Vornamens spricht, so mag er wohl auch hier den Vater gemeint haben. In eine andere Kategorie gehört die (s. o.) von Chytraeus erwähnte Uhr, deren auch Kepler (a. a. O.) Erwähnung thut; denn diese war eine „machina, artis rotulis orbes circumducentibus, repraesentans motus planetarum proprios." Eine solche nun scheint von Apian gleichfalls für seinen Kaiser angefertigt worden zu sein; sie war nach der Aussage von Westenrieder[168]) aus reinem Golde gemacht und stellte die Bewegungen der Planeten und des Fixsternhimmels dar. Das wäre dann etwas ähnliches wie der viel genannte und viel umstrittene Himmelsglobus des Archimedes, über dessen Einrichtung uns erst ganz kürzlich ein Aufsatz von Hultsch[169]) einige Klarheit verschafft hat. Hiemit ist denn die Brücke geschlagen zu jenem Hauptwerke Apian's, welches recht eigentlich der mechanischen Darstellung des Planetenlaufes gewidmet war.**) Indess müssen wenigstens ganz kurz noch einige Bemerkungen über ein paar andere sphärisch-astronomische Dinge eingeschaltet werden, ehe wir an diese soeben angedeutete Aufgabe, eine der wichtigsten in diesem Theile unserer Untersuchung, herantreten dürfen. (Vgl. übrigens betreffs der Globen Anhang IV.)

### Ausgabe älterer Schriften.

Selbstständige Schriften über jenen Theil der Astronomie, welcher uns die Phänomene zeigt, wie sie scheinen, nicht, wie sie sind, hat Apian nicht verfasst, natürlich abgesehen von jenen zahlreichen Schriften, die nebenher oder in der Hauptsache auch geodätischen oder chronographischen Inhaltes sind. Doch hat er sich um die Studirenden, für welche der Orientirung halber die einleitende Abtheilung immer die bedeutsamste ist, durch Herausgabe älterer Schriften verdient gemacht. Die eine derselben ist, wie wir einer Notiz bei Wiedemann entnehmen das berühmte, im ganzen Mittelalter für klassisch erachtete, Compendium des

---
*) Weit leichter würde sich unseres Erachtens dieser Zweck dadurch haben erreichen lassen, dass man lediglich die Ekliptik und damit den Anfangspunkt der Zählung frei sich längst des Aequators hinbewegen liess.
**) Poppe, der in seinem Bestreben, der naturwissenschaftlichen und technischen Anwendung aller geometrischen Curven nachzuspüren, auch dem seltsam populi[151] und dem Quadranten[170]) eine vielleicht allzugrosse Aufmerksamkeit schenkt, sagt  hierüber ganz mit Recht[169]): „Peter Apian lehrt auf eine vorzügliche Art Astrolabia, Quadranten, Planetolabia und Orbicularia verfertigen." Letzteres verstand gewiss Niemand besser, als er.

Sacro Bosco,[144]) welches er anscheinend gerade damals an's Licht treten liess, als die Verhandlungen wegen 'Übernahme des Ingolstädter Lehrstuhles sich ihrem Abschlusse zuneigten. Einige Jahre später veranstaltete er die Neuauflage eines ursprünglich arabischen Compendiums, welch' letztere nach Kästner[105]) gewöhnlich mit dem uns bekannten Traktat über die Sinustafeln in Einem Bande vereinigt angetroffen wird. Um 1100 hatte der Spanier Dschabir ibn Aflah, gewöhnlich Geber genannt, eine Einleitung in die Sphärik verfasst, welche von Gerhard von Cremona, dem uns durch Fürst Boncompagni's Nachforschungen wohlbekannten rastlosen Übersetzer, latinisirt worden war.[106]) Diese Version ist es, welche Apian in Nürnberg drucken und somit für den akademischen Gebrauch zurechtmachen liess.[107]) Kästner (a. a. O.) scheint allerdings, durch einige Äusserlichkeiten bewogen, über den wissenschaftlichen Werth dieses arabischen Compendiums sehr gering zu denken, indess ist Apian's richtigerer Blick neuerdings vollkommen durch Cantor[108]) gerechtfertigt worden, der insbesondere in Geber's Behandlung der Raumtrigonometrie eine durchaus originelle und rühmliche Leistung erkannt hat.

### Sphärische Berechnungen.

Mit einigen Worten soll jetzt noch der Art und Weise gedacht werden, wie Apian den trigonometrischen Calcul auf Probleme der Orts- und Winkelbestimmung am Himmel anwendet. Besonders ausgiebig waren, wie wir wissen, seine Hülfsmittel eben nicht, denn da er keine anderen Tafeln als die für Sinus und Cosinus — allenfalls auch für Sinus versus — besass und weder mit der Tangente, noch mit der Sekante zu operiren liebte, so mussten die Aufgaben von vorn herein so zugestutzt werden, dass die ihm zu Gebote stehenden goniometrischen Funktionen für die Auflösung ausreichten. Dass dadurch dem Calcul ein etwas stereotyper Charakter aufgeprägt werden musste, ist selbstverständlich. Ein umfassenderes Beispiel mag statt vieler genügen. In den Anmerkungen zu Werner's geographischen Schriften wird gezeigt, wie man mit Hülfe des Radius astronomicus für irgend einen Himmelskörper die Ortsbestimmung vollziehen könne.[109]) Zuerst hat man von zwei als Fundamentalsternen anerkannten Fixsternen die Entfernung zu finden; dieses geschieht nach folgendem, von Apian freilich nur in Worten, nicht in Zeichen,*) auseinandergesetztem Schema: „Duc sinum differentiae longitudinis in sinum complementi latitudinis majoris, et arcus quotientis dicetur inventum primum, Mox sinum complementi tibi propone inventi primi, simulque sinum majoris latitudinis, numerum minorem duc in sinum totum, productum divide in majorem, et arcum quotientis subtrahe a 90. reliquum ubi rursus subtraxeris a latitudine minori, residuum dicetur inventum secundum. Deinde multiplica sinus amborum complementorum inter se, productum deinde in sinum totum, et arcus quotientis monstrabit tibi distantiam stellarum inter se." Die Vorschrift ist etwas dunkel, und wir haben einige Zeit gebraucht, sie in nachstehender, befriedigender Weise aufzuklären. Sei $d$ die gesuchte Distanz, während durch $\lambda_1$ und $\lambda_2$ die astronomischen Längen, durch $\beta_1$ und $\beta_2$ die astronomischen Breiten zweier Sterne $A$ und $B$ dargestellt seien, und zwar werde $\lambda_1 > \lambda_2$, $\beta_1 > \beta_2$ voraus gesetzt. Man verbinde $A$

---

*) Im Gegensatze zu ihm hat Werner diesen Gebrauch der Buchstabenrechnung vielfach in seinen mathematisch-geographischen Schriften anticipirt.

und $B$ durch Hauptkreisbögen mit dem nächstliegenden Pole $P$ der Ekliptik und fälle von $A$ auf $PB$ das Loth $AD$. Im Dreieck $APB$ ist dann $AP = 90° - \beta_1$, $BP = 90° - \beta_2$, $\measuredangle APB = \lambda_1 - \lambda_2$, $AD$ fällt ausserhalb des Dreieckes. Nun folgt aus dem rechtwinkligen Dreieck $APD$, wenn $AD = m$ gesetzt wird,

$$\sin m = \sin(90° - \beta_1) \sin(\lambda_1 - \lambda_2).$$

Stellt weiter m den Bogen $BD$ vor, so folgt aus dem rechtwinkligen Dreieck von vorhin noch

$$\cos(n + 90° - \beta_2) = \frac{\cos(90° - \beta_1)}{\cos m},$$

$$n = \arccos \frac{\sin \beta_1}{\cos m} - (90° - \beta_2).$$

Da jetzt auch n als bekannt gelten darf, so liefert zum Schlusse das ebenfalls rechtwinklige Dreieck $ABD$

$$\cos d = \cos m \cos n.$$

Was Apian also unter „primum inventum" und „secundum inventum" versteht, ist nichts anderes, als eine Hülfsgrösse, die der Algebraiker grösserer Bequemlichkeit halber mit einem besonderen Buchstaben bezeichnet. Man sieht hieraus übrigens, wie nahe derselbe dem Gebrauche literaler Versinnlichungen war. Man kann in der That, sobald man nur mit rechtwinkligen Kugeldreiecken operirt, die obige Aufgabe auf keinem kürzeren Wege bewältigen; Werner freilich, der in reiner Mathematik alle seine Collegen überragte, hatte die verschiedenen Formeln, welche Apian successive behandeln muss, in seinen Anmerkungen zur Geographie des Amiruccius zu einer generellen Formel zusammenzufassen gelehrt und mittelst hübscher konstruktiver Methoden die Richtigkeit der Gleichung

$$\cos n = \sin \beta_1 \sin \beta_2 + \cos \beta_1 \cos \beta_2 \cos(\lambda_1 - \lambda_2)$$

bewiesen. — Gehen wir nunmehr wieder zurück zu der sphärischen Aufgabe, die Position eines Gestirnes auf die Positionen zweier bekannter Gestirne zurückzuführen. Man denke sich — was Apian stets sehr augenfällig durch einen kleinen eingezeichneten Winkelhaken darstellt — vom unbekannten Sterne $C$ auf die Verbindungslinie $AB$ der bekannten ein Perpendikel $CD$ $(= h)$ gefällt und diess berechnet. Natürlich erfolgt diese Berechnung nicht in einem Zuge, sondern in mehreren Absätzen, welche einzeln aufzuzählen hier zu weitläufig sein würde, welche aber vereinigt und mit der Schlussformel

$$\sin h = \frac{\cos c - \cos a \cos b}{\sqrt{\cos^2 a + \cos^2 b - 2\cos a \cos b \cos c}}$$

in Einklang gebracht werden können. Alsdann findet sich

$$\sin(\measuredangle BAC) = \sin \alpha = \frac{\sin h}{\sin b}.$$

Wird $A$ und $C$ mit dem Pol $P$ des Zodiakus durch je einen Hauptkreisbogen verbunden, so hat man ein schiefwinkliges sphärisches Dreieck erhalten, in welchem (die frühere Bezeichnungsweise vorausgesetzt)

$$AP = 90° - \beta_1, \quad AC = b, \quad \measuredangle PAC = \alpha + \measuredangle PAB$$

bekannt sind, sobald man letzteren Winkel aus dem durch zwei Seiten und den ein geschlossenen Winkel gegebenen Dreieck $ABP$ berechnet hat. So liegt nun wiederum die Aufgabe vor, aus einem in gleicher Weise bestimmten Dreieck die dritte Seite (gleich dem Complement der gesuchten Breite von C) und einen Winkel (der, von $\lambda$, abgezogen, die gesuchte Länge liefert) zu berechnen. Wie aber Apian mit dergleichen Aufgaben sich abfindet, ist uns nichts Neues. Wir glauben vielmehr mit um so grösserem Rechte zu einem anderen Thema übergehen zu dürfen, als uns die Schilderung von Apian's Leistungen auf dem Gebiete der Kometen-Astronomie ohnehin das soeben verlassene Gebiet noch einmal streifen lassen wird.

### Astronomicon Caesareum.

Wir gelangen nunmehr zu dem bekanntesten und glänzendsten, wenn auch vielleicht in rein wissenschaftlicher Hinsicht nicht gerade bedeutendsten Werke unseres Helden, dem „Astronomicon caesareum". Den beiden Regenten Karl und Ferdinand gewidmet, ward es in Apian's eigener Offizin zu Ingolstadt mit Aufwand all' der Pracht gedruckt und ausgestattet, welche ein in dieser Beziehung sehr verwöhntes Zeitalter nur irgendwie fordern konnte. Es war dazu bestimmt, den Inhalt der ganzen theoretischen Astronomie sammt allen vom Verfasser hinzugefügten Vervollkommnungen in sich aufzunehmen, und man darf sagen, dass es diesem Ziele auch wirklich sehr nahe gekommen ist. Die folgende, ausführliche, Inhaltsanalyse wird diess bestätigen. Es sei dabei nur bemerkt, dass auch die von Kästner [300]) diesem Werke gewidmete bibliographische Untersuchung mit berücksichtigt worden ist, welche, wie bei diesem Autor gewöhnlich, sich zwar sehr viel mit Äusserlichkeiten beschäftigt, doch aber auch zur Sache selbst mehrere gute Bemerkungen enthält. Das Buch ist nicht paginirt, unsere Seitenzählung somit nicht ein blosses Ablesen, sondern eine wirklich vorgenommene Numerirung. Eigentheilt ist es in einzelne Abschnitte, welche den Titel „enunciatum" führen und von sehr ungleicher Länge sind. An eine immer wiederkehrende Eigenthümlichkeit muss sich der Leser, dem dieselbe anfangs sehr sonderbar erscheint, gewöhnen: will nämlich Apian irgend ein astronomisches Vorkommniss des numerischen Beispieles halber auf eine bestimmte Epoche beziehen, so wählt er stets die Geburtsstunde resp. den Geburtstag Kaiser Karl's oder König Ferdinand's. Ist man damit einmal im Klaren, so findet man sich leicht ab mit einem an sich störenden Gebrauch, in welchem wir den uns wohlbekannten submissen Sinn Apian's deutlich wiedererkennen.

### Idee dieses Werkes.

Die astronomische Rechnung, meint der Verfasser in der Einleitung, sei eine so schwierige und meistens auch in so abschreckender Form vorgetragene Sache, dass sie der Sternkunde viele ihrer Anhänger wieder entfremde. Hierin hatte er, wie die Dinge damals lagen, nicht ganz Unrecht, man denke nur an den bekannten Ausspruch des Königs Alphons. Er habe deshalb in diesem Werke principiell daran festgehalten, jedweden Calcul auszuschliessen und alle himmlischen Bewegungen auf mechanische Art durch einfache Maschinerien darzustellen. Um diesen Gedanken zu verstehen, muss man sich die Eigenthümlichkeit des ptolemäischen Weltsystems vergegenwärtigen, dessen Herrschaft im Jahre 1540 eine noch so gut wie ungebrochene war. Um die Erde als Mittelpunkt\*) dachte man sich sieben Kreise

---
\*) Ganz strenge richtig ist diess insoferne nicht, als bekanntlich, um die zu verschiedenen Zeiten verschiedene Grösse der Planetenscheiben zu erklären, der Mittelpunkt des Deferenzkreises nicht mit dem Weltcentrum zusammenfallend, sondern ein wenig davon entfernt liegend angenommen wurde.

für Mond, Sonne und die fünf Planeten beschrieben, welche als „Deferenzkreise" dienten. Auf ihrer Peripherie bewegte sich mit gleichförmiger Geschwindigkeit der Mittelpunkt eines zweiten, kleineren, Kreises, des „Epicykels", und erst auf der zu diesem Centrum gehörigen Peripherie dachte man sich den betreffenden Himmelskörper wirklich umlaufend. Gelang es unter den so eben erörterten einfachsten Voraussetzungen nicht, die thatsächlich wahrgenommenen Erscheinungen mit dem dafür ausgesonnenen Mechanismus in Einklang zu bringen, so ward auch noch ein dritter und vierter Epicykel zu Hülfe genommen, für welchen dann der unmittelbar vorhergehende Beikreis selbst wieder als Deferent diente. Kannte man also — oder glaubte man zu kennen — für sämmtliche hier in Frage kommende Kreise die Halbmesser und die Geschwindigkeitsverhältnisse, so musste es möglich sein, durch eine Combination drehbarer Scheiben die Bewegungen des Universums im Kleinen nachzuahmen und ohne Rechnung das höchste Problem der theoretischen Astronomie zu lösen: für einen gegebenen Zeitpunkt den Ort eines Sternes am Himmel anzugeben. Unter diesem Gesichtspunkt betrachtet, erscheint die Aufgabe, welche sich Apian gestellt hatte, nicht nur nicht als etwas Unmögliches, sondern sogar als etwas recht Verdienstliches; wie freilich der praktische Erfolg ausfallen würde, liess sich aus dieser allgemeinen Betrachtung nicht entnehmen.

## Inhalts-Analyse.

Den Anfang des Buches bilden elementare Kapitel, in welchen die für später unerlässlichen Vorkenntnisse gelehrt werden. Da Apian seine Mechanismen sämmtlich für den Ingolstädter Mittagskreis eingerichtet hat, so muss er zeigen, wie man dieselben auch für andere Meridiane adaptiren könne.[101]) Im vierten Enunciat wird auf die bekannte „Trepidation der Fixsterne" hingewiesen, nach welcher Irrlehre die Präcession keine gleichförmige sein sollte. Um diesem Umstand, dessen Berechtigung damals allerdings bereits durch des Copernicus scharfe Epistel an Wapowski[102]) einigermassen in Frage gestellt war, Rechnung zu tragen, versieht Apian die den Thierkreis repräsentirende Scheibe an zwei sich diametral gegenüberliegenden Stellen mit einer elliptischen Ausbuchtung, der beigeschrieben ist: „Anni trepidationis ante et post Christum".[103]) Es folgt die Beschreibung der 48 Sternbilder, welche 1022 sichtbare Sterne — die nebligen und dunklen eingerechnet — enthalten sollen. Nun folgen, vom sechsten Enunciat ab,[104]) die detaillirten Angaben über die Bewegungsverhältnisse der einzelnen Planeten; ihnen folgen die für die Astrologie wichtigen Aspekten[105]) und jene Scheibenverbindungen, welche zur Vorausbestimmung von Conjunktion und Opposition der Sonne und des Mondes dienlich sind.[106]) Hiedurch werden wir übergeleitet zu den Finsternissen, welche eine sehr ausführliche, von massenhaften Illustrationen unterstützte Darstellung finden.[107]) Wichtig ist hiebei das rege Interesse, welches Apian für die geschichtliche Bedeutung dieser Phänomene, hauptsächlich natürlich der Mondverfinsterungen, an den Tag legt. Er ist sich völlig klar darüber, dass die ältere Chronologie an diese exakt festzustellenden geschichtlichen Momente anknüpfen müsse, und dass auf diesem Wege in der That Grosses geleistet werden könne, haben in unseren Tagen die Untersuchungen eines Zech, Hansen und Th. von Oppolzer bewiesen. Als geschichtlich merkwürdige Eklipsen nennt Apian jene des Perikles und Nikias, sowie diejenige, welche vor der Schlacht von Pydna Sulpicius Gallus dem gegen die Macedonier ziehenden Römerheere voraussagte. Es folgt die Vorausbestimmung der Planeten-Konjunktionen,[108]) verbunden mit astrologischen Nutzanwendungen von sehr eigenartigem, theilweise fast cynischem, Charakter. Sodann wendet sich Apian der Zeitrechnung zu,[109]) lehrt die Berechnung der goldenen Zahl, des Sonnencykels, überhaupt der den Termin des Osterfestes bestimmenden Momente: „Pascha et reliqua festa mobilia cyclo clavium, literaque dominicali habitis cognoscere." Es folgen weiter noch einige Andeutungen über die — später zu besprechenden — kritischen Tage, und damit schliesst der erste, für uns vorläufig wichtigere Theil des „Astronomicon". Denn was nun noch kommt, ist theils eingehende Beschreibung und Anweisung zum Gebrauche des Torquetums als astronomischen Universalinstrumentes — und davon ist bereits das Nöthige gesagt worden, oder es betrifft die Kometen, und hievon wollen wir um desswillen noch nicht an dieser Stelle reden, weil wir uns vorgenommen haben, die gesammten Arbeiten Apians auf dem Felde der kometarischen Astronomie am Schlusse dieses Abschnittes einer zusammenhängenden Besprechung zu unterziehen.

### Kritik späterer Astronomen.

Für's Erste haben wir noch einige Worte zu sprechen über das Apian'sche Werk selbst, über den Eindruck, welche sein Erscheinen bei den gelehrten Kreisen des Zeitalters hervorrief, über den relativen Werth, welchen dasselbe in den Augen eines modernen Sachkenners beanspruchen darf. Dass dasselbe für jene Zeit verdienstlich erschien, können wir uns aus den verschiedensten Ursachen denken, und wir finden diess denn auch durch mehrfache literarische Zeugnisse bestätigt. So berichten z. B. Poggendorff,[110]) Maedler[21]) und Rudolph Wolf[112]) übereinstimmend, dass das Studium der „kaiserlichen Astronomie" den jungen Landgrafen von Hessen mächtig angeregt und wesentlich in jene Bahn gelenkt habe, welche er dann später zum grössten Nutzen der Wissenschaft beschritt. Nach Wolf hatte er zuerst Mercator's Schriften studirt; bald aber wendete er sich mehr und mehr der Astronomie zu, namentlich als ihm ein Exemplar von Apian's „Astronomicon Caesareum" in die Hände fiel. „Die in diesem Werke durch bewegliche Pappscheiben gegebene Darstellung interessirte Wilhelm so sehr, dass er sie behufs grösserer Genauigkeit später in Kupfer ausführen, ja theilweise mit Räderwerk verbinden liess." Auch Kepler erkannte die Leistung Apian's rückhaltslos an, obwohl er, unendlich grösser an genialem Scharfblick und zudem durch die exakte Beobachtungs-Schule Tycho Brahe's gegangen, auch die mit solcher Arbeit untrennbar verbundenen Mängel nur allzurichtig überblickte. „Jam quis mihi", ruft er wehmüthig aus,[113]) „fontem porriget lacrimarum, quibus ex merito suo deplorem miserabilem Apiani industriam, qui in suo Opere Caesareo Ptolemaei fidem secutus tot horas bonas impendit, tot ingeniosissimas medationes perdidit, ut spiris et corollis ad helicibus et volutis et universis illo intricatissimo flexuum labyrintho figmento hominum exprimeret, quae natura rerum pro sua plane non cognoscit? Sed ostendit nobis vir ille, se divinis ingenii perspicacissimi dotibus facile naturae parem esse potuisse." Diese Worte, die der Unsterbliche im 21. Kapitel des zweiten Theiles seiner Untersuchungen über die Marsbewegung gelegentlich ausspricht, sprechen freilich nicht zu Gunsten des Unternehmens an sich, zollen aber dem Verdienste des Schöpfers doch wahrlich alle nur erdenkliche Ehre. Kepler war in seinen Mannesjahren zum ersten astronomischen Rechner nicht nur seiner Zeit, sondern, wenn man seine unzulänglichen Hülfsmittel bedenkt, vielleicht aller Zeiten herangewachsen und wusste nur zu gut, dass auf dem von Apian eingeschlagenen Wege ein genügendes Resultat niemals zu erlangen sei. Auch konnte er um so eher ein Urtheil fällen, da er in seinen Jugendjahren selbst auf dem unrichtigen Wege war und an die Realisirung seines Planes, die Einrichtung des Weltsystemes seinem Herzog in Gestalt eines Uhrwerkes vor die Augen zu stellen, viel Zeit und Geld gesetzt hatte, während doch all' diese Bemühungen keinen anderen Zweck haben konnten, als ihm schliesslich das ganze Projekt zu verleiden.*) Wie Kepler mussten natürlich besonnene Astronomen einer späteren Periode erst recht denken, und der wackere erste Geschichtschreiber der Astronomie, Weidler, war völlig im Rechte, wenn er sagte:[213]) „Haec quidem omnia (loca stellarum ope astrolabiorum et planetolabiorum ad quodvis tempus sine calculo invenire, eclipses praedicere etc.) utut ingeniose excogitata nec minore solertia perfecta, et propterea laudem suam habeant, tamen calculi subtilitatem non assequuntur." Auch Wolf[214]) schliesst sich diesem Gutachten in den wesentlichen Punkten an.

### Ausgabe Peurbach's.

Wir haben noch einige andere, in's Fach der theorischen Astronomie einschlagende Schriften Apian's zu registriren, über welche wir freilich nur zum Theil aus eigener Anschauung berichten können. Was Sacro Bosco's „Sphaera" für den Anfänger, das war in jener Zeit des Peurbach Planetentheorie für den Weiterstrebenden, und es kann uns sonach nicht Wunder nehmen, dass der seinem Lehrberuf mit Eifer nachgehende Professor wie von jenem ersteren, so auch von diesem Werke eine neue, verbesserte, Auflage erscheinen liess.[215]) Es ist diess ein Handbuch zum akademischen Gebrauch, in dankbarer Erinnerung dem einstigen Lehrer des Herausgebers, Georg Tanstätter, „Viennae Pannonae Mathematices professori celeberrimo" zugeeignet. Vergleicht man die Ausgabe mit anderen aus der grossen Anzahl derer, welche in Wolf's Geschichtswerk[216]) aufgezählt werden, so nimmt man an einzelnen Stellen Erläuterungen zu dunklen Stellen wahr. So erläutert Apian den von zwei Planetenbahnen eingeschlossenen Neigungswinkel in der „Theoretica linearum et orbium Veneris" durch eine Zeichnung.[217]) Als für die Geschichte der mittelalterlichen Berechnungsmethoden charakteristisch sei auch erwähnt[220]) die „Theoretica minutorum proportionalium."

### Ephemeriden und Tafeln.

Völlig unbekannt sind die von Schwarz[221]) erwähnten „Ephemerides, ab A. MDXXXIII ad A. MDLXX continuatae." Dass Apian solche Ephemeriden berechnet hat, geht aus dem bekannten Bücher-Privileg hervor; allein allem Anschein nach sind dieselben Manuskript geblieben und als solches verloren gegangen. Ein Gleiches gilt für den „liber de conjunctio-

---

*) In einem Brief an Maestlin schreibt u. a. Kepler[219]): „Quid de infelici illo opere argenteo, hoc est de me ipso, statutum sit, anxie expecto audire." Er schlägt dann vor, das theure Silber lieber zu einem anderen Zweck zu verwenden und das Kunstwerk in Erz durch einen geschickten Uhrmacher ausführen zu lassen. Allein der Enthusiasmus, mit welchem die ursprüngliche Idee am Stuttgarter Hofe aufgenommen worden war, hatte sich damals längst abgekühlt, und es wurde gar nicht aus der Sache. Bei dieser Gelegenheit war es eben, dass Kepler auf den zu München gesehenen Globus Apian's exemplificirte.

nibus", für den "liber de eclipsibus" und für die "Schedulae diariae, seu Almanach". Von ihnen allen kennen wir nichts als die Titel-Aufschriften. Auch die "Tabulae resolutae et jam recens supputatae" gehören in diese Klasse, falls nicht etwa mit ihnen "Apiani tabulae directionum, profectionumque, ejusdem Tabulae sinuum" einerlei sind, welche nach Kobolt[111]) im Jahre 1606 zu Wittenberg aufgelegt sein sollen. Eben dieser Literarhistoriker nennt[112]) ein "Astrolabium numerorum universale" — ein Titel, mit welchem wir gar nichts anzufangen wissen. Wohl aber sind uns verschiedene sogenannte "Praktiken" erhalten geblieben, welche einen für die wissenschaftliche und auch praktische Astronomie theilweise sehr wichtigen Inhalt besitzen. Nach Kobolt's Bericht (a. a. O.) gab es solche Vorausverkündigungen für die Jahre 1524 und 1525, allein da deren Bestimmung sowohl als Inhalt kaum abgewichen sein werden von der für das Jahr 1532 bestimmten Praktik, so halten wir uns zunächst mit unserem Referate an letztere.[114]) Ein analoges Werkchen für das Jahr 1541 kennen wir blos aus einer Notiz im Katalog der an seltenen Apiana sehr reichhaltigen, leider nunmehr zerrissenen, Föringer'schen Büchersammlung; dasselbe ward 1540 zu Landshut dem Drucke übergeben.[111])

### Astronomische Prognostica.

Dieselbe beginnt mit einer ziemlich langen Vorrede, welche dem Laien die Vortheile solcher Prognosticirungen darlegen soll; daran schliesst sich eine Erklärung der in dem Büchlein gebrauchten abkürzenden Symbole, als da sind: die Thierkreiszeichen, Zeichen für die Planeten, die Aspekten und die Mondphasen. Auch die sechs Grössenklassen der Fixsterne werden durch eigene Bilder unterschieden. Sodann werden die Elemente einer für den 30. August berechneten Sonnenfinsterniss angegeben. Zur Kennzeichnung ihrer Grösse wird, wie heute noch gebräuchlich, der Sonnendurchmesser in zwölf gleiche Zolle eingetheilt. "Die Son wirt verdäckt auff den dritten tayl, das seindt 3. punct 44. minuten, das solto also versteen: wann die Sonn getaylt ist in 12. tayl: das alles ist gerechnet auff Ingelstetterischen mittag: unnd mag an sonderliche jrr\*) im gantzen Teutschen lande also verstanden werden. Aber in Franckreich, sonderlich zu Pariss, geschicht diese finsternus, wann sie am grösten ist, gleich zu mittage, die ware ♂ 27. minut darnach, und wirt verdeckt anff 4. punckt 28. minnt."[116]). Es reiht sich an eine Angabe über die Zeit, während welcher die Planeten sichtbar sind; tritt ein solcher gerade in die Strahlen der Sonne ein, so heisst er ein "verbrannter" (combustus). Sehr kurz ist das vierte Kapitel,[117]) welches die astronomische Epoche für den Anfang der vier Jahreszeiten normirt. Damit ist dann der nach modernen Begriffen wissenschaftliche Theil der Schrift, für den neben den landläufigen alphonsinischen Tafeln wohl auch eigene Berechnungen des Verfassers benützt sind, erschöpft, denn der Beschluss des ersten und der weitaus überwiegende Theil des zweiten Hauptstückes widmen sich ganz Prognosen astrologischer Natur. Da hievon jedoch in einem besonderen Abschnitt im Zusammenhang gesprochen werden soll, so versagen wir uns vorläufig ein Eingehen auf die nicht uninteressanten Einzelheiten. Ganz am Ende jener zweiten Abtheilung

---

\*) Soll bedeuten: "ohne sonderliche Irrung." Das Zeichen ♂ bedeutet laut der im Eingang gegebenen Übersicht "Zusammenfügung zwayer oder meer Planeten."

aber finden wir einige den Autor selbst betreffende Notizen, die wir nicht unbeachtet lassen
dürfen. Er giebt nämlich an diesem Orte *****) an, er habe die einzelnen von ihm mitgetheilten Zeitmomente „mit etlichen minuten plus und minus gesetzt", um gewissen Veränderungen der Luft Rechnung zu tragen, welche an verschiedenen Tagen auch von verschiedener
Grösse seien. Offenbar meint er hiemit die Refraktion, deren Wirkung nicht lange zuvor
von Bernhard Walther in Betracht zu ziehen gelehrt worden war. Auch nennt hier Apian
einige demnächst von ihm zu veröffentlichende Werke. Mehrere derselben werden wir in
Consequenz unseres Planes erst später aufzuführen haben: hier mag genannt sein ein Buch
„de umbris", in welchem der astronomische Calcul vervollkommnet werden soll (es wird
auch von Schwarz (a. a. O.) citirt), eine Ausgabe des Azophi und eine neue Art von Tafeln,
„so Joannes Küngsperger gebessert hat." All' diese guten Vorsätze dürften jedoch, soweit
unser Wissen reicht, niemals in die Wirklichkeit übersetzt worden sein. Auf das zweite
Hauptstück folgt „der drit Teyl diser Practica von dem Cometen." Da wir uns vorgenommen
haben, die Gesammtheit dessen, was Apian gerade auf diesem, für seinen Nachruhm wichtigen,
Gebiete der theorischen Astronomie gewirkt und geschaffen hat, einem nach den Materien
geordneten Bericht aufzubehalten, so müssen wir die Schlussabtheilung der Praktik noch
ein wenig zurückstellen und an ein anderes, allerdings um ein Jahr später erschienenes,
Schriftchen anknüpfen.

### Kometenbeobachtung.

Apian war der erste Astronom, der mit vollem Bewusstsein seiner Aufgabe das von
Regiomontan als solches gestellte Problem in Angriff nahm, durch Vereinigung von Beobachtung und Theorie die bis dahin lediglich vager Spekulation überlassene Lehre von den Kometen neu zu begründen. Der grosse Komet vom Jahre 1531, derselbe, an den sich später
die geistige Grossthat Halley's mit unlöslichen Banden knüpfen sollte, scheint unseren Freund
zur Beschäftigung mit diesen räthselvollen Himmelskörpern angereizt zu haben; ihm folgte
gleich im ersten Jahre ein anderer. Wir erfuhren schon oben, dass er denselben trotz einer
gerade dazwischenfallenden Dienstreise unausgesetzt observirte*) und in einer, dem vollen
Titel nach dem Leser bereits bekannten Abhandlung schilderte. In einem Vorbericht notificirt Apian dem Leser die von ihm gemachte wichtige Entdeckung, dass der Schweif des
Kometen sich von der Sonne abwende. Sodann detaillirt er seine Ergebnisse in acht ausführlichen Lehrsätzen. Der erste sagt aus,***) dass der Komet, über dessen physische
Beschaffenheit wir den Verfasser gleich nachher zum Worte kommen lassen werden, sich
genau längs des Bogens eines grössten Kugelkreises bewegt habe; wer ihm — wie diess gewerbsmässige Kometomanten gethan zu haben scheinen — einen unregelmässigen Lauf zuschreibe,
rede die Unwahrheit. Im zweiten „Theorema"***) erklärt Apian, dass er seine erste Beobachtung zu Dresden angestellt und mit Hülfe weitläufiger sphärisch-trigonometrischer

---

*) Die Art und Weise der Beobachtung zeigt uns recht sprechend das Titelkupfer, welches den Astronomen darstellt im Begriffe, mit seinem Radius die drei Seiten eines sphärischen Dreieckes zu
messen. Zur unmittelbaren Coordinatenbestimmung steht neben ihm ein nett gezeichnetes Torquet;
dessen Äquator- und Zodiakalebene sind niedergeklappt, so dass es in dieser Adjustirung zur direkten Aufnahme von Azimuth und Höhe gebraucht werden konnte.

Rechnung — nach Art der uns bekannten Fälle — Höhe und Azimuth des Kernes zu resp. 13° 10′ und 14° 30′ gefunden habe. Hieraus wird dann dessen (sphärische) Entfernung von der Sonne bestimmt. An dritter Stelle [131]) wird uns eine zusammenpassende Reihe nachfolgender Messungen und Berechnungen geboten, aus denen — stets den Stern α leonis als Fundamentalfixpunkt genommen — die Thatsache erfahrungsmässig abgezogen wird, dass, wie schon erwähnt, die Axe des Schweifes in ihrer Verlängerung durch den Sonnenmittelpunkt hindurchgegangen sei. Theorem 4 und 5 fahren hierin fort; zur Diskussion kommen Beobachtungen, welche Apian am 10. Oktober in der Weise anstellte, dass er in Befolgung seines beliebten Verfahrens Abstände des Kometen vom Löwenherz und von α Bootis nahm. Auch die drei letzten Sätze bestätigen die gefundene Regel, und so kann denn im Schlussbericht [132]) eine graphische Darstellung gegeben werden, aus welcher deutlich erhellt, wie mit jedem Tage der Winkel kleiner wird, welchen die Verbindungslinie Komet-Sonne mit der geradlinigen Trajektorie des ersteren einschliesst. Astrologische Reflexionen beschliessen die kleine, für die Entwickelung der Kometar-Astronomie jedoch bahnbrechende, Schrift.

## Die „Practica" von 1532.

Als eine unmittelbare Vorläuferin derselben kann erwähntermassen jener Abschnitt der Praktika betrachtet werden, welcher speziell von den Schweifsternen handelt. Die darin enthaltenen Mittheilungen sind wesentlich einem Cyklus von Beobachtungen entnommen, welche Apian an dem Kometen von 1531 machte. Wenn wir gleichwohl, mit Ausserachtlassung der chronologischen Ordnung, das Schriftchen vom Jahre 1533 vorwegnahmen, so suchten wir unsere Berechtigung hiezu in dem Umstande, dass ersteres nur die Darstellung einer bestimmten Eigenschaft der Kometen, die Praktik dagegen alle Elemente einer wirklichen Kometentheorie enthält.

### Kometentheorie.

Apian ewähnt zuerst, dass Aristoteles drei Klassen, Plinius dagegen nicht weniger als zehn Klassen verschiedener Kometenformen unterscheide. Nach Ptolemaeus entsteht ein solches Gestirn durch hitzige, rauchartige, Dünste, welche unter dem Einfluss anderer Himmelskörper auf der Erdoberfläche sich entwickelten. Die Erde dachte man sich bekanntlich umgeben von den concentrischen Kugelschalen des Wassers, der Luft und des Feuers, und jene Dämpfe, welche gewissermassen einen Übergang von der Luft zum Feuer vorstellten, sollten sich demgemäss an der Grenze der beiden Elementarregionen ansammeln. Hier entzünden sie sich nach Apian's Meinung, und es entsteht so ein glänzendes Luftgebilde, welches zwar aussieht, wie ein Stern, eigentlich jedoch keiner ist. Die zunächst liegende himmlische Sphäre, die des Mondes, reisst bei ihrer eigenen Bewegung den benachbarten Kometen mit sich fort, und so scheint er einen ganz selbstständigen Lauf am Himmelsgewölbe zu haben. Es ist sonach ein grober Irrthum, zu glauben, ein Komet könne nur ganz beschränkten Erdstrichen zu Gesichte kommen, vielmehr sehen ihn, wenn er einmal in entzündetem Zustande ist, alle Christen, „wil geschweygen die Türcken und Asianer." Zugleich wird, wie Ptolemaeus darlegt, das Zusammentreffen der verfinsterten Sonne mit Mars oder Merkur in dem nämlichen

Thierkreiszeichen als Ursache der Kometenbildung zu gelten haben. Apian glaubt diesen Satz erfahrungsmässig bestätigen zu können. „Die weyl im nechstvergangen 1530 Jar zwo finsternus eine der ☉ die ander des ☽ gewesen sint, und ♂ in beden ein herr geacht wirt: und ♂ durch die winkel des Horizonten stetts dem Cometen entgegen gewest ist davon wirt hernach mehr angezeigt, wie wol ♂ grosse ursach ist dieses Cometen: demnach sprich ich das er mehr Mercurialisch gewest sey dann Martialisch: dieweyl er auch sich bey ☿ schir inn einem grad enzündt hat wie hernach steet." Einwirkungen auf die Erde werden natürlich dem Kometen nicht abgesprochen, indess giebt sich Apian wenigstens Mühe, dieselben natürlich zu erklären. Die Luft wird von den bewussten heissen Ausdünstungen ausgetrocknet und so der Regenbildung ein Hinderniss entgegengesetzt; damit steht dann Wassermangel der Brunnen und mannigfaltiges Gebreste der Menschen in unmittelbarster Verbindung. Zum Schluss beschwert sich der exakte Forscher über die abenteuerlichen Geschichten, welche gewisse Kalendermacher von dem jüngst erschienenen Kometen und der ungeheuren Länge seines Schwanzes in die Welt gesetzt hätten. Das Alles beruhe auf Irrthum, wie sein sofort zu veröffentlichendes Tagebuch über diesen Kometen darthun werde. Und nun wird in nicht weniger als 84 Theoremen eine völlige Biographie des merkwürdige Sternes entworfen; jede einzelne Rechnung, die darin vorkommt, wird im Detail ausgeführt. Die bereits erwähnte wichtige Entdeckung findet sich auch hier im 56. Satze, wenn auch freilich noch nicht mit der späteren Bestimmtheit ausgesprochen; dort wird gezeigt,<sup>111</sup>) „wie der schwanz sich nach der Sonnen schein allzeyt gewest hat." Von dem ganzen, mit riesigem Fleisse zusammengetragenen Materiale, welches für einen Spezialhistoriker des Bemerkenswerthen noch gar Viel darböte, scheint uns die Untersuchung über den Ort und Zeitpunkt der Entzündung besondere Hervorhebung zu verdienen, weil hier, wie nicht leicht anderwärts, eine an sich falsche und unmögliche Hypothese durch einen ganz stattlichen Apparat wissenschaftlicher Methoden zu stützen versucht wird. Das 80. Theorem handelt nämlich [114]) „von der grösten Latitud des Cometen, und welchen Tag er sich ungeheuerlich entzündt hat." Apian untersucht zu diesem Ende, an welchem Tage der Komet am weitesten von der Ekliptik abstand. Bei dieser Gelegenheit nun erörtert er auch die Frage, wie weit der Komet wohl von der Sonne entfernt gewesen sein möge. Diess zu entscheiden, sei ihm begreiflicherweise nicht möglich gewesen. Denn dazu gehöre, dass „ire zwen zu gleich in einem augenblick hundert meylen mer oder minder ungefärlich von einander, die höch über den horizont observirt hetten." Der so schrieb, musste eine deutliche Vorstellung von dem Wesen der Parallaxe und von deren Zusammenhang mit der linearen Distanz besitzen. Gleich darauf [115]) wird festgestellt, „wie Mars unnd Mercurius gegen dem Cometen ire standt unnd Respect gehabt haben." Zum Schluss vertheidigt Apian seine Resultate durch Berufung auf die Beobachtungen seiner Amtsbrüder Vögelin zu Wien und Schoner zu Nürnberg, welche völlig mit den seinigen übereinstimmten,[116]) und knüpft die üblichen Prophezeiungen an.

### Neuere Untersuchungen.

Mehrere Jahre nachher nahm Apian bei der Herausgabe des „Astronomicon Caesareum" die Gelegenheit wahr, seine Studien über Kometenkunde in verbesserter Redaktion und mit neuen Materialien vermehrt dem Publikum nochmals vorzulegen. Die Darstellung zeichnet sich jetzt durch die noch grössere Rücksicht aus, welche auf die Bedürfnisse des Anfängers genommen wird; so werden die einzelnen Phasen der Rechnung noch mehr detaillirt und die bei der Auflösung sphärischer Dreiecke in Betracht kommenden stereometrischen Verhältnisse mittelst perspektivisch gezeichneter, durch Licht und Schatten plastisch angelegter, Figuren erläutert. Die für eine Bahnbestimmung — im damaligen Sinne — erforderlichen Bestimmungsstücke werden nach einander abgehandelt. An Beobachtungen lag damals schon eine grössere Anzahl vor, denn nicht weniger als fünf Kometen waren, wie ausdrücklich angemerkt wird, seit dem Regierungsantritt Karl's V. in Deutschland gut sichtbar gewesen; sie alle erhalten ihre eigene, je nach den begleitenden Umständen mehr oder minder ausgedehnte, Monographie gewidmet. Am ausführlichsten ist jene[137]) über den uns bereits bekannten Schweifstern vom Jahre 1531 gehalten; neu ist hier die Bemerkung,[138]) dass der Komet in der Nähe der Sonne recht wohl in deren Strahlen scheinbar verschwinden und nachher wieder hervortreten könne, und dass deshalb die Annalen-Notiz des Palmerius mit Vorsicht aufzunehmen sei, welcher zufolge im Jahre 729 nach Chr. ein Komet der Sonne vorausgegangen, ein anderer ihr nachgefolgt wäre. Der nun an die Reihe kommende zweite Komet[139]) konnte vom 25. September bis zum 20. November 1532 beobachtet werden; uns ist er besonders als derjenige bekannt, an welchem die die Richtung des Schweifes betreffende Entdeckung gemacht ward. Der dritte Komet lieferte nur eine geringe Anzahl brauchbarer Messungen, die jedoch in ihrem Gesammtergebniss zur Bestätigung jener Regel dienten; aus diesen Ortsbestimmungen wusste immerhin Olbers, fast drei Jahrhunderte nachher, eine brauchbare Bahn abzuleiten.[140]) Die Regel gilt auch für die beiden Kometen von 1538 und 1539, mit welchen jedoch, grosser Lichtschwäche halber, nichts Besonderes anzufangen war.[141]) Ziehen wir jetzt das Fazit aus unserer Analyse von Apian's kometographischen Arbeiten, so haben wir auf Dreierlei unser Augenmerk zu richten. An erster Stelle ist zu constatiren, dass der Ingolstädter Astronom für die Kometen ganz in der gleichen Weise Ortsbestimmungen vornahm, wie für die übrigen Himmelskörper, und dadurch nicht allein seiner eigenen Vorurtheilslosigkeit ein günstiges Zeugniss ausstellte, sondern auch den Bestrebungen einer weit späteren Generation auf das Dankenswertheste vorarbeitete. Zum zweiten ist die thatsächliche Bereicherung unseres Wissens hervorzuheben, welche in Apian's empirischem Satze von der Richtung des Kometenschweifes enthalten ist. Und drittens endlich interessirt sich die Geschichte der physischen Astronomie für die Kometentheorie, welche ein relativ so höchst objektiver Beobachter und Denker auf Grund eigener Wahrnehmungen konstruirte.

Bezüglich des erstgenannten Punktes hat sich unter den Kennern gewiss noch keine Meinungsverschiedenheit ergeben, vielmehr wird allseitig das Bedeutungsvolle gerade dieser praktisch-astronomischen Leistung zugestanden. Besonders der an die Beobachtung des 31<sup>ten</sup> Kometen gewendete Fleiss hat die reichsten Früchte getragen. „L'observation la plus précieuse," sagt der bekannte Kometograph Pingré,[142]) „que nous avons de la Comète de 1531, est celle d'Apien, Astronome des empereurs Charles V. et Ferdinand I<sup>er</sup>." Die Beobachtungen, welche Apian auf der Reise anstellte, hält Pingré[143]) allerdings nicht für so genau, wie sie jenem selbst erschienen wären. Dass die aus Apian's Elementen abgezogenen Bahnbestimmungen ohne dieselben kaum zu Stande gekommen wären, steht fest.\*) So stützte sich Halley bei seiner Berechnung der von den Kometen von 1531 und 1532 beschriebenen Bahnen, wie u. a. bei Wolf²⁴⁴) und Hind²⁴⁶) angemerkt wird, fast ausschliesslich auf Apian'sche Daten. Das Astronomicon Caesareum war nach Hind (a. a. O.) damals schon recht selten (vgl., was oben über das Inschriftenwerk gesagt ward); hätte Halley die Fundgrube der „Praktik" zu Gebote gestanden, so würde er vielleicht seiner berühmten Entdeckung einen noch höheren Grad von Sicherheit haben verleihen können. Jedenfalls hat Apian sein Theil an der Feststellung der fundamentalen Wahrheit, dass eine Anzahl von Kometen in geschlossenen Curven um die Sonne sich bewegt. Auch für andere Bahnberechnungen ist auf Apian recurrirt worden, so von Dauwes für den Kometen von 1533²⁴⁷) und von Struyck²⁴⁴) für jenen von 1539, der möglicherweise mit dem im Jahre 1737 erschienenen identisch ist. Pingré selbst, dem wir diese Nachweisungen verdanken, hat sich mit dem 38ᵗᵉⁿ Fremdling beschäftigt¹⁴⁹) und gesteht, dass man betreffs desselben sich lediglich an die Mittheilungen von Apian und Gemma Frisius halten könne. So werden denn des Ersteren Schriften stets eine reiche Fundgrube für die moderne Kometenforschung bilden, und wir möchten nicht anstehen, deren Vertreter auf die viel zu wenig ausgebeuteten, „Praktik" und „Bericht" betitelten, Monographien aufmerksam zu machen.

### Richtung des Kometenschweifes.

Unvergänglichen Werth wird ferner Apian's Entdeckung behalten, dass der Kometenschweif sich der Sonne zu entziehen strebt. Im Grossen und Ganzen verhält es sich in der That so, und alle Lehrbücher der Sternkunde betrachten die Richtung des Kometenschweifes als retrograd gegen die Verbindungslinie Komet-Sonne. Hören wir, was ein gründlicher Sachkenner, Wolf, über diesen Fortschritt sagt:¹⁵⁰) „Auch den physischen Erscheinungen an Kometen wandte Apian schon in jener frühen, für besagte Himmelskörper sonst noch so unfruchtbaren, Zeit seine Aufmerksamkeit zu, und obschon er mit seiner Idee, dass der Schweif des Kometen gewissermassen sein Schatten sein möchte, nicht ganz das Richtige traf, so haben wir mit Kästner\*\*) zu sagen:

„Hat er daran gefehlt, so hat er auch entdeckt,
dass von der Sonne stets der Sweif sich abwärts streckt,
Und Der ist wenigstens noch keines Tadels werth,
Der uns, so oft er irrt, auch neue Wahrheit lehrt,"
denn letztere Entdeckung, die zwar allerdings auch für Hieronymus Fracastor, der in seiner 1538 zu Verona erschienenen Schrift „Homocentrica seu de stellis" dieses Umstandes

---

\*) Indem Maedler¹⁵¹) den Chinesen nachrühmt, dass die von ihnen aufgezeichneten Kometenörter einem Burckhardt und Hind gar manche Nachrechnung ermöglicht hätten, meint er, dass die europäischen Beobachtungen von gleicher Güte erst mit Apian und Brahe begünnen. Indessen dürfte auch Regiomontan nicht ausser Acht zu lassen sein.

\*\*) Dieses Gedicht, welches sein Autor schon 1744 als Bestandtheil eines grösseren didaktischen Poëmes veröffentlicht hatte, findet sich in seiner Geschichte der Mathematik wieder abgedruckt¹⁵²), von wo wir es entlehnt haben.

ebenfalls erwähnt, in Anspruch genommen wird,*) macht in der That Apian entschieden Ehre." Natürlich ist Apian's Lehrsatz cum grano salis zu verstehen, und von Tycho Brahe, der freilich den für Apian noch legalen Genauigkeits-Spielraum von 2—3 Bogenminuten bis auf eine halbe Minute herabgedrückt hatte, war es wohl ein wenig Splitterrichterei, wenn er die Geltung jenes Satzes in Frage stellte. Gassendi urgirt in seiner Biographie Brahe's [114]) besonders den Kometen von 1577, dessen Schweif anscheinend weit mehr von der Venus, als von der Sonne abgestossen worden sei, und meint, Apian werde sein Gesetz wohl mehr „praeter propter", denn als ein mathematisches Faktum von strikter Geltung angesehen wissen wollen. Das Letztere ist bei solchen Dingen denn doch eigentlich selbstverständlich. Gleichwohl erscheint nicht ausgeschlossen, dass die Richtung des Schweifes, wenn die durch Bessel begründete, durch Zoellner erheblich weitergeführte, Theorie von der elektrischen Abstossung sich endgültig bestätigen sollte, nicht blos empirisch, sondern auch causal als eine von der Sonne sich abwendende erkannt werden wird.

### Entstehung der Kometen.

Die Theorie, welche Apian für die physische Konstitution der Schweifsterne aufstellte, ist vielfach missverstanden worden. Wenn Maedler[115]) erzählt, Apian habe den Kometen von 1472 durch eine Zusammenkunft des Saturn mit Mars entstehen lassen, so ist zu erwidern, dass nach dem, was wir oben von seinen Anschauungen kennen lernten, die Planeten-Konjunktion allerdings als mitbestimmend, keineswegs jedoch als die Hauptursache betrachtet wird. Auch die von neueren Schriftstellern beliebte Auffassung des Schweifes als eines Schattens trifft nicht mit den Intentionen der Apian'schen Hypothese zusammen. Denn wenn auch im 12. Kapitel des Astronomicon gelegentlich von einer „canda a sole generata, et umbrae modo solem subinde assequuta" gesprochen wird, so hat doch bereits Kästner[116]) eingesehen, dass diess nur bildlich, nicht jedoch wörtlich, zu verstehen sei. Wissen wir doch, dass nach Apian's Ansicht ein Komet aus irdischen, in die Elementarregion des Feuers emporgestie-

---

*) Die charakteristische Stelle bei Fracastor ist diese[117]): „Propter has igitur causas, quae circa lunam vieuntur, contingere existimandum est..." Es gäbe noch eine, für die Kometen bestimmte, neunte Sphäre unterhalb derjenigen des Mondes. Und auf dem nächsten Blatte: „Obiter autem nec alleobimus unam quod commune fuit his tribus cometis, dignum (ut arbitror) relatu. omnes enim comam seu barbam projecere e directo semper in oppositum soli partem, ut si sol in aequinoctiali fuisset versus orientem, barba in aequinoctiali versus occidentem protendebatur, et quantum sol nam in partem deflexisset, tantum in oppositam barba illa semper et ipsa sese vertebat, quod et ille etiam cometa foedasse legitur, qui anno 1472 apparebat." Diess ist allerdings ganz unzweideutig gesprochen, allein wahrscheinlich liess sich Fracastor mehr durch eine unvollständige Induktion anstatt scharfer Ortsbestimmungen leiten, wie denn auch Piegré den Daten Apian's weitaus den Preis vor den Angaben des Veroneser Mathematikers zugesteht.[117]) Von einem Prioritätsstreit könnte jedoch, ungeachtet sich Letzteres so verhält, in keinem Falle die Sprache sein. Denn Fracastor publicirte seine Schrift im Jahre 1538, weist aber zugleich auf eine noch ältere Konstatirung der gleichen Thatsache aus dem Jahre 1472 hin. Es sind also bereits vor Apian Wahrnehmungen im gleichen Sinne gemacht worden, und es ist nicht ausgeschlossen, dass er an seinen eigenen Untersuchungen durch Studium der älteren Literatur veranlasst wurde. Doch bleibt hiedurch unsere Behauptung unerschüttert, dass Apian eine gelegentliche Beobachtung in umfassendster Weise generalisirt und zum Range einer sicheren Erfahrungsthatsache erhoben hat, und diesen Ruhm schmälert ihm Fracastor nicht. —

genen und allda unter der Einwirkung der Sonnenstrahlen entzündeten, Dünsten bestand und von der Mondsphäre solange mit in deren Lauf hineingerissen wurde, bis er erlöschte und sein Stoff sich wieder zerstreute. Dass diese ganze Betrachtungsweise aus der aristotelisch-scholastischen Schulphysik herausgewachsen war und mit derselben steht und fällt, kann keinem Zweifel unterliegen, aller wir wüssten nicht, wieso man einem Gelehrten aus der ersten Hälfte des XVI. Jahrhunderts hieraus den geringsten Vorwurf zu machen berechtigt wäre. Ein Coppernicus war Apian nicht, philosophische Tiefe eignete ihm weniger als mathematische Durchbildung und technisch-astronomisches Geschick, und mit diesen seinen Mitteln hat er uns eine Kometentheorie geliefert, die in jeder Hinsicht weder ihrem Erfinder noch auch dem Zeitalter Schande macht, mit dessen Denkart sie natürlich bei allen originalen Anläufen stets nahe verwandt bleiben musste.

### Stellung zur coppernicanischen Reform.

Und was von dieser Seite seines gelehrten Wirkens, das gilt auch noch von so mancher anderen. Wenn wir einen Rückblick auf Apians astronomische Bestrebungen im Ganzen werfen, so können wir unser Urtheil wohl dahin zusammenfassen: derselbe war zünftischer Gelehrter. sein ganzes Denken und Trachten ward unbewusst beeinflusst vom Zunftgeist, der in seiner Sphäre wohl viel Treffliches schaffen, über dieselbe hinaus jedoch nur in den seltensten Ausnahmsfällen sich erheben konnte. Apian's grosser, wenn auch älterer Zeitgenosse, der Domherr von Frauenburg, war dagegen ein von Fakultätsbanden und scholastischer Tradition freier Mann, und ihm gelang die Lösung eines Problemes, an dessen Stellung der Erstere, obwohl als Mathematiker dem Coppernic ebenbürtig und und als Beobachter sogar weit überlegen, nicht einmal gedacht hatte. So ist es denn auch ganz erklärlich, dass Apian dem coppernicanischen Weltsystem fremd und theilnamslos gegenüberstand und nach wie vor alle seine Ideen dem starren Gefüge der ptolemäischen Kosmologie unterordnete. Und doch möchte vielleicht ein tiefer blickender Geschichtschreiber in dem gänzlichen Stillschweigen des gut katholischen Ingolstädter Professors eher ein günstiges, denn ein ungünstiges Anzeichen für dessen Stellung zu Coppernic's Reform erblicken! Gewandt und weltklug würde er, der als Inhaber eines Lehrstuhles an der „universitas clerica", sowie als Hofmathematikus seiner katholischen Majestät, allen Haeresieen doppelt abgeneigt sein musste, gewiss auch dann seine Bekehrung zur heliocentrischen Weltanschauung zu unterdrücken gewusst haben, wenn eine solche sich vollzogen gehabt hätte. Wäre er andererseits ganz sicher von der Unrichtigkeit der Reform überzeugt gewesen, so würde er die ihm durch seine Lebensstellung gebotene günstige Gelegenheit wohl kaum versäumt haben, sich in dem damals üblichen, derb-missbilligenden Style darüber auszulassen. Auch diess that er nicht, und so liegt denn die Vermuthung nicht ferne, es habe diese diplomatische Zurückhaltung in der inneren Unsicherheit ihren Grund gehabt, welche der gescheidte, von der Nothwendigkeit einer Umgestaltung gewiss tief überzeugte Mann der neuen Lehre gegenüber nicht zu überwinden im Stande war.

### Apian als Astrolog.

Die Astronomie kann, sobald man sich innerhalb des XV. und XVI. Jahrhunderts bewegt, kaum genannt werden, ohne zugleich ihrer älteren, wenn schon illegitimen Schwester, der Astrologie, zu gedenken. Es ist erfreulich, zu sehen, dass die Einzeldarstellungen von Mensinga,[333]) Billwiller [334]) und ganz besonders von Haebler [335]) viele Vorurtheile zerstreut haben, mit welchen das gebildete Publikum jene älteren Versuche, aus dem Laufe der Gestirne auf die Schicksale der irdischen Welt zu schliessen, zu betrachten gewohnt war. Allein die Überzeugung ist doch noch zu wenig in Fleisch und Blut übergegangen, dass die Sterndeutekunst auch noch zu Apian's Zeiten unbedingt in den Rahmen des akademischen Unterrichtsstoffes gehörte und, da ihre Methode vielfach mit jener der sphärischen Astronomie übereinstimmte, auch einen gewissen scientifischen Anstrich hatte. So war denn auch unser Held bis zu einem gewissen Grade Astrologe, und wir würden von seinem Treiben kein richtiges Gesammtbild erhalten, wollten wir ihn in dieser Eigenschaft ignoriren. Schon in seinem Traktat über die Sonnenuhr zeigt er sich als solcher. Er ordnet nach bestimmten Regeln jedem Planeten gewisse Tagesstunden zu [336]) und setzt fest, welche Charaktereigenschaften von dem in einer bestimmten Stunde geborenen Kinde zu erwarten sind. Verstärkt wird die Wirkung des bezüglichen Wandelsterns noch, wenn sich die Sonne in jenem Augenblicke gerade in einem geeigneten Zeichen befindet, z. B. für den Jupiter im Schützen oder in den Fischen. Steht sie dagegen in den Zwillingen, der Jungfrau, oder im Steinbock, so schwächen sich ihre Einflüsse und die des Jupiter gegenseitig. Ein zweiter Abschnitt erörtert die Frage, welche menschliche Geschäfte unter der Herrschaft eines aufsteigenden Thierkreisbildes am Schicklichsten vorzunehmen seien [341]). Im Krebs z. B. ist „alle handlung, dy im wasser geschicht, gut zu üben." Medicinisch endlich ist das letzte Kapitel:[342]) „Gibt eine kleine und guete unterrichtnng, wye man sich in Aderlessen halten sol." Bekanntlich unterscheiden die damaligen Ärzte, und mit ihnen Apian, eine doppelte Art von Blutentziehungen: die pathologische, von der Natur bei irgend einer akuten Erkrankung dringend geforderte, und eine mehr physiologische. Erstere war von dem Mitwirken der Gestirne natürlich unabhängig; letztere dagegen wurde erst nach sorgfältiger Befragung des astronomischen Kalenders vorgenommen. Zur besseren Übersicht zeichnet Apian eine menschliche Figur; jeder integrirende Bestandtheil des Körpers ist mit einem daneben stehenden, als „boss", „mitl" oder „gut" bezeichneten, Zodiakalzeichen durch eine Linie verbunden:[343]) „in dieser Figur des menschen magst du wol erkennen, welchem Zaychen ein ytzliches gelid des menschen underworffen sey." \*)

### Astrologische prognostica.

Einen guten Einblick in das Wesen der vereinigten judiciären, medicinischen und meteorologischen Astrologie gewinnt man, wenn man die, uns bereits nach zwei Seiten hin

---

\*) Im germanischen Museum zu Nürnberg befindet sich ein zu Regensburg gedrucktes Flugblatt, welches ebenfalls ein solches „Aderlassmännlein" nebst Gebrauchsanweisung enthält, und zwar genau in derselben Ausführung. Da nun Apian, wie später zu berichten, im Anfang seiner literarischen Praxis bei dem Regensburger Buhdrucker Khol arbeiten liess, und da auch das erwähnte Blatt aus dessen Werkstätte hervorgegangen ist, so liegt die Annahme nicht so ferne, das letztere sei von Apian abgefasst worden. Dergleichen populäre Marktartikel bezahlten sich besser als gelehrte Foliantne, und wir erinnern uns, dass Apian auf Buchhändlerzahlungen in seiner frühesten Periode gar sehr angewiesen war.

wohlbekannte, "Practica" durchblättert. Da finden wir, mit Hinweis auf Avicenna, für das Jahr 1532 ein grosses Sterben vorausgesagt, sintemalen in den Zwillingen eine Konjunktion der drei oberen Planeten stattfinde.[144]) Ganz besonders ausführlich aber verbreitet sich Apian "de diebus creticis", über die kritischen Tage:[145]) "dieweyl Ptolemeus unn Hali im 60. wort seiner 100 sprüch unnd schir alle ärtzt und Astrologi erkent haben etlige tåg von anfang der krankheit zu rechnen, inn welchen die natur mit der krankheit kempfft, und der krank besserung oder bösserung empfint seiner krankheit." Es wird gezeigt, wie man bei gegebenem Anfangstermin unter Berücksichtigung des Mondlaufes diese Tage bestimmen kann. Die astrometeorologischen Regeln sind nicht, wie bei dem unlängst verstorbenen Werner, in ein System gebracht, vielmehr müsste man, wollte man ein solches aufstellen, die zahlreichen einzelnen Prognostika, soweit sie die Witterung betreffen, erst zusammensuchen. Als ein recht bezeichnendes Beispiel mag das folgende gelten:[146])*) "Julius Heumon b 17 Alexii die ☉ erweckt erst die natur des ascendenten der revolution bedeut grosse hitz disen tag und weeung der windt, wo aber die windt klain sint mag sich leychtlich ein wetter zusammen tragen ... die pleyades sindt schir alle im mitel des hymels, in der gemain auch zu windt genaygt, sonst wol mit hytz und kelt temperirt." Eine etwas vorsichtige und gewundene Ausdrucksform, die man freilich auch in Witterungs-Prognosen bis und da findet, welche im XIX. Jahrhundert ausgegeben werden. Der in Verlust gerathene astronomische "Almanach" scheint für Apian's meteorologische Ansichten die meisten Anhaltspunkte geboten zu haben, da er nach Kobolt[147]) "schedulas diarias cum judiciis annalibus et practicis, quibus aeris mutationes, dierumque electiones singulae continentur" enthalten haben soll.

### Zweifel an deren Richtigkeit.

Die eigentliche Blüthe der Astrologie war natürlich die Kometomantie, und da Apian von diesen Himmelskörpern sich besonders angezogen fühlte, mussten ihn auch die dadurch angedeuteten Vorzeichen beschäftigen. Der Schweif des Kometen von 1531 erstreckte sich nach Süden bis über Italien weg und befand sich am Tag der Entzündung (s. o.) gerade am Mittag über der Stadt Rom. Das legte die Vermuthung nahe,[148]) der Komet werde für diese Stadt eine besonders wichtige Rolle zu spielen haben, und da er zugleich gegen den Basilisk (α leonis) "sonderlich Respekt hette", und da ferner gerade dieser Fixstern auf eine sehr hoch gestellte Persönlichkeit hinweist, so muss man vermuthen, dass den Papst, als ersten Fürsten Italiens, ein grosser Unfall treffen wird. Dem in Mitte der antiprotestantischen Bewegung Stehenden konnte eine solche Prophezeiung allerdings nicht gerade schwer fallen. Auch die weitere Hypothese, der unter dem Zeichen des Löwen geborene Sultan werde nächstens wieder Unruhen beginnen, hatte, einem Soliman gegenüber, und zwei Jahre nach der Belagerung der Reichshauptstadt, recht viel Plausibles. Kurz, Apian weiss seine Aufgabe so zu wenden, dass deren Lösung dem Politiker und denkenden Menschen ebenso wohl zusagen musste, als dem Astrologen. Zudem hält er sich ein Hinterthürchen offen, indem er seine "Practica" mit den Worten beschliesst:[149]) "Wie wol ein Comet na-

---

*) Mit den ersten sieben Buchstaben des Alphabetes wurden die Wochentage des für die Kirchenrechnung wichtigen Sonntagbuchstabens halber bezeichnet.

türlich geschieht, dennoch ist er zu einer warnung von Gott in sonderheit geschaffen, Darumb wil ich dises mein prognosticon nicht dahin laytten, als müsten dise Ding alle also geschehen, Sonder der will Gottes mag alle Ding in einem augenblick verkeren, und seinen zorn von uns wenden." Das gemahnt schon an Michael Servet's rationalistische Meinung,[216]) die Astrologie sei zwar eine Wissenschaft und ihre Aussprüche träfen im Allgemeinen das Richtige, allein Gottes Wille und menschliche Klugheit vermöge über die himmlischen Vorzeichen wohl abzuslegen. Auch in dem Bericht über den 32sten Kometen stellt Apian erst auf astronomischem Wege fest, über welchen Ländern der Komet im Zenith gestanden, und sucht nun die politischen Geschicke derselben zu ergründen. Doch meint er auch hier, die Prognosticirung sei sehr unsicher; nachher freilich könne man jedem Ereigniss leicht die astrologische Ursache substituiren, allein das sei eher ein „postnosticon".[211]) Der gesunde Sinn Apian's hatte, wie besonders aus diesen Worten erhellt, das Missliche der Astrologia judiciaria wohl erkannt, allein er musste nun einmal dem Zeitgeist Rechnung tragen, und durfte dies um so eher, als er eben doch, so wenig wie hundert Jahre später ein Kepler, der Überzeugung sich ganz entschlagen konnte, es müsse doch etwas Wahres an dieser, durch das Alter geheiligten Pseudowissenschaft sein. —

### Optische Schriften.

Wir sind, nachdem auch den seitlichen Abzweigungen der astronomischen Wissenschaft ihr Recht geworden ist, zu Ende mit unserer Schilderung der Schöpfungen Apian's auf dem Gebiete der Astronomie; wir sahen, wie er allüberall in der sphärischen, theoretischen, physischen und beobachtenden Sternkunde seinen Mann gestellt und durchaus mit Erfolg den kommenden Geschlechtern vorgearbeitet hat. Doch giebt es auch noch einige andere Zweige der angewandten Mathematik, in welchen er sich schriftstellerisch versuchte, insbesondere die Optik und in zweiter Linie die Mechanik. Sein Interesse für erstere Disciplin war ein äusserst reges, und würde er alle Pläne haben verwirklichen können, welche er zu ihren Gunsten hegte, so würde ihm die Geschichte der Naturlehre einen Ehrenplatz einräumen müssen. Leider scheint jedoch auf uns nur die Ausgabe der Optik des Witelo gekommen zu sein, welche er in Gemeinschaft mit seinem Lehrer und Freunde Tannstätter veranstaltete.[212]) Es ist diess Werk, welches bei Petrejus in Nürnberg herauskam, die erste gedruckte Edition jenes berühmten optischen Traktates, der als grundlegend für den mehr geometrischen Theil der Lehre vom Lichte gelten muss, und billig sollte man sie deshalb überall citirt finden. Doch ist dies nicht der Fall, indem allenthalben Risner's „Thesaurus", der 1572 zu Basel erschien und direkt auf Apian's Bearbeitung fusste, als die erste Druck-Auflage angesehen wird. Ausserdem nennen noch Schwarz[213]) und Andere ein „liber de speculo" und ein „liber de iride", in welch' letzterem wohl eine Zusammenfassung der von Aristoteles, Seneca, Witelo und Theodorich aufgestellten Lehrmeinungen zu geben beabsichtigt war. Ein „liber de umbris" gehört, wie wir wissen, nicht zur Optik, sondern zur Geodäsie und Astronomie; die von Kobolt[214]) erwähnte „Perspectiva Vitellionis" aber ist zweifellos mit der Nürnberger Ausgabe identisch, da die Wörter Optik und Perspektive damals nicht selten synonym gebraucht wurden.

## Die theoretische Mechanik bei Apian.

Auch die Mechanik ist der Fürsorge Apian's nicht entgangen, der bei einer Umschau auf seinem wissenschaftlichen Territorium stets bereit war, mit seiner Hülfe einzugreifen, wo solche von Nöthen schien. Vorträge über theoretische Mechanik waren auf deutschen und ausserdeutschen Hochschulen etwas Unerhörtes, und es ist diess auch sehr begreiflich; denn an die archimedischen Schriften über Statik konnte schon aus dem Grunde nicht gedacht werden, weil den Zuhörern alle zu deren Verständniss nöthigen Vorbedingungen abgiengen, und ein dem Euklid zugeschriebenes Fragment[113]) war gar zu dürftig an Inhalt. Da half denn aus der Noth die im Manuscript vorhandene Abhandlung „von den Gewichten", welche von Jordanus Nemorarius herrührt, einem hervorragenden deutschen Mathematiker des XIII. Jahrhunderts, von welchem Chasles,[114]) neben seiner Mechanik, noch eine ganze Menge respektabler Leistungen namhaft macht. Aus diesem Buche nun schöpfte das Abendland seine ersten mechanischen Kenntnisse, die über des Aristoteles „Probleme" hinausreichten, und Whewell hat ganz Recht, wenn er mit Bezug auf die von Apian besorgte Auflage sagt:[115]) „Das Buch des Jordanus Nemorarius „de ponderositate" war wahrscheinlich ein für den öffentlichen Unterricht bestimmtes." Welche Manuskripte der Herausgeber zur Verfügung gehabt, wie viel er etwa aus Eigenem hinzugethan, darüber schweigt die an den Kanzler Leonhard v. Eck gerichtete Vorrede. Indess ist es sicher, dass Apian sich nicht auf den einfachen Abdruck des ihm vorliegenden Textes beschränkte. Es hat nämlich M. Curtze einen die Mechanik Jordan's im Original enthaltenden Codex aufgefunden und meldet von diesem das Folgende:[116]) „Unser Exemplar unterscheidet sich wesentlich von dem Abdrucke, besonders dadurch, dass es eine bei weitem gedrängtere Recension darstellt, so dass man fast annehmen möchte, dass der Druck durch Petrus Apianus, den Herausgeber dieses Werkes, interpolirt sei." Schon die paraphrasirende Einleitung, mit welcher das gedruckte Buch[117]) beginnt, fehlt in der Handschrift; dieselbe erläutert in treffender, dem akademischen Lehrer wohl anstehender, Diktion das Wesen der Mechanik als Wissenschaft: „Cum scientia de ponderibus sit subalternata, tam Geometriae, quam naturali Philosophiae, oportet in hac scientia quaedam geometrice, quaedam physice probare." Curtze constatirt auch noch, dass im Urtext die Beweise kürzer und gedrängter gehalten sind, als in Apian's Bearbeitung, und da sie trotzdem als völlig genügend in dieser Form bezeichnet werden müssen, so darf die grössere Weitschweifigkeit der Druckausgabe wohl auf Rechnung der commentatorischen Thätigkeit des Herausgebers gesetzt werden.[118]) Jedenfalls ist Apian der erste deutsche Professor, der die wissenschaftliche Mechanik zum Lehrgegenstande erhob und zugleich durch seine Publicirung des Jordan'schen Manuskriptes ein geeignetes Compendium für die bezüglichen Vorlesungen lieferte. Und das allein sollte ihm hoch angerechnet werden! —

## Geographische Leistungen.

Die einleitenden Worte des Titels unserer Studie thun auch geographischer Verdienste unseres Apian Erwähnung, und es wird deshalb an der Zeit sein, sich auch nach diesen umzusehen. Wir werden sehen, dass gerade die Jugendperiode der wissenschaftlichen Erdkunde gewidmet war, und dass derselben Arbeiten entstammen, die den erfreulichen

Aufschwung, welchen zu Beginn des XVI. Jahrhunderts das geographische Wissen nahm, in ihrem Theile vorbereiten und fördern halfen. Wir beginnen unsere Revue mit einer, zu chronologischen Zwecken bereits oben gelegentlich herangezogenen Leistung, mit der Karte der damals bekannten Erdtheile, welche schon 1520 in Wien an die Öffentlichkeit trat.

### Die Weltkarte von 1520.

War diese Karte auch, nach D'Avézac's competentem Urtheil,[231]) in so ferne von geringem thatsächlichem Werthe, als sie auf ein viel zu wenig ausreichendes Material sich stützen musste, so war sie doch eben die erste wirkliche Generalkarte der Erde, auf welcher dem neu entdeckten Welttheile sein volles Recht eingeräumt war, und schon dadurch musste dieser erste Versuch Aufsehen erregen, mochte er im Übrigen ausgefallen sein, wie er wollte. Dominic Cassini erkennt ihr[232]) das Verdienst der Priorität zu, wenn schon er ihre Fehler nicht läugnet; er sagt nämlich: „Peter Apian (Kaiser Karl des V. Mathematikus, ein Deutscher) ist der erste gewesen, der eine allgemeine Karte, der alt- und neuen Welt verfertiget hat. Wie es aber gemeiniglich, mit allen Sachen in ihren Anfängen zu ergehen pfleget: so ist auch diese nicht vollkommen gewesen. Denn sie stellete das Mittägige- und Mitternächtige Amerika, wie zwey von einander abgesonderte Inseln vor, und zeichnete eine offene Durchfahrt, aus dem Nördlichen- in das Südliche Meer zu kommen. Man hat aber bald erfahren, wie das Mittäg- und Mitternächtige Amerika, durch das enge Land Panama an einander hängen." Besonders jedoch ward, wie D'Avézac (a. a. O.) meint, die Aufmerksamkeit der Geographen um dess willen auf Apian's kartographischen Versuch gelenkt, weil zum erstenmale auf ihr der bis dahin blos in Büchern ab und zu zu lesende Name „Amerika" eingezeichnet ist. Es ist dies jedoch blos von gedruckten, resp. im Buchhandel vertriebenen Karten zu verstehen.*)

---

*) Auf einer, in Handzeichnung vorhandenen, Wiener Karte kommt dieser Name schon im Jahre 1509 vor. Vielleicht diente sie dem Apian zur Vorlage. Nach neueren Mittheilungen von D' Avézac[233]) und Ruge[234]) findet sich Amerigo Vespucci's Vorname zur Bezeichnung der neuen Welt verwendet erstmalig im Jahre 1507, und zwar gleichzeitig in einer zu Vicenza edirten Sammlung der Columbus-Briefe und in der Kosmographie des Lothringers Hylacomylus (Waltsemüller), der somit vielleicht doch nicht der eigentliche Urheber dieser Nomenklatur ist. Auch in einem englischen Theaterstück vom 1511 wird Amerika genannt. Durch die gehaltvollen Untersuchungen von Mayer[235]) und Wieser[236]) ist die Liste dieser Vorläufer nach sehr rüthlich bereichert worden Der fündige Innsbrucker Geograph, dem die Identificirung des Schoner'schen Globus gelungen ist, setzt die handschriftliche Weltkarte des Leonardo da Vinci, welche nach seiner eigenen Ansicht zwischen 1514 und 15, nach derjenigen Mayor's zwischen 1513 und 14 entstanden sein muss, sodann zwei — möglicherweise in den Jahren 1509 und 1513 angefertigte Erdgloben, welche sich in der Privatsammlung des k. k. Feldzeugmeisters v. Hauslab in Wien befinden, und endlich den Globus des Johann Schoner aus dem Jahre 1515, „unstreitig das älteste, gedruckte Kartenwerk, auf dem der neu entstandene atlantische Continent den Namen Amerika trägt." Dieser Globus existirt zur Zeit noch in zwei Exemplaren, welche resp. in Frankfurt und auf der Militär-Bibliothek zu Weimar aufbewahrt werden. Beide waren den Geographen, z. B. Jomard und A. von Humboldt, längst bekannt, allein erst Wieser gelang es, durch einen überaus scharfsinnigen Indicienbeweis die volle Gewissheit herzustellen, dass kein anderer als Schoner der Verfertiger gewesen sein kann. Derselbe lebte damals noch zu Bamberg, und dieser Stadt that er von sämmtlichen europäischen Städten die Ehre an, ihren Namen seinem Globus einzuzeichnen.

In einem, der Ghillany'schen Monographie über Martin Behaim einverleibten Aufsatze spricht sich Alexander von Humboldt über die Apian'sche Karte in eingehender Darlegung aus, dabei zugleich jene Fülle tiefster Sachkunde und Belesenheit entfaltend, die seine historischen Essay's sämmtlich zu einer so höchst anziehenden Lektüre macht. „Die römische Ausgabe des Ptolemaeus von 1508," so beginnt er,***) „enthält die erste gestochene Karte von Theilen des Neuen Kontinentes, doch ohne den Namen Amerika. Dieser Name erscheint in keiner Ausgabe des Ptolemaeus vor dem Jahre 1522, wohl aber schon 1507 im Hylacomylus, 1509 in dem anonymen Strassburger Werke „Globus mundi declaratio"; 1512 im Commentar von Vadian zum Pomponius Mela; 1520 in der gestochenen Weltkarte des P. Appianus, die der Ausgabe des Solinus von Camers beigefügt ist." Später fährt Humboldt fort: „Der Minorit Camers (sein eigentlicher Name war Giovanni Rienzi Vellini, aus Camerino in Umbrien gebürtig und Lehrer in Wien) datirt seine Vorrede zum Solinus Viennae l'annonicae VI. Cal. Febr. anno post Chr. nat. MDXX. Apianus gibt seiner Karte, auf der zuerst der Name Amerika in dem südlichen Theile des neuen Kontinentes eingeschrieben ist, folgenden Titel: Typus Orbis universalis juxta Ptolemaei Cosmographi Traditionem et Americi Vespucii aliorumque lustrationes a Petro Apiano Leysn. elaboratus, Anno D. 1520. Der Isthmus von Panama ist auf dieser Karte des Apian von einer Meerenge durchschnitten, was um so merkwürdiger ist, als dieser, bis in die neuesten chinesischen Weltkarten fortgepflanzte offene Isthmus sich auf dem Globus von Johann Schöner findet, der dasselbe Alter hat. Dazu fügt die Karte des Apianus in der Ausgabe von Camers über dem am grössten geschriebenen Namen Amerika die Inschrift hinzu: „Anno 1497 haec terra cum adjacentibus insulis invc.ta est per Columbum ex mandato regis Castillae." Derselbe Apian schreibt in seinem Cosmographicus Liber Landshut 1524 fol. 69.: „America, quae nunc terrae pars dicitur, ab Amerigo Vespucio ejusdem inventore nomen sortita est. So leichtsinnig und wechselnd sind Jahrzahlen und Namen der ersten Entdecker aufgestellt." Natürlich hafteten solchen Erstlingsversuchen, zumal wenn sie von jungen, kaum der Universität entwachsenen, Leuten ausgiengen, gar viele geographische Unvollkommenheiten an, deren einige Humboldt namhaft macht: „Bei Apianus ist die Configuration beider Küsten Süd-Amerika's überaus schlecht ... besonders vom Wendekreis des Steinbockes an viel zu schmal in eine einfache Spitze ausgehend ... Am wunderbarsten ist in beiden Karten von Schoner und Apianus, in Karten aus demselben Jahre 1520, die eigenthümliche, ganz gleiche, schmale und unähnliche Darstellung von Nord-Amerika. Es führt dasselbe im südlichen Ende (in der Gegend von Mexiko) den Namen Parias, den man doch wohl eben so wenig erwarten würde, als auf Schoner's Globus die Worte Terra de Cuba zwischen dem 40. und 50. Grad n. Br., in den Staaten von Neu-England, während die Insel Cuba blos Isabella genannt wird." Konnte dergleichen dem gelehrten Professor Schoner begegnen, der im Franken, in nächster Nähe der damaligen Weltstadt Nürnberg, alle überhaupt möglichen Hülfsmittel zur Verfügung hatte, so wird man dem Baccalaureus von Wien die Mängel seiner Jugendarbeit wohl noch leichter verzeihen können.

### Erste schriftstellerische Versuche.

Schon zwei Jahre später trat Apian mit einem neuen geographisch-schriftstellerischen Versuch hervor. Verf. dieses kennt das Buch nicht von Augenschein, welches bei Khol zu

Regensburg (s. o.) herauskam [109]) und selbst dem belesenen Kästner, der es „als eine der seltensten Schriften Apian's" bezeichnet, nur aus einer Notiz von Kobolt (a. a. O.) bekannt war [110]). Indess haben wir guten Grund zu Annahme, dass uns der Inhalt dieses jedenfalls sehr wenig voluminösen Werkchens erhalten geblieben ist. Aus dem Jahre 1524 besitzen wir nämlich einige Blätter aus Apian's Feder, welche mit einem fast gleichlautenden Titel versehen sind [110]). Dies allein kann als ein starker Wahrscheinlichkeitsgrund passiren, allein zudem berichtet Kästner, dass jene „Declaratio" durch ein „Elegidion" von Johann Denk eingeleitet worden sei, und dieses „Elegidion Joannis Denkii ad Lectorem," *) welches in 13 Distichen eine kurze Inhaltsübersicht giebt und namentlich auch die in diesem Buche gebotene Möglichkeit des Selbstunterrichtes betont, treffen wir auch am Kopfe der „Isagoge" wieder an. Wir glauben sonach, dass diese letztere nur eine, vielleicht zum Theile umgeänderte, Auflage des erstgenannten Leitfadens ist, und dass jedenfalls das, was uns in der „Isagoge" an bemerkenswerthem Inhalte begegnen wird, bereits in der früheren Ausgabe wenigstens zum grossen Theil, sich vorgefunden haben wird.

### Die Isagoge.

Die „Einleitung" besitzt als Titelkupfer eine ziemlich rohe Darstellung der östlichen Hemisphäre.**) In der Vorrede widmet Apian sein Buch allen Philosophen, Historikern und Dichtern, sowie allen anderen Berufsklassen, welche sich auf geographisches Wissen angewiesen sähen, und verspricht, wenn ihm das Leben bleibe, bald Ausführlicheres über denselben Gegenstand veröffentlichen zu wollen. Es folgen 11 Propositionen über Einrichtung und Gebrauch einer Weltkarte, welch' letztere selbst jedoch dem von uns benützten Exemplare nicht beigegeben ist. Es wird zuerst festgestellt, dass die Erde im Mittelpunkt der Welt steht, in Ansehung ihrer Grösse nur als Punkt dem Firmament gegenüber erscheint und eine kugelförmige Gestalt hat. Bezüglich letzterer Behauptung beruft sich der Verfasser auf die Mondfinsternisse, welchen Phänomenen er, wie sich auch noch weiter unten zeigen wird, eine besonders hohe Beweiskraft beigelegt zu haben scheint. Durch den Aequator und gewisse Parallelen theilt man die Erde und eine sie vertretende kleine Kugel aus Holz oder Metall in die fünf Klimate ein. Auch kann man in Einer Ebene eine Landtafel oder Karte entwerfen, welche alle Inseln, Wälder, Berge, Meere, Flüsse und Seeen enthält; man kann sich denken, dass man den bemalten Überzug eines Erdglobus abzieht und ausbreitet.***) Die Projektion, welche hiedurch erreicht wird, bewirkt, dass die Meridiane mehr oder minder stark ge-

---

*) Kobolt nennt [111]), ohne Angabe eines Grundes, den Denk einen „verrufenen Menschen."

**) Diese kleine Karte ist nach orientalischer, der unseren direkt zuwiderlaufender, Manier orientirt, so dass Norden unten, Süden dagegen oben ist. Es wäre wünschenswerth, dass von Seiten der geographischen Geschichtsforschung ernsthaft an die Untersuchung der Frage herangetreten würde, wann mit Consequenz die uns jetzt so geläufige Umkehrung des Kartenbildes durchgeführt ward. Apian der Ältere schwankt noch, doch neigt er sich im Ganzen sehr dem modernen Usus zu, der bei seinem Sohne Philipp überhaupt keine Abänderungen mehr erleidet.

***) Apian denkt freilich nicht daran, dass dieses ohne Risse nicht abgehen kann, da die Erdkugel keine developpable Oberfläche besitzt. Den Mechanikern jener Zeit war diese Thatsache aber wohlbekannt und sie setzten deshalb die kugelförmigen Papierblätter, welche sie über ihre Glöben spannten, aus sehr vielen und sehr schmalen sphärischen Zweiecken zusammen.

krümmte Curven, die Parallelen hingegen durchweg gerade Linien werden. Noch wird die Einzeichnung des Zodiakus und des „deutschen Horizontes" erklärt; durch diesen wird die ganze Erdei n zwei Theile getheilt. Diess denkt sich Apian so: Stellt man einen Erdglobus so, dass er für die Polhöhe der Hauptstadt Wien aptirt ist, und dreht ihn dann so lange, bis Wien den relativ höchsten Punkt einnimmt, so schneidet der Holzring den Globus längst eines grössten Kreises, in welchem wir eben den „Horizontem Germaniae" zu erkennen haben, und welcher auch auf der Karte markirt werden soll. Orientirt soll die Karte mittelst eines „horarium viatorium", d. h. mittelst einer Boussole, werden. Sodann trägt man Namen und Richtungen der zwölf Winde ein. Die vierte Proposion zeigt, wie man auf einer Sternkarte durch jene Procedur die wichtigeren Sterne finden kann, welche man später Alignement nannte, die fünfte erläutert den Gebrauch eines an der Karte angebrachten, wahrscheinlich drehbaren, Ringes, des „occiduus limbus", auf welchem verschiedene Linien angebracht sind, z. B. die Stundenlinien. Auf mechanische Weise wird so der Punkt des Thierkreises gefunden, in welchem sich die Sonne zu einer gegebenen Zeit befindet; desgleichen kann man sich mit Hülfe jener Vorrichtung Kenntniss jenes Parallelkreises verschaffen, welcher die Sonne gerade im Zenith hat. Zur Auffindung des Polarsternes, „quae a Naucleris stella Maris dicitur," wird das bekannte Mittel angegeben, eine die Hinterräder des grossen Wagens verbindende Linie entsprechend zu verlängern.[***]) Die auf diese Weise zu erlangende Kenntniss der Polhöhe lässt auch ersehen, in welchem Klima irgend ein Ort gelegen sei. Der zehnte und elfte Satz beschäftigen sich mit Lösung der uns bei Apian schon öfter entgegengetretenen und bei ihm sehr beliebten Aufgabe: die Zeit des Auf- und Unterganges der Sonne und daraus dann wieder die Dauer des Tages und der Nacht zu finden. Natürlich wird auch der sogenannten ungleichen Stunden gedacht, denn im unmittelbaren Anschluss an die vorige finden wir die folgende Aufgabe gestellt: „Horam a meridie vel media nocte computatam in horam a Solis Ortu vel Occasu estimatam transmutare." Damit endet die kleine, nur aus vier Blättern bestehende, Schrift, die für uns insoferne Interresse hat, als sie das im „Astronomicon Caesareum" sechszehn Jahre später zur höchsten Vollendung gelangte Bestreben Apian's, astronomisch-geographische Aufgaben durch instrumentale Hülfsmittel aufzulösen, bereits recht klar zum Ausdruck bringt. Ein Gleiches gilt von dem nunmehr zur Besprechung gelangenden Werke, dem umfassenden Lehrbuch der Kosmographie,[***]) auf welches bereits in der „Isagoge" hingewiesen worden war. Wir legen gerade auf diess Buch, mit welchem wir uns nach Vorschrift unseres Arbeitsplanes erst ganz an letzter Stelle zu beschäftigen haben, grossen Werth, und wenn wir auch nicht leugnen, dass auf das astronomische Hauptwerk ein ganz ungewöhnliches Mass von Fleiss, Kunstfertigkeit, ja sogar Scharfsinn verwendet worden ist, so war doch, was den positiven wissenschaftlichen Werth und vor Allem auch den thatsächlichen Erfolg anlangt, der „Cosmographicus liber" allen anderen Geistesprodukten Apian's überlegen. Da diese Erkenntniss sich in weiten Kreisen Bahn gebrochen hat, so ist es nicht zu verwundern, dass die Historiker von jeher diesem Werke eine besondere Beachtung gewidmet haben. Eingehende Beschreibungen desselben findet man bei Gesner,[***]) Baumgartner[***]) und Kästner.[***])

### Der Cosmographicus Liber.

Der Zueignung an den Cardinal Lang, dessen künstlerisch ausgemaltes Wappen dem das Buch Öffnenden zuerst in's Auge fällt, folgt ein mit ungewöhnlicher Treue ausgearbeitetes Inhaltsverzeichniss, wie denn überhaupt dieses mehr denn irgend ein anderes Werk von Apian dem entspricht, was wir uns heutzutage unter einem Lehr- und Handbuch vorstellen. Dieser Inhaltsangabe ist ein kleines, recht nettes, Gedichtchen Aventin's angefügt:

„Aetheris ac Terrae tractus, pelagique recessus,
„Cardine quo coeli, cuncta locata fient:
„Flumina cum silvis, Celebres cum montibus urbes,
„Hanc eme perpaucis, pagina parva docet."

Das erste Buch der Kosmographie erläutert ganz ebenso, wie es Werner in seinen Anmerkungen zum Ptolemaeus macht,[19]) den Unterschied zwischen „Geographia" und „Chorographia." Erstere zeichnet Länderbilder in dem Sinne, wie der Maler das Porträt irgend einer Person entwirft, die Chorographie dagegen stellt blos kleine Theile der Erdoberfläche mit der grösstmöglichen Genauigkeit dar, und ihr Seitenstück ist die Detailzeichnung eines bestimmten Körpertheiles, eines Ohres zum Beispiel. An die Spitze der eigentlich theoretischen Betrachtungen werden die astronomischen Vorbegriffe gestellt, denen durchaus trefflich ausgeführte Figuren zur Grundlage dienen. Die Kugelgestalt der Erde wird (vgl. o.) mit Hülfe der schon von Aristoteles in ihrer Wichtigkeit erkannten Thatsache bewiesen, dass der Erdschatten auf dem verfinsterten Monde stets kreisförmig erscheint. Apian zeichnet[*]) verschiedene eckige Körper hin und demonstrirt durch deren auf die Mondscheibe geworfenen Schatten dem Beschauer ad oculos, dass so, wie diese, die Erde nicht beschaffen sein könne. Freilich aber bedenkt er nicht, dass kegelförmige und cylindrische Körper unter Umständen recht wohl als Kreise sich projiriren können. Sodann lehrt der Autor die Eintheilung der Erde nach Zonen und Klimaten,[*]) die Meridiane und Parallelkreise werden beschrieben. Als erste Anwendung dieser Lehren auf die eigentliche Geographie erscheint die Bestimmung der Polhöhe, welche, wie damals fast allgemein gebräuchlich, auf die Messung der Sonnenhöhe zu Mittag mittelst eines Höhenquadranten zurückgeführt wird[**]); dass geographische Breite und Polhöhe einander gleich seien, führt Apian natürlich an,[19]) beweist es aber nicht direkt. Sehr interessant für jene Zeit ist nun aber das Kapitel über die Längenbestimmung. Das erste hierzu angegebene Mittel ist die Beobachtung des Anfanges einer Mondfinsterniss; wie Apian überall gerne die Rechnung durch ein mehr praktisches Verfahren zu ersetzen trachtet, so giebt er auch hier nicht weniger als 36 Zeichnungen von Phasen verschiedener Eklipsen, wie sich dieselben nach seiner Vorausberechnung für den Meridian

---

[*]) Eigenthümlicherweise wird bei all' diesen Darstellungen der Umriss der Erde nicht als ein mathematischer Kreis, sondern als eine Ellipse gezeichnet, deren horizontale grosse Axe die vertikale kleine an Länge übertrifft. Obwohl diess jedoch nicht ohne eine gewisse Absicht so angeordnet worden sein kann, so wird man sich doch hüten, nach Hintergedanken von höherer Tragweite darin zu suchen. Mathmasslich geschah es aus Gründen der Raumersparniss.

[**]) Die für unvollkommene Beobachtungswerkzeuge entschieden zweckentsprechendere Methode, die Polhöhe als das arithmetische Mittel aus der oberen und unteren Culmination eines Circumpolarsternes zu bestimmen, war unlängst erst (1514) von Werner erfunden (?) worden und scheint lange gebraucht zu haben, bis sie zur allgemeinen Anerkennung bei den Fachmännern durchdrang.

von Leisnig gestalten;[300])*) aus der Zeitverschiedenheit, welche ein ausserhalb dieses Meridianes stehender Beobachter wahrnimmt, wenn er ein und dieselbe Phase mit der in der Vorlage analog abgebildeten vergleicht, kann er auf seine Längendifferenz jenem Anfangskreis gegenüber schliessen. Da jedoch die Anwendung dieses Verfahrens nur in seltenen Fällen möglich ist, so lehrt der Autor noch ein zweites: mit Hülfe des Jakobsstabes oder, wie er hier heisst, „baculus astronomicus" soll die Distanz des Mondes von gewissen Fundamentalsternen gemessen werden, von welchen 14, als am meisten für diesen Zweck geeignet, mit ihren genauen Positionen angegeben werden.[301]) Sehr drastisch, aber auch recht lehrreich ist die zu diesem Behufe beigegebene Figur; zwei um 30 Grad in Länge von einander abstehende Beobachter visiren nach dem Mond, während der Eine von ihnen zugleich den Abstand des Mondes von einem Sterne mittelst des Baculus misst. Wir haben hier also die jetzt noch so bekannte und auch viel gebrauchte „Methode der Monddistanzen" vor uns, und wenn auch allerdings, wie Peschel[302]) und Wolf[303]) richtig bemerken, die Priorität der Erfindung nicht sowohl dem Apian, als vielmehr dem Werner zugehört, so hat doch Ersterer mit richtigem Blicke die Vortheile der Werner'schen Idee erkannt, und darüber kann kein Zweifel obwalten, dass die populäre Art der Darstellung im „Cosmographicus liber" unendlich mehr zur Verbreitung des Verfahrens beigetragen hat, als das schwerfällige Werk des Nürnberger Astronomen. Natürlich ist die Auffassung der Methode, die mit den richtigen Cautelen angewandt — z. B. bei Carsten Niebuhr's arabischer Reise[304]) — sehr zuverlässige Resultate liefert, vorläufig noch eine sehr naive, und insbesondere wird darin gefehlt, dass die Entfernung der Sterne nicht von dem Rande, sondern von dem — direkt gar nicht anzuvisirenden — Centrum des Mondes gemessen werden soll. Apian tritt nunmehr in eine Beschreibung der Längenmaasse ein und erläutert diese durch einige derb realistische Figuren,[305]) über deren Eigenthümlichkeiten bei Kästner[306]) Näheres für den zu finden ist, der das Original nicht selbst besitzt und an solchen kleinen sittengeschichtlichen Seltsamkeiten Geschmack findet. In verschiedenen Maasseinheiten wird sodann Umfang und Durchmesser der Erdkugel angegeben. Die Berechnung der linearen Distanz zweier Orte auf der Erde ist leicht, wenn sie demselben Meridian oder aber demselben Parallel angehören. Letzteres trifft nach Apian's Ansicht zu für Wien und Ulm.[307]) Um die Lösung dieser Aufgabe noch mehr zu erleichtern, erhält der Leser eine „tabula numeralis continens gradus longitudinis extra aequinoctialem in miliaria conversos.". Diese Tabelle, deren Ausrechnung bei dem damaligen Stande der Trigonometrie nicht wenig Mühe gekostet haben mag, ist eine verdienstliche Leistung, deren v. Prantl[308]) mit Recht ehrend erwähnt. Sind jedoch die beiden, auf ihre Entfernung zu prüfenden, Punkte sowohl an Länge als an Breite verschieden, so kann man entweder auf mechanischem oder auch auf geometrischem Wege vorgehen. Man nimmt nämlich einen Gradbogen, misst auf dem Globus die angulare Distanz der Städte und verwandelt das Ergebniss der Messung durch Multiplikation mit 480 in Stadien. Die geometrische Manier ist freilich nur anwendbar, wenn die Entfernung eine kleine ist, und dürfte bei dem von Apian darnach berechneten Exempel (Constantinopel — Ingolstadt) schon einen beträcht-

---

*) Nähere Nachweisungen über die Längenbestimmung durch Finsternisse sehe man bei Peschel-Ruge nach [309], wo auch der Apian'schen Vorausberechnungen gedacht ist.

lichen Fehler ergeben. Nachdem nämlich alle Angaben in Minuten verwandelt sind, bildet man, unter $\beta_1, \beta_2; \lambda_1, \lambda_2$ bezüglich die Breiten und Längen beider Orte verstanden, den Wurzelausdruck

$$\sqrt{(\beta_1 - \beta_2)^2 + (\lambda_1 - \lambda_2)^2}$$

und identificirt mit ihm die gesuchte Strecke. Wäre die Erde ein Cylinder, so wäre dieser Calcul ein berechtigter; thatsächlich aber gilt er selbstverständlich nur innerhalb des Spielraumes, in welchem Theile einer Kugel mit dem letzterer umschriebenen Cylinder vertauscht werden dürfen.*) Da Apian diess selbst einsieht, lehrt er endlich auch noch [211]) die Berechnung der Entfernungen mittelst sphärischer Trigonometrie; wie er diess macht, ist uns von einem ähnlichen astronomischen Beispiele her noch erinnerlich. Mit Orientirung und Adjustirung, sowie mit Bestimmung der Mittagslinie schliesst dieser Abschnitt. An ihn reiht sich die Charakterisirung der Cardinal-Winde, exemplificirt an einer kleinen Weltkarte, der nämlichen, welcher wir bereits in der „Isagoge" begegnet sind, sowie die Definition der Begriffe Nebenwohner, Antipoden und die Eintheilung des Erdganzen nach den Schattenverhältnissen seiner Bewohner. Damit wird zu dem mehr rein-geographischen Theile des Werkes übergeleitet; es wird zu Nutz und Frommen des Anfängers auseinandergesetzt, was man unter Insel, Halbinsel, Isthmus u. s. w. zu verstehen habe, und diese Begriffe werden an einem beigegebenen Specialkärtchen des Peloponnes und des angrenzenden Agäischen Meeres erläutert.[212]) Damit wird Apian auf das Gebiet der Kartographie geführt, welches er, wie wir sehen, schon früher mit Lust und Liebe bearbeitet hatte. Und hier sollte sich dann auch wieder sein Trieb zu selbstständigem Schaffen in recht augenfälliger Weise bethätigen.

### Neue Projektionsmethode.

Für's Erste allerdings begnügt er sich damit, die bekannte Projektionsmethode des Ptolemaeus zu schildern, bei welcher Erdstücke, die von zwei Meridianen und andererseits von zwei Parallelkreisen begrenzt sind, durch ein gleichschenkliges Paralleltrapez abgebildet werden; dasjenige, welches er zur Veranschaulichung beifügt, umfasst 7 Breitegrade (46°—52°) und 10 Längengrade (27°—36°) und weist die Städte Leipzig, Erfurt, Leisnig, Prag, Nürnberg, Ingolstadt, München, Wien und Venedig.[213]) Wichtiger als dies jedoch ist ein dem Werke beigegebener Entwurf einer Universalkarte der Erde **) in Form eines plattgedrückten Herzens.[214]) D'Avézac, dessen Aufschlüssen stets ein besonders hoher Grad von Präcision und Zuverlässigkeit beizumessen ist, beschreibt uns die Apian'sche Karte mit folgenden Worten (a. a. O.): „Apianus publia un petit traité de Cosmographie, bien connu, orné de

---

*) Wie anderwelt bekannt, [10]) findet sich diese Methode, auf eine sogenannte Plattkarte die Verfahrungsweisen unserer modernen Coordinatengeometrie anzuwenden, bereits in einer Handschrift des XV. Jahrhunderts. Im Drucke dagegen möchte sie wohl zuerst bei unserem Apian vorkommen.

**) In dem uns zu Gebote stehenden Exemplar der Ur-Ausgabe ist diese Weltkarte nicht enthalten. Auch D' Avézac [16]) legte seinen Studien über dieselbe die Ausgabe von 1583 zu Grunde, und wir selbst bedienen uns jener von 1551. Indess rührt die Karte zweifellos von Apian selbst her; anderenfalls würde auch der Herausgeber nicht angestanden haben, sich als Autor zu nennen.

gravures dans le texte, où la disposition des meridiens et des parallèles, comptés de 10 en 10 degrés, est représentée en une série de lignes équidistantes pour ceux-ci, et une série de demicercles équidistants pour ceux-là, les uns se multipliant jusqu'au nombre de 36 (ce qui fait 360 degrés), et les autres s'allongeant à proportion, afin de remplir dans toute sa largoeur la figure de l'orbe terrestre entier, développé en ovale dont le plus diamètre coïncide avec l'équateur. C'était l'esquisse rudimentaire d'une projection nouvelle, qui, d'abord risquée dans ces proportions exiguës (les deux figures d'Apianus n'ont, à peu près, que huit centimètres de large et 55 millimètres de haut), devait engendrer, à vingt ans d'intervalle, la grande et remarquable mappemonde de Sébastien Cabot, où, comme dans les spécimens d'Apianus, l'échelle des longitudes est expressément d'un tiers moindre que celle des latitudes, de peur d'une extension démesurée du cadre dans le sens d'est en ouest: mais c'était là une considération purement accidentielle, qui ne devait entraver aucunement le retour ultérieur à l'informité d'éztielle." Ausser in den Atlas des Cabot ist nach D'Avézac des Apian Projektionsmethode auch in die Kartenwerke des Sebastian Münster und des Ortelius übergegangen;[316]) das „Theatrum" des letzteren erschien 1584 zu Antwerpen. Allein damit ist der Wirkungskreis der Idee Apian's noch immer nicht abgeschlossen, denn so wenig man dieselbe eine besonders geniale nennen kann, so eigneten sich danach entworfene Karten doch recht gut zur Darstellung der gesammten Erdoberfläche, und darin lag vor Erfindung der Mercator'schen Projektion ein grosses Verdienst. D'Avézac und Peschel[317]) belehren uns nämlich, dass eine in späterer Zeit, besonders bei Himmelskarten, vielfach zur Anwendung gekommene Abbildungsart eigentlich die des Apian ist; „der französiche Geograph Sanson", sagt Peschel (a. a. O.), „verbesserte den alten Entwurf des Bienewitz, bei welchem die Breitenkreise geradlinig und gleichabständig, jedoch als Curven aufgetragen werden, eine Erfindung, die irrthümlich bisher dem Flamsteed zugeschrieben und in's Jahr 1700 gesetzt wurde." Wir gewinnen nach all' dem die Überzeugung, dass Apian durch die nach ihm zu benennende herzförmige Projektion der darstellenden Erdkunde ein Geschenk gemacht hat, welches für die Gegenwart allerdings nur mehr geschichtlichen Werth hat, von dem Kartographen früherer Perioden gerne und mit Dank entgegengenommen wurde. In der allerneuesten Zeit hat A. Tissot[318]) der Apian'schen Projektionsmethode ihren systematischen Platz in der Reihe der vorhandenen Projektionen angewiesen; er zählt sie zu den von ihm sogenannten „projections aphylactiques" und führt auf sie die später von Lowitz und Nicolosi angegebenen Darstellungen zurück. Ihren Grundcharakter schildert er kurz mit den folgenden Worten: „Les parallèles de cette projection sont les mêmes que ceux des cartes plates. Le premier méridien est representé par une droite, et celui qui limite l' hémisphère, par la circonférence décrite sur cette droite comme diamètre. Les autres demi-méridiens ont pour projections des arcs de cercle divisant l'équateur rectiligne de la carte en parties proportionelles aux différences de longitude. Les angles et les distances sont conservés le long de l'équateur." Um auch noch etwas über den geographischen Charakter der Karte zu sagen, sei bemerkt, dass die Landenge von Darien jetzt vorhanden ist, und dass Südamerika bereits eine ziemlich richtige Gestalt bekommen hat, im Gegensatze zu der Karte von 1520. Nur die Insel Feuerland ist in ihrer Grösse ungeheuerlich übertrieben gezeichnet. Nordamerika dagegen, hier „Baccalearum" (?) genannt, ist nichts als eine dünne, von Südsüdwest gegen

Nordnordost sich erstreckende Landzunge\*), durch eine Meerenge von „India Orientalis pars" getrennt. Vorderindien nebst Ceylon ist ziemlich gut weggekommen, wogegen die Vorstellungen von dem hinterindischen Archipelagus noch sehr im Argen liegen.

### Das Speculum cosmographicum. (Vgl. Anhang II.)

Wir kehren nach dieser Abschweifung zu unserer Inhalts-Analyse des „Cosmographicus liber" zurück. Den Schluss der ersten Abtheilung bildet [239]) die Abhandlung „de speculo cosmographico," d. h. über ein Werkzeug, welches Aufgaben der mathematischen Geographie in der bei Apian so beliebten mechanischen Weise zu lösen gestattet. In das Blatt ist eingezeichnet ein in 2.12 Stunden getheilter Kreis, und um dessen Mittelpunkt ist ein concentrischer kleinerer Kreis drehbar, welcher die nördliche Halbkugel in stereographischer Polarprojektion enthält. Um das nämliche Centrum als Zapfen dreht sich die Elliptik, welche natürlich nicht concentrisch, sondern excentrisch zu den beiden vorigen Kreisen ist, und zwar so, dass eine den Widderpunkt mit der Wage verbindende Sehne zwar durch den Drehpunkt geht, jedoch nur ungefähr zwei Dritteln des Zodiakaldurchmessers gleich ist. Mit Hülfe dieser Vorrichtung kann man z. B. sehen, welche Erdzonen die Sonne niemals in das Zenith gelangen sehen, welche dagegen zweimal u. s. f. — Die zweite Abtheilung unserer Vorlage ist der politischen Geographie gewidmet. In vier kurzen Kapiteln wird ein allerdings nur sehr summarischer Abriss von den vier Welttheilen mitgetheilt. Von den Ureinwohnern Amerika's heisst es, sie seien wilde Menschenfresser und treffliche Bogenschützen, Anbeter der Gestirne und ohne alle Spur staatlicher Einrichtungen. Die einzige positiv brauchbare Nachricht ist die, dass das gegen die Syphilis („morbus Gallicus") heilsame Guayakholz von der Insel Hispaniola stamme.

### Geographische Ortsbestimmungen.

Sind aber diese Totalbeschreibungen nur dürftig und ungenügend, so darf einen um so höheren Werth beanspruchen das nun [231]) folgende ausführliche Verzeichniss genauer Ortsbestimmungen, das erste, grössere, welches dem Drucke übergeben ward. Die Anzahlen der darin verzeichneten Orte vertheilen sich folgendermassen: Spanisches Galizien 4, Castilien 3, Arragon 2, Navarra 2, Catalonien 4, Portugal 5, Narbonensisches Gallien 3, Rhoneländer 3, Südostfrankreich („provincia Tholosana") 5, Dauphiné 4, Burgund 3, Auvergne 2, Normandie 3, Isle de France 2, Bretagne 3, Touraine 2, Anjou („Andegavie Comitatus") 1, Champagne 3, Brabant 4, Flandern 3, Picardie 2, Grafschaft Valenciennes 1, Rheinpfalz 3, Herzogthum Jülich 4, Geldern 1, Cleve 1, Schweiz 7, Elsass 4, Oberdeutschland 5, Rheinlande 4, Oberrheinland und Bodenseegau 6, Algäu 3, Breisgau 2, Schwarzwaldgau 3, Nordostschwaben 6, Würtemberg 3, Südschwaben 3, Baden 3, Kurpfalz 2, Oberbayern 22, Niederbayern 18, Oberösterreich 7, Niederösterreich 5, Mähren 5, Schlesien nebst Lausitz 7, Meissen 18, Niedersachsen 13, Harzlande 2, Westphalen 4, Hessen 4, Friesland 5, Franken 12,

---

\*) Diese Darstellung weicht einigermassen ab von derjenigen, welche den Angaben von Kordenbusch zufolge [230]) die Antwerpener Ausgabe von 1540 enthält, weil daselbst der nordamerikanische Continent in drei Inseln zerfallend abgebildet wird.

Nordgau sammt Nürnberg 4, Thüringen 7, Vogtland (incl. Kulmbach) 3, Oberpfalz 8, Böhmen 7, Bayern nördlich der Donau 2, Bayern längst der Donau 12, Inner-Holland 5, Holstein 5, Jütland 4, Meklenburg 1, Brandenburg 5 (Wilsnack als Wallfahrtsort, Brandenburg und Havelberg, Frankfurt a. O., Berlin), Pommren 6, Ostpreusen („massagetische Provinz") 4, Russinien 4, Livland 5, Massovien 3, Lithanen 2, Schonen 3, Norwegen 3, Schweden 3, Polen 5, Taurischer Chersonnes 6, Jazygien (d. i. Siebenbürgen) 3, Dacien 3, Serbien 3, Dardanien 2, Niedermösien (Bulgarien) 6, Ungarn 6, österreichisch-ungarische Grenzländer 5, Steyermark 3, Kärnthen 3, Tyrol 4, Illyrien 4, Dalmatien 5, Istrien 3, Friaul 3, Gesammtgriechenland incl. Macedonien und Thracien 96, Italien 48, Mauretanien und Nordafrika 55, Cyrenaica 22, inneres Aegypten 4, Nilmündungen 36, Äthyopien 19, Kleinasien im modernen Sinne*) 77, Kolchien und Küstenländer am Pontus 19, Grossarmenien 7, Syrien mit Palaestina 47, Idumäa 2, Mesopotamien und Babylonien 8, Arabien 20, Assyrien 4, Medien 10, Susiana 6, Persien 4, Caramanien 5, Parthien 4, Hircanien 3, Ostprovinzen des heutigen Perserreiches 15, Scythien im Ganzen 25, Indien 42, Chatay oder China 7, andere asiatische Gegenden im Ganzen 12. Diese Angaben betrafen ausschliesslich das Festland; nunmehr kommen auch die Inseln daran, auf welche folgende Zahlen treffen:**) Griechische Inseln 51, thracische Inseln 4, Sicilien mit benachbarten Eilanden 19, Sardinien und Corsica 10, sonstige italische und dalmatische Inseln 19, sonstige Inseln des Mittelmeeres (Balearen u. s. w.) 9, "insulae in Oceano septentrionali et Atlantico" 13, England und Schottland 12 (darunter Oxonium-Ochsenfurt), Irland 13, Island 4, holländische Provinz Seeland 2, dänische Inselwelt mit Ostsee 8, an der Ostküste Afrika's 23, an dessen Nordküste 29, kleinasiatische Inseln 35, im arabischen Busen 12, im rothen Meer und am "sinus Sachalites" 7, im persischen Golf 9, im indischen Ocean u. s. w. 22, Ceylon nebst seinem Archipel — der in dieser Form freilich nur in des Geographen Einbildung besteht — 33, Japan und sonstige Inseln im stillen Meere 15, dazu noch 33 amerikanische Data. Im Ganzen haben wir somit die stattliche Zahl von 1417 vermeintlich genauen Ortsbestimmungen. Schon von früher her weiss der Leser, dass der Autor es liebt, hie und da geschichtliche Notizen einzuflechten; so erzählt er bei Leisnig Einiges von dieser seiner Vaterstadt**), so rühmt er, was dem Katholiken Ehre macht, Wittenberg als theologische Bildungsanstalt, so nennt er Eisleben, Bretten, Rain i. B. und Megara (letzteres fälschlich) als resp. Geburtsort von Luther, Melanchton, Tanstätter und Euklides. Auch die Eintheilung nach Gauen und Provinzen, die mehrfach von der sonst üblichen abweicht, ist für den Geschichtschreiber der politischen Staatenkunde nicht ohne Interesse.

---

*) Apian***) gebraucht das Wort in etwas eingeschränkterem Sinne.
**) Wir reproduciren hier den Wortlaut der fraglichen Stelle***): "Patria videlicet mea. Oppidum in excelso monte natura et arte munitum: habens arcem in colle alto petroso dictam Mildenstain, Federico et Joanni Germanis fratribus Saxoniae ducibus attinet col jam nostra tempestate prosidet Georgius Kitzscher de nobili prosapia genitus. Ibi dulci susurro preterfluit Molta (Mulde) limpidissimus amnis ex Bolemie promantanis procurrens. Oppidum antem Senatu satis prudentissimo equissimoque laudabiliter gubernatur de quo viri merito laudibus precipue digni sunt Paulus Arnoldus consularis et bone reputationis vir. Antonius Claus idem consularis qui non modo artium verum etiam Evangelice veritatis sectatores colit et fovet (?). Georgius Packmeister consularis, humanis in literis eruditissimus et practice musices cognitione clarus prestat."

### Genauigkeit derselben.

Was nun die Genauigkeit dieses Kataloges betrifft, so ist für die Breiten daran fest zuhalten, dass sie für die centraleuropäischen Orte, wo Apian selbst und seine Collegen unter Anwendung der besten Methoden beobachteten, im Ganzen recht gut waren; je mehr sie sich der Peripherie nähern, um so mehr verschlechtern sie sich im Allgemeinen, und wo sie lediglich dem Ptolemaeus oder gar zeitgenössischen abenteuernden Reiseschriftstellern entlehnt sind, da werden sie völlig illusorisch. „Peter Bienewitz", sagt Peschel,[115]) fand für seinen Geburtsort Leisnig eine Polhöhe von 51° 10′, was mit unseren besten heutigen Karten gut übereinstimmt, und für Prag 50° 4′, wo der Fehler jedenfalls höchst geringfügig ist." An anderer Stelle meint derselbe Historiker,[116]) Apian's Ortstafel habe für die Entfernung deutscher Landkarten Angaben von staunenswerther Genauigkeit geliefert. Dagegen lässt Wolf[117]) es nicht ungerügt, dass die geographischen Breiten bei schweizerischen Städten um 15, ja 82 Bogenminuten von der Wahrheit sich entfernten. Weit niedriger in ihrem Werthe standen, was freilich kein Billig Denkender dem Manne verübeln wird, die Längenbestimmungen Apian's: „in der That war die faktische Sicherheit der Längenbestimmungen noch nichts weniger als erfreulich, wie wir am besten aus den Angaben betreffender Schriftsteller erkennen: So giebt Apian in Beziehung auf den durch die Fortunatsinseln oder Canarischen Inseln gelegten Meridian z. B. Paris in 23°30′ (statt 20°30′ Ferro) und sodann vergleichungsweise mit Paris: Bern 0°48′ (statt 5°6′), Zürich 3°6′ (statt 6°13′), Nürnberg 4°50′ (statt 8°44′), Leipzig 6°28′ (statt 10°2′).[118]) Auffallend ist, dass sämmtliche Längen zu klein, kaum je zu gross angegeben sind. Immerhin gab der Katalog Apian's, was er den vorhandenen Mitteln nach eben überhaupt zu geben vermochte, und so hat er eben doch in seinem Theile dem geographischen Wissen und Streben mächtigen Vorschub geleistet*).

### Sächsische Kartographie.

Es ist zu bedauern, dass ein von Apian vorbereitetes Unternehmen, die Mappirung seines Heimatslandes, durch die Ungunst der Zeiten nicht zur Ausführung gelangt ist. S. Ruge hat bei seinen Forschungen über ältere sächsische Karten ein höchst merkwürdiges Dokument aufgefunden, welches sich auf diese Angelegenheit bezieht; es stellt ein Schreiben des Kurfürsten Johann Friedrich an Herzog Georg dar und hat folgenden Wortlaut[119]):

„Dem hochgebornen Fürsten Herrn Georgen Hertzogen zu Sachsen, Landgraven zu Thüringen und Marggraven zu Meyssen unsern freundtlichen lieben Vedter.

Unser freundlich Dinst und was wir liebs und guts vermögen, altzeit zuvor. Hochgeborner Fürst freundtlicher lieber vedter. — Wir haben Euer lieb schreiben, Petrum Apianium, so in der Kunst Mathematices berümbt und erffaren sein sol belangendt, wie Euer lieb mit yme handeln haben lassen, Euer lieb vand unser lande gelegenheit auf eine tafel oder Mappen zu bringen etc. ferners inhalts vorleassen, und weren wol geneigt gewest, Euer lieb bitt nach, yme zu solchem seinen Fürhaben Fürderung zu thun und anleytung allent-

---

*) Des „Appendix", an welchem jetzt eigentlich die Reihe kommen sollte, ward bereits oben bei den geodätisch-gnomonischen Schriften gedacht.

halben geben zu lassen, — dieweil aber Euer lieb, uns solches ein beschluss berurts ires schreibens, dermassen heimstellen, wie wir solchs am besten und nützlichsten achten. So haben wir bei uns bewegenden ursachen die bedenken, Nachder solch Verzeichnus, das vormögen, unser beyderseits Landschaft an Steten und Ritterschaften, als ein Manregister offenbart, welchs doch in Vorzeiten und bisanher unsern Rethen nichtgestattet zu wissen, auch zu andern nachtrachten, künfftigs nachtheils unseres ansehens und ermessens vorursachung geben möchte.

Darum wir ya auch der jetzigen geschwinden leufft halben, anderer gestalt albier abgefertigt, freuntlich bittend Euer lieb wollen solchs von uns nit unfreuntlich vormerken, dan wir seint Euer lieb sunsten in allweg freuntlich zu dienen geneigt und willens. Datum Weymar Montags Ursula, Anno Dni 1532.

Von Gottes gnaden Johannes Friedrich hertzog zu Sachsen und Churfürst etc. Landtgraff zu Thüringen und Marggraff zu Meissen."

So wurde, engherziger politischer Rücksichten halber, nichts aus der Sache, die sich so günstig angelassen hatte. Erst Johann Friedrich's zweiter Nachfolger, „Vater August," trat derselben wieder näher, allein die von ihm in's Werk gesetzte Vermeasung fiel schwerlich so gut aus, als diejenige, die man einem geodätischen Genie, wie Apian, übertragen hätte. Ruge prüft (a. a. O.) noch speciell die von jenem angegebenen Breiten sächsischer Ortschaften und zeigt, dass sich dieselben durchweg noch über die im vorigen Abschnitt fixirte Genauigkeitsgrenze erhoben. Die Stadt Doebeln war absolut genau bestimmt, bei Leisnig, Colditz und Grimma beträgt der Fehler, den neuesten Messungen gegenüber, nur eine Minute, und in dem einzigen Falle von Oschatz erreichte er den Maximalwerth von 11 Minuten. Eine Karte, deren Fundamentalpunkte in so mustergültiger Weise festgelegt waren, konnte aber nicht anders als trefflich ausfallen, um so mehr, da der Construkteur mit der Örtlichkeit auf das Allergenaueste vertraut war!

### Spätere Ausgaben der Kosmographie.

Dass die Kosmographie viel erreicht hat, ersieht man insbesondere auch aus der ganz ungewöhnlich grossen Anzahl von Neuauflagen, Bearbeitungen und Übersetzungen, welche dem „Cosmographicus liber" zu Theil geworden sind. Schon Kepler sagt,[110] dass dieses berühmte Werk vom Vater und Sohn Gemma Frisius (Reiner und Cornelius) zwischen 1529 und 1600 zu Antwerpen, Paris und Amsterdam mehr denn fünfzehnmal wieder aufgelegt worden sei. Jene Ausgabe von 1533, welcher mir oben nach D'Avézac Erwähnung thaten, welche aber in Wiedemann's Katalog der späteren Editionen vergessen ist,[111]) ward von Reiner Gemma besorgt.*) Aus dem gleichen Jahre soll nach Wiedemann (a. a. O.) eine Augsburger Auflage in Quart „per Joannem Gropheum" existiren.**) Nun aber folgen nicht weniger als sechs

---

*) Hat Quetelet[112]) Recht, dem zufolge der im Jahre 1508 gebornen Gemma bereits mit einundzwanzig Jahren „ses corrections da la Cosmographia d'Apien" — sehr uneigentlich ausgedrückt — abgefasst haben soll, so muss der Ausgabe von 1533 bereits vier Jahre früher eine andere vorausgegangen sein. Von dieser haben wir aber nirgendwo irgend etwas erwähnt gefunden. Vgl. auch die nächste Note.

**) Wir halten dafür, dass diese, in der That auch ziemlich verklausulirte, Angabe Wiedemann's auf einem Irrthum beruht. Da nämlich auf dem Titelblatte einer von Gemma veranstalteten Ausgabe zu lesen ist:[113]) „Joan. Gropheus typis excudebat Antverpiae Anno MDXXXII. mense Febr.", so er-

Antwerpener Ausgaben von 1540, 1550, 1553, 1564, 1574, 1584, im selben Jahre 84 erschien das Buch noch ein zweitesmal zu Antwerpen, diessmal aber in einer anderen Offizin. Aus den Jahren 1551 und 1574 ist je ein Kölner und ein Pariser [339]) Abdruck zu verzeichnen; der letztere, von Vivantius Gaultherot besorgt, ist wahrscheinlich nichts anderes als die von Wiedemann für das Jahr 1553 registrirte Titelauflage. Was alle diese Wiedererstehungen des alten Werkes betrifft — soweit uns ein Einblick möglich war —, so ist mit Kästner [331]) zu constatiren, dass tiefer einschneidende Änderungen von Seiten der Herausgeber niemals getroffen worden sind. In der Ausgabe Gaultherot's z. B. sehen zwar die Figuren zwar oft ganz anders aus, als im Originale, allein bei näherem Zusehen stellt sich bald heraus, dass man eben nur mit Verbesserungen à la Balhorn zu thun hat. — Übersetzt ward Apian's Kosmographie in's Spanische [335]) durch Gemma Frisius den Jüngeren mit wenig bedeutenden Zusätzen*) und durch Ebendenselben in's Französiche.[337]) Dieses Werk enthält geographische Zusätze betreffs näherer Kenntniss von Peru und Westindien und astronomische Zusätze, in welchem im Anschluss an die Schriften von Spang und Münster Einiges über den Jakobstab und andere Beobachtungswerkzeuge mitgetheilt wird. Varnhagen, der auch eine böhmische Bearbeitung kennt, liefert mit der ihn auszeichnenden Literaturkenntniss die folgende Übersicht: „A tantas edições desoes dois livros de Apiano, em que se vô terminantemente configurada a designação do nome America, eque foram adoptados por compendios em muitas aulas, vieram a juntar se outras várias de nomo compendio de H. Glareanus Loritus, impreso pelo menos en 1527, 1528, 1529, 1530, 1532, 1533, 1534, 1535, 1536, 1537, 1538, 1539, 1542, 1543, 1544, 1551 etc.; e logo os escriptos de Seb. Munster etc.".[338])

### Anderweite geographische Schriften.

Apian ist auch noch anderweit als geographischer Schriftsteller thätig gewesen, allein wir sind leider nicht in der Lage, seine Thätigkeit entsprechend zu würdigen, da uns hiezu die erforderlichen Unterlagen fehlen. Von den in der Biographie von Schwarz erwähnten „Tabulae sive Mappae Geographicae" wissen wir nichts zu sagen, nehmen vielmehr an, dess sie überhaupt nie das Licht der Welt erblickt haben. Dagegen sollte man glauben, dass die Ausgabe des „Ptolemaeus, ex novissima Bilibaldi Pirkhaymeri translatione, cum tabulis ornatissimis" wirklich erschienen sei, denn wir lasen ja in der „Practica", dass Apian den Vorsatz hegte, ehestens gerade dieses Unternehmen in Scene zu setzen, und dann haben wir auch noch das Zeugniss des Albinus, welcher von seinem Landsmann Apian u. a. Nachstehendes berichtet:[339]) „Item hat er im 1531. Jar, da er allbereit Professor zu Ingolstadt gewesen, zur neuen edition proponirt Cosmographiam Ptolemaei in graeca lingua, dabey die neue translation Birckheymeri, so er zum andern mal verfertigt, und nach sich verlassen, sampt einer neuen art der Tafeln, so Johann Küngsperger gebessert." Unklarer schon sind

---

fahren wir erstens, dass die 33er Auflage nicht die erste des Gemma Frisius war, und dass jener Grapheus oder Gropheus kein Ausburger, sondern ein belgischer Buchdrucker war. Man wird also wohl an eine Verwechselung denken dürfen.
*) Bei Eimbeck in Hannover wird z. B. das gute dortige Bier angeführt; die Spanier konnten dasselbe wohl schon vom Wormser Reichstage und von dem Geschenk des Herzogs von Braunschweig an Luther kennen.

die einzig von Lipenius [540]) und sonst von keinem anderen Historiographen beigebrachten Angaben über folgende Werke: „Europa in Tabulis, Ingolstadii 1534" und „Descriptio totius Orbis," von welch' letzterem Lipenius (a. a. O.) drei Ausgaben (Paris 1551, Köln 1574, Antwerpen) nennt. Der portugiesische Forscher Varnhagen, dessen wir bereits zu gedenken hatten, macht auch darauf aufmerksam,[541]) dass sich die „Isagoge" auf eine wirkliche Karte Apian's bezogen haben müsse, die allem Anschein nach von jener von 1520 verschieden gewesen sei. Als Karte, nicht, wie Harrisse meinte, als Globus habe man sich auch das „terrestris superficiei simulacrum" zu denken, von dem gelegentlich die Rede sei. Bei letzterem liegt es wohl am Nächsten, an eine Verwechslung mit dem kosmographischen Lehrbuch, beziehungsweise dessen zweiten Theile, zu denken. Jedenfalls war, nach Westenrieder,[542]) die Landkarten-Niederlage Apian's in ganz Europa berühmt, und gewiss war es in erster Linie der Verschleiss dieses Verlagsartikels, der den Verleger, wofür wir weiter oben sprechende Belege erhielten, mit der Zeit zum reichen Manne machte. —

### Zusammenfassendes Urtheil.

Wir sind mit unserer Aufzählung und Kennzeichnung Apian'scher Leistungen zu Ende. Soviel glauben wir erreicht zu haben, dass dem Leser ein Gesammtbild von der geradezu unerhörten geistigen Rührigkeit dieses Mannes vor die Seele getreten ist; getrauen wir uns doch zu behaupten, dass eine ähnlich intensive schriftstellerische Produktivität, wie sie sich bei dem Ingolstädter Gelehrten insbesondere in den Jahren 1530—34 zusammendrängte, in der Geschichte einzig dasteht. Vielleicht jedoch kommen wir einem Wunsche entgegen, wenn wir nachstehend diejenigen Schöpfungen Apian's, bei welchen wir im Verlaufe unserer Untersuchung als bei besonders verdienstlichen verweilen mussten, tabellarisch zusammenordnen:

I. Apian hat durch sein „Corpus inscriptiorum" den antiquarischen Studien einen, von den angesehensten Sachkennern des Zeitalters anerkannten nachhaltigen Anstoss gegeben.

II. Als Arithmetiker hat er durch seine Behandlung der Rechnungsproben und der höheren Wurzeln seine Zeitgenossen bei weitem hinter sich gelassen, die Vorgeschichte der Logarithmenreihe hat ihn zu nennen als einen jener Mathematiker, welche das Wachsthum der arithmetischen mit der geometrischen Progression verglichen, und es steht fest, dass er auch ein tüchtiger Algebraiker gewesen sein muss.

III. Der Goniometrie gab Apian mit seinem „Instrumentum mobilis" ein äusserst sinnreiches Mittel an die Hand, die trigonometrischen Linien leichter, als sonst irgendwie, durch Zeichnung zu finden.

IV. Die mechanische Zeitmesskunst verdankt ihm die Erfindung der heute noch gebräuchlichen Mond- und Sternuhren, die geodätisch-astronomische Beobachtungstechnik, von vielen, minder wichtigen Werkzeugen abgesehen, die in dem Torquet vollzogene vollständige Realisirung der Idee eines allen Anforderungen genügenden Universalinstrumentes.

V. Das „Astronomicon Caesareum" enthält nicht allein die erste Nachricht von den für die Astronomie so wichtig gewordenen Sonnen-Blendgläsern, sondern auch eine, soweit es die Natur der Sache gestattet, vollkommene Lösung der Aufgabe, die Örter der Wandelsterne durch mechanische Operationen vorherzubestimmen.

VI. Die Kometenkunde verehrt Apian als den Astronomen, dessen Beobachtungen — nächst denen Regiomontan's — zuerst die nöthige Zuverlässigkeit und Ausdehnung besitzen, um eine Bahnbestimmung im modernen Sinne zu ermöglichen, sowie er sie auch mit seinem, durch neuere Forschungen im Wesentlichen bestätigten, Lehrsatze von der der Sonne abgewendeten Richtung des Kometenschweifes bereichert hat.

VII. Optik und theoretische Mechanik hat derselbe, insbesondere durch seine Neubearbeitung älterer handschriftlicher Werke von anerkanntem Werthe, als Lehrgegenstände auf den deutschen Hochschulen eingebürgert.

VIII. In seiner Kosmographie hat Apian das Problem der Bestimmung von Distanzen auf der sphärischen Erde erheblich vollkommener und umfassender behandelt, als seine Vorgänger, insbesondere durch seine Tabelle für Gradlängen unter den verschiedenen Parallelen und durch die Einführung des Rechnens mit Coordinaten.

IX. Die Längenbestimmung gewann durch die in dem gleichen Werke zu findende vereinfachte und veranschaulichte Darstellung der Methode der Monddistanzen.

X. Die von Apian eingeführte Projektion erhielt sich durch mehr als zwei Jahrhunderte, und es gelang mit ihrer Hülfe zuerst, auf einem und demselben Kartenbilde die alte und neue Welt vereinigt darzustellen; letztere erscheint darauf — nahezu zum erstenmale im Druck — unter dem Namen „Amerika".

XI. Das den zweiten Theil des „Cosmographicus liber" erfüllende Verzeichniss geographischer Ortsbestimmungen bezeichnet den ersten grossen Fortschritt, welchen die mathematische Erdkunde als solche seit den Zeiten des Ptolemaeus gemacht hat.

Zudem aber muss der Freund vaterländischer Geschichte stets an die erfreuliche Thatsache erinnern, dass unter den Namen jener Männer, welchen der erfreuliche Aufschwung der bayrischen Landesuniversität in der ersten Hälfte des XVI. Jahrhunderts zu danken war, der Name Petrus Apianus als einer der würdigsten genannt werden muss!

## II. Philipp Apian.

### Geburt und Jugendjahre.

Einige Nachrichten über Geburt und Jugendleben dieses Mannes, der den wohlerworbenen Ruhm des Vaters auf sich übertragen und in dessen Geiste weiter arbeiten sollte, waren wir bereits in den ersten Theil einzuflechten genöthigt. Wir rekapituliren blos in Kürze, dass Philipp am 14. September 1531, um 4 Uhr des Nachmittags, geboren[*] und Namens-Erbe eines älteren, früh wieder verstorbenen Bruders ward. Sein Biograph Cellius, dessen Mittheilungen wir um so beruhigter Glauben schenken dürfen, als wir ihn späterhin unter den vertrautesten persönlichen Freunden Philipp's wiederfinden werden, entwirft von Körpergestalt und Geistesanlagen des Letzteren ein sehr schmeichelhaftes Bild (a. a. O.), welches wir, obwohl es sich zum Theile erst auf ein späteres Lebensalter bezieht, gleichwohl hier schon einzufügen für gut halten: „Corpus el a Deo per naturam datum, quod in decentem

---

[*] Nach Cellius erblickten Freunde der Teleologie in der Geburt dieses Knaben einen Ersatz für den kurz vorher erfolgten Tod zweier Gelehrter, Pirkheymer's und Stoeffler's.[**])

et gracilitatis et proceritatis staturam, ac faciem honorabilem, barba nigra, sed rariore, Patris ad instar, excrevit: laborum ferendorum patientissimum: Animam vero accepit praestantissimam, nobilissimamque; virtutum omnium, studiorum, ac disciplinarum: placidam, sedatam, constantem, gravem, propositi tenacem, sinceram, veram, religiosam." Wir werden im Verlaufe dieser Erzählung wenigstens den moralischen Theil dieser allgemeinen Charakterisirung durch das Verhalten voll bestätigt finden, welches der jüngere Apian in den vielen schweren Momenten an den Tag legte, durch welche er auf seiner Lebensbahn sich hindurchzuarbeiten hatte.

### Erziehung.

Wir wissen, dass Peter Apian seine Söhne in den Anfangsgründen des Wissens unterwies und sie überhaupt unter seiner unmittelbaren Oberaufsicht heranwachsen liess. Dass Philipp unter solcher Leitung, zu welcher sich später noch der sachkundige Unterricht eines gewissen Magisters Wolfgang Gotthard gesellte vortrefflich gedieh,[144]) ist freilich nicht zu verwundern, allein es muthet uns doch gar märchenhaft an, wenn wir hören, dass er bereits am 24. September 1542, also gerade nach Zurücklegung seines elften Lebensjahres, zugleich mit seinen Brüdern Theodor und Timotheus in einer, im väterlichen Hause abgehaltenen Privatfeierlichkeit deponiren durfte,*) um sogleich am nächsten Tage von dem Rektor Graf Wolfgang Leonstein — man wählte in jener Zeit gerne vornehme Studirende zu titulirten Inhabern der akademischen Hauptwürde — als Studiosus inskribirt zu werden. Für Mathematik scheint der Jüngling von Anfang an viel Interesse gefühlt zu haben, denn er schloss sich besonders an M. Caspar Hoermann an, welcher, wie wir erfahren, den Vater Apian mehrfach im Vortrag der doctrina sphaerica vertrat, und ihn begleitete er auch am 13. Oktober 1545 nach Neuburg a. d., als die Universität wieder einmal der Pestilenz halber einen Ortswechsel vorzunehmen sich gezwungen sah. Dass Philipp im folgenden Jahre zweimal, zu Regensburg und zu Ingolstadt, dem römischen Kaiser vorgestellt zu werden die Ehre hatte, ja dass er damals durch die in das Kaiserzelt einschlagende Bombe in Lebensgefahr gerieth, das wissen wir bereits von früher her. Anno 1547 trieb die Pest Lehrer und Zuhörer abermals aus ihrem Musensitz; Philipp, dessen Privatinstruktor damals M. Johannes Grill war, übersiedelte nach Landshut zu seinem Vatersbruder Georg, der, nachdem er früher das Zweiggeschäft der Familiendruckerei zu Landshut geleitet, jetzt eine Anstellung daselbst als städtischer Rechen- und Aichmeister gefunden hatte. Der Neffe war damals schon so weit,[146]) seinem Oheim einen Theil der ihm als „vinarius" (Weinvisirer) obliegenden Geschäfte abnehmen zu können.

### Studienreisen.

Seinen definitiven Abschied von der heimatlichen Hochschule nahm der junge Apian zwei Jahre später. Er verliess Ingolstadt am 28. August 1549, und zwar in Begleitung

---

*) Über diese Sitte der „Deposition", von der schwache Überreste sich in der Fuchstaufe oder in dem Fuchsenbrennen süddeutscher Universitäten erhalten haben, vergleiche man die Angaben bei Dolch[145]) oder v. Prantl.[146]) Da es oft etwas derb dabei herging, so suchten seiner angelegte Naturen auf gute Art um die Ceremonie herumzukommen, so wie hier die Söhne Peter Apian's. Übrigens werden wir ohne den jungen Männern Unrecht zu thun, ihretwegen auf die folgende Aeusserung unseres obigen Gewährsmannes verweisen dürfen:[147]) „Wenn man in Zwangseinrichtungen (Bursen u. s. w.) eine

seines Freundes Sambucus, der später kaiserlicher Historiograph in Wien wurde und in dem von Frischlin entzündeten sogenannten „Grammatik-Krieg" eine gewisse Rolle spielte.[**]) Die Genossen reisten über Esslingen nach Strassburg, wo Apian — ein vom Biographen ausdrücklich hervorgehobenes Zeugniss seines Fleisses — noch am Tage der Ankunft bei Dr. Kilian Vogler eine Vorlesung über römisches Recht hörte. Ganz besonders aber trat er während seines Strassburger Aufenthaltes in nähere Beziehungen zu dem berühmten Philologen Johann Sturm, einer der edelsten Erscheinungen aus der Spätblüthe der Humanistenzeit. Doch war sein Bleiben in der alten Reichsstadt kein allzulanges, denn die Sitte brachte es mit sich, dass die jungen Gelehrten auf ihren Studienreisen bald an dieser, bald an jener Universität Gastrollen gaben, und so sehen wir ihn dann nach einem Jahre wieder aufbrechen und nach Frankreich wandern. Zu Dôle in Burgund verlobte er einige Monate im Hause eines Priesters, blos seinem Wissensdrang lebend. Dann aber ging es nach Paris, wo die Reisegesellschaft — es hatte sich als Dritter im Bunde noch ein gewisser Lotichius*) hinzugefunden — am 2. November 1550 eintraf. Apian hörte daselbst den Michael Beuther „de annorum supputatione;" ausserdem lernte er gewiss den fleissigen, wenn auch in seinen massenhaft angestellten Versuchen betreffs der Kreisquadratur nichts weniger als glücklichen Orontius Finaeus (gest. 1555) kennen.[131]) Erwähnt doch Cellius ausdrücklich, dass dazumal die Mathematik besonders in Paris blühte. Von hier aus soll Apian mehrere Briefe an Philipp Melanchthon geschrieben haben. Doch schon der nächste Sommer brachte wieder einen Wechsel; vom Juli 1551 an wohnte er „Biturigibus**) apud Petrum Boquinium Monachum Professorem," und zwar zugleich mit Veit Wick, einem Ulmer, der es später in dieser seiner Vaterstadt zu einem sehr geachteten Rechtsconsulenten brachte.

### Heimkehr. Philipp des Vaters Nachfolger.

Am 6. Mai 1552 kam der junge Apian, wieder in Sambucus' Begleitung, von seiner französischen Reise zurück und gerade recht, um seinem Vater, den ein hartnäckiges Blasenleiden schon seit geraumer Zeit an's Krankenlager gefesselt hatte, die Augen zuzudrücken.***) Indess ward ihm nur wenig Zeit gegönnt, sich seinem Schmerze hinzugeben, denn erstens nahm die Regelung des väterlichen Nachlasses — insbesondere des wissenschaftlichen — seine Zeit in Anspruch, und zweitens musste er Ingolstadt bald wieder zeitweilig verlassen. Im Juni des erwähnten Jahres zog nämlich Herzog Moritz von Sachsen auf seinem Rachezuge gegen Karl V. von Magdeburg her durch Bayern und schlug in der Gegend von Eichstätt sein

---

weise pädagogische Massregel erblickte, so mag diess einigermassen dadurch entschuldigt werden, dass in der That viele ganz unreife Knaben, welche auch geistig erst noch durch Priscian und Alexander gedrillt werden mussten, sich als Studenten immatrikuliren liessen."

*) Diesen Lotichius führt Melchior Adam [144]) unter den bedeutenden Medicinern des XVI. Jahrhunderts auf.

**) Wie bekannt, existirte im damaligen Frankreich eine Unzahl von kleinen Universitäten. Fast jede namhafte Stadt besass ihre höhere Schule, welche freilich meistentheils nur 1—2 Fakultäten umfasste, dafür aber auch in diesen, mit besonderer Vorliebe gepflegten, Wissenszweigen sehr Tüchtiges leistete. Zu diesen kleinen Wissenscentren gehörte auch das hier genannte, im Herzen des Landes gelegene Bourges.

***) Die Angaben des Cellius [145]) über des Vaters Tod und über des Sohnes Rückkehr ergeben eine Diskrepanz, welche zu lösen wir beim Mangel anderweiter Quellen nicht vermögend sind.

Feldlager auf. Dorthin liess er den jungen Gelehrten aus der Universitätsstadt berufen, um mit ihm über eine, leider nicht näher bezeichnete, mathematische Angelegenheit in Berathung zu treten. Diese Thatsache allein beweist schon, dass man in dem noch so jungen, kaum aus dem Studentenkleide geschlüpften, Manne eine hervorragende Kraft vermuthete, und wenn auch anzunehmen ist, dass die Sonne des väterlichen Ruhmes auch dem Sohne einige ihrer Strahlen ohne dessen besonderes Verdienst zuwarf, so muss man damals doch schon genügende Proben seiner eigenen Thätigkeit besessen haben. Jedenfalls dachten sowohl der akademische Senat als auch die Münchener Regierung sehr günstig über unseren Philipp, und da man es für wichtig hielt, das durch seinen berühmten Vertreter zu ungeahnter Wichtigkeit gelangte Lehramt der Mathematik nicht lange unbesetzt zu lassen, so ernannte der Herzog unterm 11. Juli 1552 den Sohn zum Nachfolger des Vaters.[518]) So schwer der Erstere auch zweifellos den viel zu früh eingetretenen Verlust des Theuersten in kindlicher Pietät auch empfunden haben mag, so schien doch seine eigene Zukunft sich durch diesen Vorfall nur um so glücklicher gestalten zu wollen. Mit nicht voll 20 Lebensjahren Ordinarius für seine Lieblingswissenschaft an einer der ersten deutschen Bildungsanstalten, im Besitze eines schon ohne sein Zuthun berühmten Namens und zugleich der gewaltigen Hülfsmittel, welche einen Theil der Hinterlassenschaft Peter Apian's ausmachten, schien dem Ideal aufstrebenden Jüngling kaum irgend etwas zur irdischen Glückseligkeit zu fehlen.

## Medicinische Studien.

Er trat denn auch sein Lehramt mit der ihn stets auszeichnenden feurigen Energie an und hatte sich in Bälde glücklicher Erfolge zu erfreuen. Die wissenschaftliche Seite seiner Lehrthätigkeit behalten wir späterer, eingehender Betrachtung vor; hier sei nur der mehr äusserliche Umstand erwähnt, dass er sowohl publice als privatim, d. h. privatissime, las, dass sein Vortrag ein ausgezeichneter war,*) und dass die Anzahl seiner Schüler oft die Zahl achtzig überstieg. Das war aber eine ungewöhnliche, für dieses Fach sogar unerhörte Frequenz. Nachdem er in rascher Folge auch mehrere literarische Arbeiten der Öffentlichkeit übergeben hatte, begann er im Jahre 1554, das Studium der Arzneikunde, welches ihn muthmasslich schon auf seinen Reisen ab und zu beschäftigt hatte, mit erneuter Kraft wieder aufzunehmen. Dass ihn, wie Cellius meint,[334]) hiezu besonders das drückende Gefühl eigener Leibesschwäche bewogen habe, will uns aus einem sehr bald einleuchtenden Grunde nicht glaublich erscheinen, vielmehr ist es ganz natürlich, dass der wissensdurstige Mann ein Fach, das zu seinem eigenen damals in weit näherer Beziehung stand, als moderne Begriffe diess zulassen, vollständig zu durchdringen bestrebt war. So hörte er denn nochmals Anatomie bei Johann Vischer, seinem späteren Schicksalsgefährten, auf den wir im Fortgange unserer Erzählung von selbst werden zurückgeführt werden, und ein Colleg über die Heilmittellehre des Dioscorides bei Lorenz Gryll (1524—1560), einem Manne, dessen Schicksale insoferne an diejenigen des Vaters Peter gemahnten, als er unter der Aegide des reichen Fugger grosse wissenschaftliche Reisen hatte machen dürfen.[335]) Indess ward der medicinische Anlauf bald wieder zum Stillstehen gebracht durch eine ganz andere Art gelehrter Beschäftigung, in welche

---

*) „Vel etiam Momo satis potuisset facere profitendo", sagt der etwas überschwängliche Cellius.[337])

sich Philipp Apian gerade um jene Zeit durch einen Auftrag der Landesregierung hineinarbeiten musste, die aber auch, mehr wie irgend eine andere, seinem Namen unvergänglichen Ruhm zu sichern bestimmt war.

### Bayrische Landesvermessung.

Der nämliche Grund, welcher in einer weit späteren Zeit die einzelnen Staaten dazu bestimmte, eine genaue Vermessung und Katastrirung ihres Territoriums zum Zwecke einer gerechteren Steuer-Einschätzung und Einhebung vornehmen zu lassen, machte sich bereits in der zweiten Hälfte des XVI. Jahrhunderts in Bayern fühlbar. War doch in diesem Lande, dessen Eintheilungsbezirke die vier grossen „Rentämter" bildeten, die Finanzverwaltung mit der politischen von jeher enge verbunden. So begann denn im Jahre 1554 Herzog Albert V. durch seine Räthe mit Philipp Apian über eine neue und umfassende Vermessung und Mappirung seines Landes zu verhandeln. Von Hause aus mit den geodätischen Verrichtungen innig vertraut, musste ein so ehrenvoller Antrag vielen Reiz für ihn haben, und er erklärte sich auch bereit, denselben auszuführen. Zu schildern, welches Gepräge seine Ausführung des Unternehmens in geographisch-wissenschaftlicher Hinsicht trug, kann vorläufig noch nicht unsere Aufgabe sein, vielmehr haben wir es hier nur mit den äusseren Begleitumständen der gigantischen Aufgabe zu thun, welche der dreiundzwanzigjährige Mann gestellt erhielt und in überraschend kurzer Zeit erledigte. Werden heutzutage geodätische Operationen vorgenommen, so muss ein kleines Heer von Fachmännern höheren und niederen Ranges mobil gemacht werden, wogegen unser Apian — abgesehen von dem an der eigentlichen Kartenarbeit mit betheiligten Zeichner (s. u.) — wahrscheinlich auf sich selbst allein oder doch nur auf die Mithülfe einiger ganz untergeordneter Feldmesser angewiesen war. Zudem war es wahrlich keine leichte Sache, bei dem damaligen Zustande der Verkehrsstrassen und Herbergen ein grosses Land nach allen Richtungen hin zu durchreisen; aus Rotmar's Annalen sei nach Zeller[116]) Folgendes über diese kartographische Thätigkeit Apian's beigebracht: „Is aliquandiu, jam Doctoralia quoque in scientia Medica consecutus*) Insignia in Schola Ingolstadiensi Mathesin docuit, totam Bavariam et omnis ejus angulos, singulos recessus, montium cacumina sylvasque et loca tenebrosa perreptavit, ac duplici descripsit tabula." Ja sogar mit Gefahren konnte eine wissenschaftliche Reise dieser Art für einen alleinstehenden Mann recht wohl verbunden sein.**) Und angesichts einer solchen Riesenleistung sollen wir der oben bezweifelten Angabe des Cellius Glauben schenken, sollen für wahr halten, wenn Rotmar[116]) von Apian sagt, er sei „infirma valetudine a Medicinae impeditus studio" doch mit Erfolg in die Fussstapfen seines Vaters getreten? Da müsste vorher der alte Spruch von der „sana

---

*) Diess ist nur theilweise richtig; die medicinische Promotion erfolgte, wie wir gleich nachher sehen werden, erst zu einer Zeit, als die Vermessungsarbeit im Wesentlichen bereits abgeschlossen war.

**) Als unter Kurfürst Maximilian III. auf Antrag der bayrischen Akademie von Cassini de Thury eine Dreieckskette quer durch Bayern gelegt wurde,[117]) sollen den Arbeiten der französischen Mathematiker öfter seitens der Landleute Schwierigkeiten bereitet worden sein, indem dieselben entweder mit offener Drohung das Betreten ihrer Felder verwehrten oder aber „die Durchlegung des Meridians" durch Bestechung von ihren Ländereien abzuwenden suchten. Um wie viel mehr Schwierigkeiten solcher Art mag es zwei Jahrhunderte früher gegeben haben!

mens in corpore sano" seine ganze Bedeutung verloren haben; es bedurfte wahrlich voller
Geistes- und Körperfrische, um 6—7 Jahre hindurch in einem Semester vollster Lehr-
und Studirthätigkeit sich hingeben und das andere auf steten Reisen zubringen zu können,
wobei oft Tage lang der Sattel nicht verlassen werden durfte. Wie dem nun auch sei,
im Jahre 1561 war das eigentliche Messungswerk vollendet, und nachdem noch weitere
sechs Jahre dazu verwandt waren, das ungeheuere aufgespeicherte Material am Schreibtisch
und Reissbrett gehörig zu verarbeiten, konnte Apian ein Werk aus seinen eigenen Pressen
hervorgehen lassen, wie es die gelehrte Welt bis dahin noch nicht gesehen hatte. Der
Landesherr stand nicht an, seine Dankbarkeit durch fürstliche Munificenz an den Tag zu
legen. Bereits im Anfange der 60er Jahre erhielt der bayrische Kartograph zur Belohnung
für seine detaillirte Durchforschung Bayerns („propter Bavariam ad umbilicum descriptam")
ein „Leibgeding" von 150 Gulden,[139]) und nach völliger Beendigung des Kartenwerkes erfolgte eine einmalige, aber nach dem damaligen Stande des Geldwerthes wahrhaft grossartige
Belohnung. Cellius geht zwar gerade über diese seltsamerweise sehr schnell hinweg, allein
mehrere andere Autoren berichten uns übereinstimmend über dieselbe, so z. B. Freher:[140])
„A. 1567. Bavariae descriptionem edidit, ob quod opus Princeps 2500. aureis autorem do-
navit." Uns erscheint diese Summe so hoch, dass wir, wenn wir sie mit dem verbürgter-
weise vom Vater ererbten Vermögen zusammenhalten, nur mit grosser Zurückhaltung die
vielfach zu findende Angabe von Apian's späterer Dürftigkeit entgegennehmen, mag dessen
vielen Reisen und kostspieligen gelehrten Liebhabereien auch noch so bereitwillig Rechnung
getragen werden.

### Akademische Lehrthätigkeit.

Es liegt nahe, die Frage aufzuwerfen, ob und wie es denn dem mit praktischen Be-
schäftigungen überladenen Manne möglich gewesen sei, seinen Pflichten als Professor auch nur
einigermassen gerecht zu werden. Wir erhalten auch hierüber Auskunft. Nicht nur, dass seine
Besoldung — natürlich unter Mitwirkung der herzoglichen Kabinetskasse — für die Dauer seiner
zeitweiligen Abwesenheit verdoppelt ward, sondern man gab ihm auch die Freiheit, es mit
seinen Vorlesungen zu halten, wie es ihm die Umstände gestatteten. Allein von dieser Li-
zenz machte der eifrige Mann nur insoweit Gebrauch, als er nunmehr, der Zeitersparniss
halber, in seiner Wohnung las.[141]) Im Übrigen aber scheint er die Pausen, welche der
Winter in seine Streifzüge durch das Vaterland brachte, auf's Regste mit wissenschaftlichen
Dingen ausgefüllt zu haben, denn eine ganze Reihe gelehrter Arbeiten, deren Besprechung
wir wiederum für den zweiten Theil unserer Lebensbeschreibung zurückstellen, scheint gerade
in jenen Jahren zur Reife gediehen zu sein.

### Italienische Reisen.

Zu zweien Malen übrigens ward Apian's Aufenthalt in Bayern durch die ihm unent-
behrlichen gelehrten Reisen unterbrochen, und wir dürfen es den beiden betheiligten Faktoren,
dem Herzog sowohl als auch der Universitätsbehörde, hoch anrechnen, dass sie dem Manne,
den doch die Heimath selbst so wohl zu brauchen wusste, Urlaub für längere Zeit ertheilten.
Man mochte fühlen, dass einem so lebendigen Geiste, damit sein Feuer erhalten bleibe, von

Zeit zu Zeit neue Nahrung zugeführt werden müsse, und solche konnte ihm nicht Ingolstadt, sondern lediglich das Ausland durch den alldort ermöglichten persönlichen Verkehr mit congenialen Männern bieten. So machte sich denn Apian im Jahre 1567 nach Italien auf den Weg,[...]) um die wissenschaftlichen Grössen des Landes, insbesondere Mathematiker und Ärzte, kennen zu lernen und zugleich sich selbst im medicinischen Fache zu vervollkommnen, Spitäler und botanische Gärten*) zu sehen, denn durch diese beiden Institutionen standen die italischen Hochschulen bei ihren cisalpinischen Schwestern in ganz besonders hohem Ansehen. Von berühmten Namen, deren Träger Apian auf diesem Ausfluge kennen lernte, werden uns Trincarelo, Francosano, Robortello, Bellocato, Cape de Becca, Bassiano, Lando, Odo (?), Apellato und besonders Falloppio genannt, letzterer von den Geschichtschreibern der Medicin noch heute mit Ehrfurcht als einer der ersten Anatomen erwähnt. Die Reise scheint nicht sehr lange Zeit in Anspruch genommen zu haben, doch hinterliess sie bei Apian, wie bei so manchem Welschlandfahrer, eine Sehnsucht nach dem gelobten Lande der Kunst und Wissenschaft, und so sehen wir ihn denn 1564 ein zweitesmal dorthin pilgern.[...]) Ausdrücklich wird berichtet, dass ihn diessmal Empfehlungen von höchstgestellter Seite begleiteten; insbesondere werden uns zwei Bolognaeser Standespersonen, der Graf Malvezzi**) und ein deutscher Edler, Herr v. Peilstein, als diejenigen bezeichnet, an welche Apian Empfehlungsschreiben bei sich führte. Die Reise führte diessmal über Padua und Ferrara nach Bologna, wo Apian am 30. April eintraf. Seinem Wunsch, an diesem altehrwürdigen Sitze des Wissens den ihm noch fehlenden medicinischen Grad zuertheilt zu erhalten, ward gerne entsprochen, und bald nach seiner Ankunft fand vor zwanzig Fakultätsmitgliedern („toto Medicorum collegio") der feierliche Akt statt, durch welchen der geehrte deutsche Gast seitens des Dekans Fabricius Garson rite zum Doktor der Medicin promovirt wurde. Von hier macht Apian einen Abstecher über Florenz und Siena nach Rom, kehrt aber bald, dem Küstenweg über Loretto, Ancona, Senagaglia, Pesaro, Ravenna folgend, wieder nach Bologna zurück, wo er mit Francozani, Arantius, Aldovrandus,***) ganz besonders aber mit dem Meister in zwei

---

*) Wenn Westenrieder[...]) Recht hat, so stand der Besuch der Pflanzengärten oben an als Reisezweck. Obschon nämlich die pharmaceutische Botanik unter den Hülfswissenschaften der Medicin damals eine andere, und zwar ganz unverhältnissmässig bedeutungsvollere, Stelle einnahm dess heute, so fehlte es in Ingolstadt damals doch noch sehr an Hülfsmitteln zu ihrem Studium, und erst kurz vorher war durch das Herbarium des trefflichen Leonhard Fuchs einiger Wandel geschafft worden. War dessen Stätte auch ebentsowenig eine bleibende zu Ingolstadt, wie bei unserem Apian, so scheint seine Pflanzensammlung trotzdem der Hochschule erhalten geblieben zu sein.[...])

**) Die Liebe zu den Wissenschaften scheint in dieser Adelsfamilie erblich zu sein. Zweifellos nämlich ist der hier genannte Graf Malvezzi ein Ahne des früheren Senators des italienischen Königreiches, Giovanni Malvezzi, welcher eine sehr reichhaltige und viele Seltenheiten enthaltende Bibliothek angesammelt hat. Insbesondere enthält dieselbe eine merkwürdige Sammlung von Briefen, welche von berühmten Gelehrten, wie Kepler, Tycho Brahe, Clavius, Scheiner u. a., an den Bolognaeser Mathematiker Magini gerichtet worden sind. Ein Sohn Giovanni's, Graf Nerio, hat über diese Sammlung unlängst erst einen für den Geschichtsforscher äusserst interessanten Bericht erstattet.[...])

***) Lalande, der zwanhundert Jahre nach Apian, aber aus wesentlich denselben Beweggründen wie sein deutscher Fachgenosse, seine bekannte Reise nach Italien unternahm, meldet von Ulisses Aldovrandi an der einen Stelle seiner Reisebeschreibung,[...]) dass vierhundert Bände naturwissenschaftlicher Manuskripte desselben zu Bologna aufbewahrt würden; an einer anderen[...]) gedenkt er des berühmten Naturalienkabinetes Aldovrandi's.

Wissenschaften, mit dem ebenso wunderlichen als gelehrten Hieronymus Cardanus, freundschaftliche Beziehungen anknüpft. Dieser letztere, sowie auch sein Gastfreund Malvezzi und der, ebenfalls auf Besuch anwesende, Landsmann Eduard Fugger erweisen ihm alle erdenklichen Ehren, und nicht minder findet er für seine scientifischen Neigungen in diesem Mittelpunkt der Gelehrsamkeit jedwede Anregung und Förderung. So mag ihm denn der Abschied schwer genug gefallen sein; noch schwerer freilich würde er ihn empfunden haben, hätte er gewusst, was ihn zu Hause bald nach der Rückkunft von dieser Reise erwarten sollte. Diese Heimkehr scheint noch im laufenden Jahre 1564 erfolgt zu sein.

### Religiöse Streigkeiten.

Wir treten mit unserem Berichte jetzt in die Darstellung der religiösen Kämpfe ein, in welche Apian während seines späteren Ingolstädter Aufenthaltes verwickelt wurde, und deren Ausgang für seine ganze spätere Laufbahn bestimmend gewesen ist. Wollen wir jedoch volles Verständniss für den eigentlichen Charakter dieses unerfreulichen Zwischenfalles erwerben, so muss zuvor etwas weiter ausgeholt und die ganze Stellung der Universität Ingolstadt inmitten der noch immer, wenn auch nur auf dem rein geistigen und geistlichen Gebiete, anhaltenden Streitigkeiten zwischen Katholicismus und Protestantenthum gekennzeichnet werden. Unter der Leitung des bei allem Fanatismus hochbegabten und ausdauernden Johann Eck, des gefährlichsten Gegners Luther's, hatte die Hochschule eine Führerstellung in dem Verzweiflungskampfe des auf seinem eigensten Boden bedrohten alten Glaubens eingenommen; ihr Verfahren gegen vermeintliche Ketzer, wie Kaeser und Arsacius Seehofer, war ganz geeignet, sie zum besondern Zielpunkte des Hasses für alle Anhänger der Reformation zu machen. Ganz ausnehmend scharf jedoch bewachte man die eigene medicinische Fakultät, in welcher von Anfang an Spuren akatholischer Gesinnung hervorgetreten zu sein scheinen. Dass sich Apian des Älteren Vorgänger, der spätere Medicinprofessor Veltmiller, eine Disciplinarstrafe zuzog, haben wir bereits oben gesehen. Anno 1554 ward Johann Vischer, der uns bekannte Lehrer Philipp's in Anatomie, wegen Mangels der nöthigen Qualitäten in religiöser Beziehung bald nach seiner Anstellung wieder entlassen, und ein Gleiches geschah das Jahr darauf mit dem Sachsen Martin Hofmann, wie denn auch jener Gryll, bei welchem Apian eine Vorlesung über Heilmittellehre gehört hat (s. o.), nur gegen das ausdrückliche Versprechen, nicht gegen die Religion verstossen zu wollen, angenommen wurde.[109]) Noch schlimmer hatte sich die Universität bereits zwei Jahrzehnte früher in's eigene Fleisch geschnitten, als sie dem berühmten Leonhard Fuchs, einem in der Botanik wie in der Polemik gegen die falschen therapeutischen Grundsätze der Araber gleich gewandten Manne, den Stuhl vor die Thüre setzte.[110]) Und diesen seinen Vorgängern im akademischen Martyrium sollte nunmehr der Hervorragendste von Allen, Philipp Apian, nachfolgen.

### Staphylus gegen Apian.

Dafür, dass schon vor dem Jahre 1566, in welchem nach v. Prantl's Angabe[171]) die ersten Anzeichen des herannahenden Sturmes bemerkt worden sein sollen, zwischen Apian und den Zionswächtern der theologischen Fakultät nicht Alles in Ordnung war, finden wir einen recht sprechenden Beleg bei Cellius.[192]) Der Universität war im Jahre 1560 durch spezielle Verfügung des Herzogs in der Person des Convertiten Friedrich Staphylus ein sogenannter „Superintendent" aufoktroyirt worden, der sogar den Rektor zu überwachen und ein feingesponnenes Spionlersystem einzurichten hatte.[173]) Dieser Mann, in dessen Qualifikation der Herzog selbst übrigens späterhin begründete Zweifel zu setzen lernte, scheint nun durch sein Spürtalent schon frühzeitig dahinter gekommen zu sein, dass Apian's Rechtgläubigkeit nicht über jeden Zweifel erhaben sei; er begann von da an „dolosas machinationes" gegen den der Haeresie verdächtigen Professor in's Werk zu setzen. Sein hasserfülltes Herz bethätigte sich besonders durch den Antrag, welchen er während einer inzwischen eingetretenen, nicht ungefährlichen, Krankheit Apian's beim Senate stellte: es solle dem Ketzer, falls er sterbe, des kirchliche Begräbniss versagt werden. Damit ward es freilich nichts; vielmehr handelte der wiedergenesene Apian als Christ an seinem Feinde und geleitete ihn, nach dessen am 5. März 1564 erfolgten Tode, mit zu Grabe. Indess mag des Staphylus Verläumderei doch da und dort einen günstigen Boden gefunden haben, und wenn auch die unter so ehrenvollen Umständen zu Stande gekommene italienische Reise davon Zeugniss ablegt, dass noch kein Universitätsangehöriger es wagte, offen gegen den anerkannten Günstling des Herrschers hervorzutreten, so gab es doch der gefahrdrohenden Keime des Unheils genügend viele, um beim ersten günstigen Anlass einen Ausbruch hervorzurufen.

### Apian und die medicinische Facultät.

Dieser Anlass nun war ein so äusserst harmloser, dass man kaum begreift, wie an eine derart geringfüge Ursache so schwerwiegende Wirkungen sich anknüpfen konnten. v. Prantl, dessen Bericht (a. o.) wir uns im folgenden vollständig anschliessen, erwähnt eines Vorschlages, welchen Apian, liebenswürdig und collegial wie immer, dem Senate machte. Dadurch nämlich, dass der tüchtigste medicinische Lehrer jener Periode, Peurle, seines Alters wegen sich von den Vorlesungen etwas zurückzog, während eine neu berufene Lehrkraft, der Thüringer Oetheus, damals noch nicht eingetroffen war,[174]) entstanden Verlegenheiten, und diesen war Apian bereit abzuhelfen. „Als er sich nun erbot, an der medicinischen Facultät über einige zur mathematischen Behandlung tauglichte Zweige der Medicin[*]) Vorlesungen zu halten, und die herzoglichen Räthe hierüber mit Zustimmung ein Schreiben an die Fakultät erliessen, wurde dasselbe mit scharf ablehnenden Randbemerkungen beschrieben, worin als Hauptgrund figurirt, dass Apian haereticus sei." Es liegt nicht ferne, in dieser ablehnenden Haltung nichts anderes als den Ausfluss eines — bei der damaligen

---

[*]) Hiebei darf natürlich in keiner Weise an die modernen Versuche, exakte Methoden auf Anatomie und Physiologie (Geometrie der Gelenkverbindungen, Mechanik der Herzbewegung u. s. w.) anzuwenden, gedacht werden. Vielmehr handelte es sich um die mit der Medicin jener Tage enge verquickte Astrologie, um die Berechnung der „dies critici", der zum Purgiren und Schröpfen günstigen Zeiten und Ähnliches. Immerhin mag Apian auf seinen Kunstreisen auch mancherlei Anregung nach anderer Richtung hin erfahren haben, so insbesondere durch seinen in Bologna gewonnenen Freund Cardan; von ihm meldet u. a. Gerhardt:[175]) „In allen Schriften Cardan's kommen mathematische Untersuchungen vor; er versuchte sogar die Mathematik auf die Medicin anzuwenden, indem er die Frage behandelte, ob die durch die Medikamente hervorgebrachten Wirkungen in arithmetischer oder geometrischer Proportion zu den gegebenen Dosen stehen."

Gelehrtenwelt durchaus nicht selten anzutreffenden — Brodneides zu erblicken; wissen wir doch nur zu gut, wie die Tübinger Artisten mit einem Frischlin, einem in der Universalität seiner Kenntnisse mit Apian wohl zu vergleichenden Gelehrten, umsprangen, als ihnen dieser ein gefährlicher Nebenbuhler werden zu wollen schien.\*) Da aber v. Prantl (a. a. O.), ein genauer Kenner des Charakters aller betheiligten Persönlichkeiten, meint, das Motiv der Herren Doktoren Peurle, Boscius und Landau sei ein minder unedles, nämlich „Furcht vor anorthodoxer Mathematik" gewesen, so wollen auch wir unserseits uns dieser milderen Auffassung zuneigen. Unmittelbare Folgen jedoch zog auch diese unerquickliche Sache wohl nur insoferne nach sich, als der gefällige Mathematiker auf sein wohlgemeintes Anerbieten verzichtete.

### Verkündung des Tridentinums.

Im Jahre 1568 aber waren alle Vorbedingungen zu einem Hauptschlage gegeben. Der Herzog, welcher in einem höchst merkwürdigen Briefe an den als Universitätskanzler fungirenden Bischoff von Eichstätt zwar eingestand, dass er von solchem Akte kein Heil für die Universität erwarte, liess sich trotzdem bereit finden,[211]) sämmtlichen Professoren und sonstigen Angestellten der Hochschule den Eid auf das Tridentinum abzuverlangen. Am 23. März 1568 erfolgte zu Ingolstadt die Publikation der bezüglichen päpstlichen Bulle. Nunmehr „konnte die Verfolgung unter dem Deckmantel der Legalität betrieben werden;"[214]) der Herzog ordnete, was freilich als eine einfache Consequenz seines bisherigen Verhaltens zu betrachten ist, die Entfernung sämmtlicher Ungehorsamen aus ihren Ämtern an. Darauf hatten die Gegner nur gewartet, und, gewiss mit innerster Genugthuung, „setzte der Rektor (Moritzpfarrer Haydlauf) diesen Befehl mit dem Beisatze in Cirkulation, dass man bei dieser Gelegenheit auch den in Ketzerei verstockten Sinn („obstinatum in haeresi animum") Apian's aufdecken könne."[215]) Derselbe, wohl durch den ihn so plötzlich wie aus heiterem Himmel treffenden Blitzstrahl anfänglich überrascht und eingeschüchtert, suchte um Bedenkzeit nach. Dieselbe wurde ihm gewährt, allein anscheinend war sie nur von kurzer Dauer, wie wir aus dem nachstehend wörtlich wiedergegebenen Senatsprotokoll, das bei Wostenrieder[216]) gedruckt ist, ohne Zwang entnehmen können. Wir gedenken überhaupt die wichtigsten, diesen Process Apian's betreffenden Processakten textuell zu reproduciren, sei es, dass sie bereits anderswo gedruckt sind, sei es, dass sie hier zum erstenmale aus den Archiven abgedruckt werden: die hohe kulturgeschichtliche Bedeutung dieser Dokumente rechtfertigt unser Verfahren wohl zur Genüge. Jenes Protokoll nun lautet:

„Sententia Senatus: (academici Ingolstadiensis) fraterne fuit admonitus, ut in se ipsum descendens cum Theologis catholicis conversetur, et ab iis instructionem aliquam

---

\*) Strauss macht uns Mittheilung[213]) von einer Eingabe an den Herzog Ludwig von Würtemberg, in welcher die Ordinarien der Tübinger philosophischen Fakultät sich über Frischlin's reformatorische Bestrebungen auf's Nachdrücklichste beschweren, und fährt dann fort: „Man sieht hier die Angst eines Crusius, im grammatischen und rhetorischen, eines Liebler, im physischen, eines Mailand, im ethischen Vorlesungs- und Lehrbüchermonopol beeinträchtigt zu werden." Und so mögen auch die berufsstolzen Mediciner im Allgemeinen nicht erfreut gewesen sein, ein Mitglied des Artistencollegiums in ihre Domäne herübergreifen zu sehen.

rectioris saniorisque fidei appetat. Atque ea de causa alius illi deliberandi terminus ad Consilium acad. datus est."

Am 10. April nun wurde eine Senatssitzung abgehalten, über welche (Westenrieder, a. a. O.) noch existirt das nachfolgende

"Circulare. Ad omnes Senatores academicos d. 10. Apr. Quo die habitus fuit Senatus, fuit accessitus D. Philippus Apianus, Matheseos Professor, cum suo in Haeresi obstinato animo persisteret,*) ex sententia principis nostri clementissimi, ex lectione et Salario fuit privatus, jussusque post 3. menses ex provincia decedere, nisi forte resipisceret, et ad saniorem Mentem rediret. 1568."

### Senatsverhandlungen.

Es scheint jedoch, dass erneute Befehle aus München auf Beschleunigung des Verfahrens drangen, denn der Rektor Hunger**) (?) berief den Senat schleunigst ein, um sich über die dem Herzog zu ertheilende Antwort schlüssig zu machen, und der "Inspektor" Eisengrein,***) der dem "Superintendenten" Staphylus als Oberaufseher der Hochschule gefolgt war, stimmte dem Vorgehen des Rektorates bei. Das bezügliche Dokument ist in seiner Gesammtheit folgendes (Westenrieder, a. a. O.):

"Litterae ex Aula serenissimi nostri ducis ac principis hodie ad me allatae sunt, quibus a sua seren. Cel., serio jubemur, ut omnes eos et professione et Salario privemus, qui a professione fidei Catholicae abhorreant, eo quod inutiles videantur scolae catholicae, qui ecclesiae catholicae temere reclamare ausint. Caeterum, quia Nuntius Monacensis cras circa Meridiem ex Kelhaim iterum est reversurus, et Responsionem nostram petiturus, etiam atque etiam necessarium judico, ut sereniss. suam celsit. de toto illo Negotio erudiamus et fortasse non abs re factum videbitur, si (Responsum) Philippi Apiani ejusque obstinatum in haeresi animum aperiamus. Sed in hac causa vestrum requiro Consilium et Judicium. Quomodo igitur respondendum videatur, vestrae Dn. observandae non gravamini subscribant, quibus se diligenter comendat

Rector (Albertus Hungarus).

Magnifice Domine Rector. Dignum est negotium, ob quod conveniamus in Senatu, id quod mea Sententia, comode hora 12 fieri posset. Vel si usque post ferias alii Domini differendum censuerint, ego quoque non repugno, ita tamen, ut, quid cum Apiano egerimus, Illi (Illustrissimo) perscibatur diligenter, offerentes operam nostram.

Martin Eisengrein."

---
*) Man bemerke, dass hier wie auch später immer dieselbe Ausdrucksweise wiederkehrt, die sonach zur Bezeichnung des ketzerischen Frevels stereotyp geworden zu sein scheint.
**) Da die — semestrale — Rektorwahl im Frühjahr am 24. April zu erfolgen hatte,[20]) so muss, wenn wenn schon 14 Tage früher an Stelle des Heydlauf der Theologe Hunger (1545—1604) als Rektor zeichnet, eine Änderung der früheren Bestimmung oder aber eine Unregelmässigkeit eingetreten gewesen sein.
***) Der Convertit Eisengrein (gest. 1578 als Hofprediger zu Wien) zeichnete sich vor seinem Amtsvorgänger Staphylus durch sein Bemühen aus, mittelst humanen Auftretens die seiner Stellung anhaftenden Härten zu mildern.[21])

Ein im Archiv der Universität mit L. E. Abth. I. fasc. N. 2, 6° bezeichnetes Blatt belehrt uns einigermassen über die Aufnahme, welche diese Citation bei den Collegen fand. Der Jesuit Peltanus, ein humanistisch gebildeter Philolog,[109]) schreibt unter das Rundschreiben: „Perplacet mihi sententia domini procancellarii nempe ut hodie hora 12 aut 1° conveniamus et hoc ipsum scriptum" — das vom Rektor erwähnte herzogliche Signat — „domino Appiano proponamus; nec enim opus videtur°) rem istam quam illustrissimus tantopere cordi habet in tot dies transferre. Placet etiam eos simul vocari ad professionem, qui eam nondum ediderunt et tamen edere tenentur, cujusmodi sunt illi qui privatim domi quosdam instituunt et sub nostra jurisdictione existunt." Professor Torrensis (als Theologe von 1567—1575 zu Ingolstadt angestellt[110])) kann, weil er gerade Colleg hat, nicht „sententiam suam subscribere", doch wird seine Zustimmung als halb und halb selbstverständlich angenommen. Am Rande des Blattes hat offenbar Eisengrein selbst die nämlichen, von „ita tamen" bis „nostram" reichenden Worte beigeschrieben,[10]) welche Westenrieder, der bei seiner Redaktion des ihm vorliegenden Textes offenbar etwas leichtherzig zu Werke gegangen ist, mit in den vorhergehenden Satz hereingezogen hat.

### Apian's Verwahrung.

Wir haben vorstehend gleich mehrere, dem Sinne wie der Zeitfolge nach enge zusammenhängende Schriftstücke aneinandergereiht, müssen aber jetzt, ehe wir auf den in der bewussten Senatssitzung beschlossenen Bericht eingehen, daran erinnern, dass Apian, offenbar noch vor völligem Ablaufe des ihm bewilligten Bedenktermines, mit einer offenen Darlegung seines Standpunktes und seiner religiösen Überzeugung vor die akademische Behörde getreten war. Wir geben dem Prantl'schen Werke durchaus Recht, wenn darin die Apian'sche Gegenerklärung als „in der würdigsten Weise und edelsten Sprache" gegeben erklärt wird.[115]) Sie ward am 8. April des laufenden Jahres abgegeben und mag somit ziemlich gleichzeitig mit dem erwähnten Mahnschreiben Albert's in die Hände des Rektors gelangt sein. Hören wir die eigenen Worte des wackeren Mannes, deren Tenor hier nicht nach der minder guten Recension Westenrieder's,[116]) sondern vielmehr nach der diplomatisch getreuen v. Prantl's[291]) gegeben wird. Apian schreibt:

„Magnifice domine rector, reverendi nobiles atque clarissimo viri et domini.

Nachdem ener magnificenz erwürden und herrlichkeit mir jüngst verschine tage gonstiglich ein bedacht gelassen, darin ich mich in fürgehaltner bäbstlicher bullen und jurament ersehen möchte, thue ich mich dessen gegen eure magnificenz und herrlichkeit dienstlich und freundlich bedanken. Demnach ich dan gemelts jurament nach notturft überlesen und in allen seinen punkten und articklen erwegen, hab ich befunden derselben etlich und vill, die mir vor gott meinem erschaffer und in meinem gewissen khains wegs zu verantworten, vil weniger in dieselbige zu schweren oder solche zu approbirn; denn nachdem ich der Augspurgerischen confession und derselben verstanndt dei beneficio in der apologia oder declaration begriffen dermassen in mein gewissen versichert, dass ich darwider mich in

---

°) Diess bezieht sich zweifelsohne auf den in des milden Eisengrein Anschreiben zwischen den Zeilen durchblickenden Wunsch, die unangenehme Sache bis nach der Osterwakanz zu vertagen.
°°) Nur fehlen bei Westenrieder die Schlussworte: „in executione hujus edicti humillime."

kheine disputation\*) nit gedenkh einzulassen, und deren nach gott dem allmechtigen mit warem hertzen sein dienste laiste und dieselbig der apostollischen und prophetischen schrifften gemess auch für gwis weiss, darwider auch ich bei verlust meiner seeln seligkheit und gottes höchster ungnad, sovil mir immer müglich und gott mir seinen geist gibt, zuhandlen nit khan soll noch will, und aber der maiste thail der artickl im jurament begriffen nit allein obnmelter meiner confession zum höchsten zuwider und pugnantes sein, sonder auch noch diser zeit im heyligen römischen reich teutscher nation bei hoch und nidern potentaten, stenden etc. im hengenden und unerörttetem stritt, so khan ich wider mein selbs conscientiam noch in präjudicium aliorum mich in solche gefährliche und bisher unerhörte jurament khains wegs einlassen, sondern beleib in dem namen des allmechtigen bei bekhanter confession und warheitt und will hirauf die sachen dem allmechtigen bevolchen haben. Und diweil ich aber je auss euer magnificenz und herrlichkeit vorigem und itzigem anhalten fordern und begern auf disen tag, ob ich bemelts jurament annemen und schwören wolle, mit ja oder nein mich erclern soll, so thue ich solchs noch jetz zuvor, in bester form und muss solchs krefftig bescheen sein soll und müg, und thue dasselbig im namen des Herrn, der himmel und erden erschaffen hat, und sage frei, dass ich dem durchlautig hochgebornen fürsten und herrn herrn Albrecht hertzog in Obern und Niedern Bayern etc. meinem genedigsten fürsten und herrn, ir fstln. gn., und diser löblichen universitet mich mit meinem geringen leib, zeitlicher chr und wolfarth auch biss ans blut einschliesslich, sovil aber meine seel glauben und gewissen betrifft, gott dem allmechtigen dem vatter unsers herrn Jesu Christi hierinne, wie er mir durch seinen geliebten sohn gegen im selbst und gegen den menschen durch sein wortt bevolchen hat, von gantzem gemüeth und hertzen underthenig gewertig und gehorsam sein erkenne. Kände derhalben die vorgehalten bullen und jurament weder annemen noch schweren, dan ich rieffte gott zu zeugen wider mein aigen gewissen an, dadurch ich ewiglich verbandt und verdambt sein und bleiben müesste, das wöll der liebe gott gnediglich verhietten.

Ausser dessen aber erbeut ich mich, erstlich gegen hochermeltem meinem guedigsten fürsten und herrn und den herrn der universitet, meinem günstigen lieben herrn, in andern leiblichen und meines gewalt und willen unterworffenen sachen zu irer reputation und der hohnschulen wolfarth gehörend alles underthenigen gehorsames dienstlichen freundtligen willens, wie ich mir den verseche, bisher von mir beschehen sein, und das mein leben und unergerlicher wandel, ohne rhum zu melden, menigkich in dieser statt, auch immer und ausser dises landts bekhandt, dessen ich weder vor gott noch der welt schen trage. Das hab ich auff euer magnificenz und herrlichkeit begern und erfordern ich demselben zu bericht und antworth zugehorsamen thun sollen, und mich derselben euer magnificenz und herrlichkeit hiemit bevelchend

vestrae magnificentiae et dominatus deditissimus
Philippus Apianus."

---

\*) Man bemerke die bestimmte Erklärung des oben so milden als festen Mannes, er lasse in Gewissenssachen nicht mit sich disputiren; dieselbe ist um desswillen von Wichtigkeit, weil der nämliche Mann, als er zwanzig Jahre später von den protestantischen Eiferern bedrängt ward, mit denselben Worten deren Ungebühr zurückzuweisen wusste (s. u.).

**Bericht des Senates.**

Dieses Schreiben also lag dem Rektor gerade im Einlauf vor, als sich die Senatoren bei ihm zur Berathung des an den Herzog zu richtenden Antwortschreibens zusammenfanden. Dass die edle Sinnesart, welche aus jedem Worte der Erklärung Apians spricht, dass seine männliche Berufung auf die ihm als Bürger des deutschen Reiches annoch verbürgte Gewissensfreiheit Eindruck auf die über ihn zu Gericht sitzenden Herren machen würde, hatte jener wohl selbst nicht erwartet; musste er doch wissen, dass dieselben theils blinde Zeloten, theils aber auch weltkluge Männer waren, die — wofür es an Zeugnissen nicht gebricht — mit dem Tridentinum selbst ursprünglich nichts weniger als einverstanden gewesen waren, jetzt aber gute Miene zum bösen Spiele machten und sich gewiss ärgerten, durch die Unerschrockenheit eines einzigen Collegen stets an ihre eigene Grundsatzlosigkeit erinnert zu werden. Man rief den kühnen Gelehrten, von dessen sonstiger Sanftmuth man dergleichen ganz und gar nicht erwartet zu haben scheint, auf's Neue vor das Synedrium, liess ihn daselbst seine schriftlich abgegebene Erklärung wiederholen und fertigte ihm sofort das ihn seines Amtes entsetzende Dekret des Herzoges zu. Jene Verlängerung der Bedenkfrist, welche zwischen dem 8. April, dem Tage des schriftlichen, und dem 10. April, dem Tage des mündlichen Bekenntnisses, ihm noch zugebilligt wurde, konnte auf Apian nur den Eindruck einer leeren Formalität machen, und etwas anderes ist sie auch sicher nicht gewesen. Man wollte sich dem Landesherrn gegenüber doch den Anschein eines möglichst schonenden und abwartenden Verhaltens geben, als man den folgenden, aus Lit. R, Abtheil. I, fasc. 5 des Archives, hier zuerst zum Druck beförderten Bericht über den Gang der Verhandlungen nach München einschickte:

„Durchlauchtiger hochgeborner fürst. E. F. Gnaden sein unnser pflichtig gehorsame dienst inn underthenigkeit zuvoran beraydt. Gnediger fürst und herr. E. F. G. ernstlichen bevelh betreffend die professores so catholicae fidei professionem zu laisten sich verwaigern haben wir Inn underthenigkeit mit gebürender Reverentz entpfangen und khönnen darauff E. F. G. zu bericht aller desshalb von unnss gepflegter handlung underthenigich nitt pergen, dass der mherer*) teil aller professorn die gedachte profession lengest zuvor ehe dann von E. F. G. oder unnserm Ordinario unnss bevelch zukhommen selbst willigich Inn unnserm Rhadt geschworen. Als aber hernach E. F. G. erster bevelch sampt dem Ihenigen, was der Bischoff von Eychstet E. F. G. gemelter profession halben neben einem brevi apostolico zugeschrieben unnss geantwurtet worden, haben wir den übrigen so damaln vorhanden gewest auff den 17 Martii die gantze Bullam Pii IV. Pont. Maximi furgehalten unnd offt angeregte profession darein sy gewilligt, von Inen auch auffgenhomen. Allein hat sich derselben zeit doctor philippus Apianus ettwas beschwert und Ime**) terminum ad deliberandum zuvergonnen gebetten wöllchs wir Inn hoffnung das er sich mit unnsern theologis unnderreden sollt, verwilliget und Ime funfzehen tag zu bedacht gelassen. Mittler weil hatt gleichwol unser Ordinarius der Bischoff von Eychstet den 23. Martii durch s. F. G. abgesandte Rhädt unns die bullam summi pontificis in solemni forma insinuiren unnd publicirn lassen mit bevelh das

---
*) Wörtlich!
**) Hier steht am Rande beigeschrieben: 10 Apr. 1868.

wir der gedachten Bullen durchauss gehorsamen unnd sie hinfüran halten und exequirn sollten, wie dann auch damaln die Ihenigen professores so zuvor nitt vorhanden gewest, solchs Jurament prestirt. Aber doctor Apianus hatt sich bei dem eingesetzten termino bleiben zu lassen begert wie auch beschehen. Darauff die sach Inn Rhue gestanden biss auff den 8ten ditz da wir widerumb dess Apiani unnd anderer schuelhandlungen halben zusamenkhamen. Daselbst hatt Apianus unns sein antwurt Innschrifften behendigt Innhalt wie E. F. G. auss nebenligender Copy gnediglich zu vernhemen haben. Wie wol wir unnss aber eins solchen schreibens gegen Ime gar nitt versehen unnd wol ursach gehabt hetten alssbald gegen Ime inn ander weg zu procedirn So haben wir doch auss christlichem mittleiden teils ad convincendam hominis pertinaciam Ime noch verrner biss auffs nechste concilium bedacht gelassen unnd bevolhen das er mittler weil mit unnsern theologis seine dubia solkte conferirn der mainung Im fall er sich nitt beckhert wir Inn stracks Innhalts der Bäbstlichen Bullen wollten seiner lectur und salarii privirt haben. Wie aber ahn heut E. F. G. letster bevelh unnss behendigt unnd darinn onnss ist auflorlegt worden haben wir Ine Apianum aber main für unnss erfordert und E. F. G. bevelh Ime fürgelesen darauff er khurtz unnd rund geantwurdtet er bleibe stracks bey seiner unnss gegebnen schrifftlichen resolution, wölle sich auch von der erkhanndten warheit wider sein Gewissen nitt treiben auch nitt anderst leeren oder weisen lassen es gheo Ime gleich darüber wie es wölle; dioweil wir dann gesehen das er gar hallsterrig unnd allso geschaffen dergleichen onnss wenig zukhommen So haben wir zu unndertheniger volltziehung E. F. G. Bevelhs zu eim Urtel beschlossen unnd Ime dasselb ex scripto publicirt unnd vorgelesen Innhalts nebenligender Copy wöllchs urtel Apianus ahngenhomen unnd gott danckh gesagt das er Ine würdig geachtet, der umb Christi bekhandtnuss willen verfolgung leiden sollte etc. das Ime aber durch unns widersprochen unnd er nochmals Mittleidenlich vermandt worden mitt den Catholischen seine dubia zu conferirn. Aber umbsonst. Dann er sagt khanndte nitt disputirn. Darbey wir es lassen bleiben unnd muessen also der Zeit erwardten darauff wir unnser urtel (da er Inn mittelst nitt widerkhert) stracks zu exequirn bedacht sein."

### Entschluss des Herzogs.

Diese Berichterstattung, aus der wir u. a. nebenbei auch ersehen, dass die offiziellen Mundstücke der Universität ihre deutsche Muttersprache bei weitem nicht so gut zu handhaben vermochten, als der fein gebildete und gereiste Apian, ward am Hofe zu München gnädig aufgenommen. Vier Wochen später schon gelangte an den Senat ein Schreiben des Fürsten, in welchem er sich sehr zufrieden über die an seinem treuen Diener vollzogene Exekution ausspricht. Westenrieder[***]) druckt den Erlass ab; er lautet:

„Von Gottes Gnaden Albrecht Herzog in Obern unnd Nidern Bayrn etc. Unnsern günstigen Grues zuvor. Wirdigen ersamen unnd hochgelerten liben Getreuen, was Ir in sachen unnser Heilige Religion und derselben offenntliche bekhanntnus antreffendt, auf unnsere, auch des ehrwürdigen in Gott vatters unnsers besunder lieben freundts Herrn Martinus Bischoven zu Eichstet bevelch gehandelt, unnd sonnderlichen auf erzaigte grosse Halsstärrigkhait Ir Doctor Appianum nit allain seiner lektur unnd Salariii Privirt, sondern auch zu Volziehung angeregts unnsers bevelchs Inner ainer benannten Zeit von unnserm Fürstenthumben nnnd Landen weckhgeschafft. Das alles haben wir verschiner tåg aus eurem ausfuerlichen schreiben nachlengs vernomen, nnnd tragen dessen alles genetigs guets gefallen, wollen Euch auch in deme unnd anndern genedigen schuz, unnd schirm halten. Damit unnser Statt unnd hohe schuel von Secten unnd Spaltungen, sovil Immer müglich geseubert und Rain gehalten werde. Weil es aber mit Doctor Appiano der Bayrischen Mappen, unnd annderer mer sachen halben die gelegenhait hat, das wür Ine ausserhalb unnser Fürstenthumben nnnd Lannden nit aller Orthen gern sehen möchten: so haben wür weinthalben hieneben sonndern bevelch geben *) . . . das alles wolten wir Euch guediger meinung nit pergen, unnd beschicht daran unnser haissen. Datum in unnser Stat München den 15 May A° 68.

Albertus Hertzog.

Manu propria."

War dieser Entscheid der höchsten Stelle als unmittelbare, zustimmende, Antwort an die Universitätsbehörde anzusehen, so gieng auch anderseits ein ganz spezieller Erlass in Apian's Sachen ab. Nach v. Prantl's Angabe [18]) wäre Letzteres erst viel später, nämlich gegen Ende des Jahres, geschehen, allein da die bei Westenrieder [19]) abgedruckte Epistel — und dass es die auch von Ersterem gemeinte ist, darüber kann nach dem Inhalte gar kein Zweifel obwalten — fast das nämliche Datum trägt, wie das an den Senat gerichtete Schreiben, so glauben wir in diesem Einen Punkte von dem uns sonst stets zur Norm dienenden Prantl'schen Werke abweichen zu sollen. Es spricht ja auch mancher innere Grund dafür, dass der Herzog, als ihn die Besorgung der laufenden Regierungsgeschäfte die Apian'schen Akten vornehmen liess, gleichzeitig der Universität und dem verklagten Professor seine Meinungsäusserung zugehen liess. Die eine Schwierigkeit liegt freilich vor, dass auf ein von Apian eingereichtes Bittschreiben Bezug genommen wird, von welchem sonst gar nichts gemeldet wird; diese Schwierigkeit wird jedoch auch dann nicht behoben, wenn man die herzogliche Antwort in das Spätjahr verlegt, denn für das einzige uns bekannte Gesuch Apians an den Herzeg käme erstere doch viel zu früh, da das Gesuch bereits aus dem nächsten Jahre 1569 herrührt. Albert lässt sich also, nach Westenrieder, seinem einstigen Liebling gegenüber folgendermassen vernehmen; als ein schlimmes Zeichen ist schon der äussere Umstand anzusehen, dass er zu demselben nicht mehr direkt, wie wohl ehedem, sondern nur durch das Medium seiner vorgesetzten Behörde spricht.

„Den Wirdigen Ersamen unnd hochgelehrten unnsern lieben getreuen Rector, Canzlern unnd Rathe unnserer Universitet zu Ingolstat.

Auss unnsers guedigen Fürsten unnd Herrn selbs eignen Bevelch, soll dem Doctori Apiano auf sein Supplication angezaigt werden, Sein fürstliche gnaden, achten sich nit schuldig sein: Ime an den uncosten, den er von der bayrischen Mappen und landtafel wegen aufgewendt ainiche Hülff zu erzaigen, Inn bedenckung das er sollchen uncosten, mit verkhauffung und vercerung derselben, aufs weinigist gedoplet wieder einkhomen, Wie es dann ein werkh ist, das seinen Verschleiss reissend haben wirdt, darzue soll er sich er Innern, das er diss

---

*) Die hier ausgelassene Stelle bezieht sich auf die beiden Doktoren Tradel und Pröbstl, welche gleichfalls anrüchig waren, und deren Letzterer wegen verweigerter Eidesleistung ebenfalls des Landes verwiesen wurde, wogegen Tradel, von dem wir Nichts Ähnliches hören, zu Kreuze gekrochen zu sein scheint.

merckh, zu nnosers gnädigen Fürsten unnd Herrn, mit geringen costen unnd Zerung gemacht unnd sein F. Gn. Inn noch darzu den Maler unterhalten. Wellches alles jme yetz im Verkhaufung derselben zu Nutz, Gewinn unnd Vortl raicht. Aber von den Mappen\*) und Tafel wegen die er sein F. Gn. und dero geliebten Söhnen ver Ehrt, sollen jme bey derselben fürstlichen Camer zu einer Gegenver-Ehrung, Zwayhundert Gulden verordnet, oder do er daselbs hin was schuldig were, nachgelassen und geschennkht werden. Für Ainss:
    Zum anndern haben sein F. Gn. wider zu gemuet gefüert, was sy jme Apiano, hievor der Religion halben, mit allen Gnaden haben lassen zueschreiben, und anzaigen, nnd wollen sich nochmalen genedigelich versehen, Er werdt nit so gar seines aigenen Kopffs und Sinns sein, sondern gedenckhen, das nnnsere liebe vor Eltern, auch Christen gewesen, bei denen die Gnad unnd Einleichtung Gottes heiligen Geists als bey frommen gottsfürchtigen Leuten, Vill mer gespürt, als der Yetzigen Gott unnd Geistlosen wellt, Unnd derwegen sich wieder zu der heiligen geistlichen catholischen Kirchen, davon er sich durch pös und irrige einpildungen abfüeren lassen, ausser deren das Hayl der Seelen nit zu hoffen ist, gottseligelich bekeren, do er nun das nochmalen thun will, wer es seiner F. Gn. gar angenem unnd lieb. Er solle auch bey seiner F. Gn. allen gnedigen willen Hinfürter sowol als vorher würcklich spüren und befinden. Im fall er sich aber ye noch der Zeit nit Resolvieren köndte, Sonder gestracks auf seiner einmal gefassten falschen Opinion Zuverharren gedächte — So hat er selbs zu bodenckhen, das Ime sein F. Gn. jnn dero Land weil sy anndere seins gleichen, verstockhter Halsterrigkhait halben zu Vermeidung der Ergernuss auch abweg Schaffen, nit wol leiden könnten. Und sonnderlich wurd er seiner F. Gn. bei Ihrer Catholischen Hohenschuel von der er sich abgesundert hat, nit zu leiden sein, Wie im dann sein F. Gn. das verschribene leibgeding woil er seiner F. Gn. Landts aus aignem muetwillen, und one ainiche billige Ursach, unfähigmacht, und gleichsam selbst entsetzt, Weiter folgen ze lassen nit schuldig waren, also auch die leibgedings verschreibung expresso dahin steht, das sy jme ausser Landt nit volgen lassen wellen, als wohin er sich mit seiner F. Gn. gnedigen willen Niderthun würde. Nun ist aber seiner F. Gn. will nit gewesen, das er sich von derselben inn der Religion absonndern, und allain derhalben von seiner F. Gn. trachten, So und vielmehr, das er sich nach dem Exempel seines lieben Vattern mit seiner F. Gn. unnd der gantzen Christlichen Kirchen vergleichen, Unnd zur derselben Dienast beleiben soll. Aber wie dem, weil sein F. Gn. yn nichts liebers wollten als das er sich eines anndern und bessern bedacht, und im Irrigen Wahn, der neuen Religion, nit verdürbe. So seynd sy nochmalen des gnedigen Erbiettens, das sy jme Inn dero Landt, die Whonung, an was ort es ihm ausserhalb Ingolstatt gefellig ist, gnedigelich vergonnen, Unnd do er sich jnn Religionssachen sambt den seinen, eingezogen und bescheiden hellt. Also das er anndern seiner F. Gn. landleuthen unnd unterthanen weder mit disputirn, Reden oder schreyben, weder Haimlich Noch offenntlich kain ergernuss gibt. Sonnder sein Angemaste Sönnderung aufs Stillest unnd Enegest bey sich selbs behalt, Ime das leibgeding sein leben lang, gnedigelich raichen, unnd bezallen zu lassen. Darnach waissen sich ze richten, Unnd was sein fernere Mainung des letsten puncten halben ist, sich mit Ehisten gegen seine F. Gn. Schrifftlich zu Resolviern.
    Lata et publicata XVIII. Die Maii. anno MDLXVIII."

---

\*) Nicht „Wappen", wie Westenrieder verschiedene Male irrthümlich drucken lässt.

**Motive des Herzogs.**

So wenig auch aus diesem Schreiben eine Sinnesänderung des Herzogs, bewirkt durch die ihm überreichte „Supplikation" Apian's, hervorgeht, so macht dasselbe doch einen weit angenehmeren Eindruck als das kalt geschäftsmässige Protokoll der Ingolstädter Professoren. Herzog Albert ist offenbar durch die Verwickelungen, in welchen er seinen guten getreuen Mathematikus erblickt, recht sehr verstimmt, und er für seine Person würde gerne die Hand dazu bieten, einen ehrenvollen Ausweg für denselben zu ermöglichen. Er versucht es deshalb auch nicht mit Drohungen, deren Erfolglosigkeit er vielmehr von vorn herein erkannte, und sucht mehr durch väterliches Zureden den Verirrten wieder auf den rechten Weg zu bringen. Dass es ihm, dem überzeugungstreuen Papisten, bei diesem Thun ganz ebenso ernstlich um Apian's Seelenheil zu thun war, wie diesem selbst in seinem Protestantenthum, haben wir keinen Grund anzurweifeln. Gewiss war er seinem ketzerischen Unterthanen mit grosser Anhänglichkeit zugethan,[*]) und auch aus rein praktischen Gründen wäre er es wohl zufrieden gewesen, wenn er demselben eine goldene Brücke hätte bauen und dessen Verbleiben an der Landesuniversität hätte ermöglichen können, denn einmal wusste er den Werth Apian's als Lehrer und Gelehrten zu schätzen und dann mochte er auch den ungünstigen Eindruck berechnen, welchen die Vertreibung eines so hoch angesehenen Mannes lediglich aus Glaubensgründen, in ganz Deutschland hervorrufen musste. Allein der empörende Grundsatz „Cujus regio ejus religio" — leider zuerst von evangelischer Seite aufgestellt — begann bereits ein so wichtiger und selbstverständlicher Bestandtheil des geltenden Staatsrechtes zu werden, dass der Herzog wohl oder übel auf der Durchführung seines Willens bestehen musste. Immerhin spricht sich noch in der Vermahnung, Apian solle wenigstens seinen Glaubensabfall recht geheim halten und Andere nicht in ihrer Religion irre machen, der geheime Wunsch aus, es möge sich das Ärgste, die Landesverweisung, vielleicht doch noch umgehen lassen. Ob auch bei äusserster Zurückhaltung des Verwarnten dieser Zweck erreicht, ob nicht vielleicht durch die Feindseligkeit der Collegen dessen Stellung unter allen Umständen zu einer unhaltbaren gemacht worden wäre, stehe dahin — jedenfalls beobachtete auch Apian die ihm ertheilten Weisungen nicht allzugenau und unterhielt mit den heimlichen Lutheranern, deren doch noch gar manche in Ingolstadt sich aufgehalten zu haben scheinen, Verbindungen. Dieselben mussten der Universität natürlich ein Dorn im Auge sein und blieben auch dem Herzog nicht unverschwiegen, wie sich gleich nachher zeigen wird.

**Letzte Eingabe Apians.**

An diesen selbst wendete sich Apian erst zu einer viel späteren Zeit. Es gewinnt den Anschein, als sei zwischen ihm und den herzoglichen Geheimräthen mehrfach hin- und hergeschrieben worden, ehe er es für erforderlich hielt, sich nunmehr an die oberste Instanz selbst zu wenden. Denn, wie er angiebt, war ihm erst am 16. December 1568 ein definitiver Bescheid aus der Hofkanzlei zugekommen, und dieser bewog ihn zu dem zwei Monate später

---

[*]) Von mehreren sprechenden Beweisen der bis dahin ungetrübten fürstlichen Gewogenheit haben wir bereits Kenntniss erhalten; ein weiterer Beleg wird gleich nachher an die Reihe kommen, wenn wir von der Verheirathung Apian's zu berichten haben.

abgesandten Immediatgesuch. Insoferne er aber in diesem stets auf den vorhin textuell mitgetheilten Erlass sich bezieht, der nach Westenrieder schon am 19. Mai ausgefertigt worden war, so muss man wohl annehmen, dass die lange Zwischenzeit von 7 Monaten durch allerlei nutzlose Transaktionen ausgefüllt worden sei. Denn es ist auch auffällig, dass, während doch das erwähnte herzogliche Schreiben an die Adresse des Ingolstädter Senates sich richtet, Apian seine Informationen durch die „löblichen Camerrhäte" erhalten haben will.

Die an den Herzog gerichtete Eingabe Apian's, ein ziemlich ausführliches und für die Beurtheilung seines Charakters hochwichtiges Schriftstück, datirt vom 24. Februar 1569. Wir verzichten seiner Länge wegen auf wörtliche Reproduktion desselben und begnügen uns mit der Angabe des Inhaltes im Allgemeinen, indem wir zugleich auf die textuelle Wiedergabe im Prantl'schen Urkundenbande [¹⁰¹]) verweisen. Der Briefsteller erklärt zuvörderst, und zwar mit einer Entschiedenheit, die nur einem wahrhaftigen Gemüthe möglich ist, er habe bei seiner Bereisung der bayrischen Lande zum Zweck ihrer geometrischen Aufnahme ziemlich Viel aus eigenen Mitteln zusetzen müssen. Auch die Herstellung der Karten habe ziemliche Kosten erfordert.\*) Es thue ihm deshalb sehr weh, seine Bitte um einen Zuschuss zu den von dem ganzen Unternehmen verschlungenen Geldern abschlägig beschieden zu sehen, um so mehr, als die Ansichten seiner Hoheit über den guten buchhändlerischen Erfolg des Kartenwerkes durch die Thatsachen gar nicht bestätigt werden zu wollen schienen. Auch stelle man sich wohl den Gewinn zu bedeutend vor, der aus der „Verehrung" — d. h. aus der Einsendung des Werkes an gelehrte und zugleich bemittelte Personen — hereinkomme; vielmehr habe er erst in jüngster Zeit gerade in dieser Hinsicht einige recht unerfreuliche Erfahrungen gemacht. Es wage es deshalb, sein Ersuchen um eine pekuniäre Unterstützung unter Hinweis auf diese, ihm so ungünstige Lage der Dinge zu erneuern. Sodann geht Apian auf die religiöse Seite des zwischen ihm und den massgebenden Gewalten ausgebrochenen Zwistes über, legt eingehend seine Stellung zu der Kirche und zu ihren Bekenntnisschriften dar und spricht freimüthig seine Ansicht aus, der Herzog habe ob dieses seines Verhaltens wahrlich keine Ursache, ihn seine Ungnade fühlen zu lassen. Er könne sich nicht denken, dass er lediglich seiner religiösen Überzeugungen halber aus dem Lande verbannt oder gar des ihm verbrieften Jahrgehaltes verlustig erklärt werden solle, hege im Gegentheil nur den einen Wunsch, auch fürder in Stille und ohne Anfechtung dem Herzog, seinem Lande und seiner Hochschule nach Kräften Dienste erweisen zu können. Freilich wisse er, dass es in Ingolstadt der Leute nicht wenige gebe, die ihm feindlich gesinnt und stets bereit seien, dem Fürsten Verläumdungen zuzutragen und aus jeder Mücke einen Elephanten zu machen,[¹⁰²]) und er fühle wohl, dass, wenn er nicht in den besonderen Schutz des Herzogs genommen werde, an eine Behauptung seiner bisherigen Stellung für ihn nicht mehr zu denken sei. Sollte er sich jedoch in dieser Hoffnung täuschen und sein bisher so gnädiger Herr seine Hand wirklich von ihm abziehen, so ersuche er um die Erlaubniss, sich anderweit um eine Anstellung umsehen zu dürfen. In allen weltlichen Dingen, sowie mit Gut und Blut, sei er dem Herzog und den fürstlichen Prinzen zu jedem Dienst verbunden. Er wünsche denselben auch ferner Gottes Schutz und glückliche Regierung und empfehle ihnen nochmals

---

\*) Einige Angaben über die Herstellung der Karte sollen weiter unten, im wissenschaftlichen Theile, ihre Verwerthung finden.

in aller Demuth seine gerechte Sache. So schliesst das Schreiben, welches für alle Zeiten ein herrliches Zeugniss echten Mannesmuthes bleiben wird und zugleich recht deutlich ersehen lässt, wie fein der Tiefgekränkte die Grenze zwischen dem, was er sich selbst und seiner Überzeugung und zwischen dem, was er als Unterthan seinem Herrn gegenüber schuldig ist, zu ziehen und zu bewahren versteht. Apian's Vater, dem der Sohn sonst in gar vielen Punkten ähnlich ist, wäre einer solchen, ebenso tapferen als taktvollen Handlungsweise wohl kaum fähig gewesen.

### Verbannungs-Dekret.

Eine günstige Wendung konnte, nachdem die Dinge einmal so weit gediehen waren, auch durch diesen letzten Versuch des Verfolgten nicht mehr herbeigeführt werden. Mochte der Herzog auch vielleicht auf's Tiefste erschüttert werden durch die edle, charakterfeste Schreibart seines einstigen Freundes, zurück konnte er nicht mehr, und es mochte ihm vielleicht recht genehm sein, durch die geheimen Berichte der Ingolstädter Sykophanten, auf welche ja auch Apian in seinem Schreiben anspielte, eine neue Waffe gegen ihn in die Hand bekommen zu haben. Der Möglichkeit, dass dieser selbst nicht ganz die durch die Verhältnisse gebotene Vorsicht beobachtet habe, ward bereits oben Raum gegeben. Jedenfalls stellte der Herzog die Nachrichten von Apian's Proselytenmacherei in den Vordergrund, als er im März 1568 den folgenden[212]) endgültigen Straf- und Verbannungsbefehl an Philipp Apian ergehen liess.

„Albrecht Herzog etc.

Hochgelehrter lieber getreuer. Wir haben dein schriffliche erclerung, die du Uns Jetzt durch Deinen Schweher*) über unnsern beschaidt, den du hievor von unnsern Rethen, auf unnsern sondern bevelch schrifftlich empfangen hast, vernommen, unnd weil wir daraus befinden, das alle unsere genedige ermanungen, bey dir khain ansehens haben, So haben wir nit ursach, dich mit noch merern genaden, darzu wir dir sonnsten nit ungenaigt gewesen weren, entgegen zu geen, alls wir hievor Zu ergetzung deiner dienst überflüssig gethon haben, lassen es demnach nochmalen bey unnserm vorigen beschaidt bleiben, Was aber das leibgeding anlangt, do wellen wir zuvor sehen, wo Du Dich werdest oder wellest niderthuen, unns als dann gegen Dir desselben halben weitter erclern, dann du waissest mit was massen wir dir dasselb leibgeding verschriben haben, Über das khönen wir dir unnverwiesen nit lassen, wie du unerwegen unnsers bevelch, dich Je lenngs Je mer uunderstanden habest, Inn unnser Stat Ingolstat haimliche Conventicula zu hallten, anndere Christglaubige menschen mit willen, merers als du vor so offentlich nie gethan, Zu ergern, die verkherten In Iren Irrthumben zu sterken unnd die Jhenigen, welche den heilsamen Christlichen uunderweisungen unnserer Theologen, unnd anndrer catholischen Christen, stat geben wellen wider hinterstellig zu machen, oder doch andere an sy zu stifften, unnd so gar die lutterische Predicanten, aus der Pfalz zu loen Inn unsere Stat beroffen zu lassen, alles Zu verachtung unnserer gebot unnd verbot, auch unleidenlich verführerisch ergernus, anderer unserer uunderthanen, derwegen dann nit lanngest der Apotecker daselbs Inn Verzweiflung gebracht worden, daran du nit die wenigiste Ursach gegeben haben sollest: Wann über solches deinen sovilfelltigen erclerungen alles

---

*) Man vergleiche hiemit die Nachrichten über die bei Hofe gut angeschriebene Famille, in welche Apian hinein geheirathet hatte.

gestrackhs zuwider, beschehen, So geraicht unns solche hochstreffliche ungebür, unnd sovil mer von dir, zu ungnedigem missfallen, hetten auch wol ursach, dich unnd deine helffer nach Ungnaden zu straffen, Wir khönnen und wollen dich auch, umb sovil weniger weder allda, noch annder ortten In unnserm Landt leiden Sonnder weil du vil Zeit gehabt hast, deine Sachen in annder weg zu stellen, So schaffen wir dir hiemit in Ernst, das du dich zwischen hie unnd St. Georgen tag, alda gewisslich enntsezest, unnd annderer ortten niderthuest, auch miter Zeit also unergerlich haltest, damit wir nit ursach gewinnen, gegen dir anndr unnd scherffere weg fürzenehmen, Wollten wir dir zur anntwort nit Pergen, unnd thun unns dessen in rechten Ernst zu dir versehen, Dat. den 10. Martii Anno 69.

An Philippo Apiano aussgangen."

Gleichzeitig ergieng auch an die Universität die Anordnung, nicht länger zu zögern. Die Ordre hat folgenden Wortlant:[**])

„Von Gottes Genaden Albrecht Hertzog in Oberen unnd Nider Bayrn etc. Unnsern gönstlichen grues zuvor. Würdigen, Ersamen, unnd hochgelerten, Wir haben Euer schreiben uns von Apiani wegen Zugethan, gnediglich vernommen, unnd wellen Euch nit Pergen, das unns Pald hinach er Apianus Inligende Supplication übergeben, darauff wir Ine wider beantwort, wie Ir gleichfals hibey zuebefinden, unnd Euch verner darnach ze richten wisset, Alsdann wollet gegen Ime nach vermög Eurer Privilegien unnachläslich verfaren, Wollten wir Euch zur antwort genediger meinung nit Pergen, unnd seind Euer gnediger Herr, dat. in unser Statt München den 10 Martii, A° 69.

Alb. D. G. etc.

Den Würdigen, Ersamen unnd Hochgelerten, Unnsern lieben getreuen Rektor, Chamerer unnd Rathe, auf unnserer universitet zu Ingolstatt."

Damit ist, von einem kurzen Schriftwechsel betreffs einer von Apian noch nachträglich zu erhebenden Steuer,[*]) der denselben betreffende Aktenband abgeschlossen.[**]) Des Herzogs

---

[*]) Unter'm 27. Mai 1576 fordert der herzogliche Gehelmschreiber Neuhofer Bericht vom Senate ein [***]) über ein Gesuch Apian's, von einer Nachsteuer befreit zu werden. Dasselbe war dem Universitätsrathe zur Begutachtung vergelegt worden, und da diese sich etwas lange verzog, so liess der Herzog das erwähnte Mahnschreiben vom Stapel gehen.

[**]) Im Unklaren befinden wir uns über ein unter L. E. Abtheil. I., fasc. N. 2, 6' verzeichnetes Dokument, welches eine Zusammenberufung des Senates enthält, jedoch ohne jede bestimmte chronologische Angabe ist. Als Einberufer ist unterzeichnet der jüngere Nikolaus Everhard, ein tüchtiger Jurist and durchaus kein Frömmler, vielmehr entschiedener Gegner aller jesuitischen Praktiken und Übergriffe.[***]) In dem Citationsbefehl heisst es, auch Apian solle vor das versammelte Concilium berufen werden, um einen Erlass des Herzogs intimirt zu erhalten, zugleich aber auch darüber belehrt zu werden, dass dieser Erlass nicht etwa auf besonderes Betreiben der Universität ergangen sei. Auch alle Magister sollten diesem Akte beiwohnen, ausgenommen jedoch die Privatpraeceptoren, eine Bestimmung, aus welcher wir mit Vergnügen ersehen, dass die Hetzereien des Peltanus (s. o.) doch ohne vollen Erfolg geblieben sind. Everhard meint aus — und darin erkennen wir seinen wohlwollenden Sinn — Apian werde es doch am Ende nicht zum Äussersten kommen lassen „Fortassis d. Apianus cum intelliget se allo migrare debere non ita pertinax futurus est." Wir vermuthen sonach, in jener Sitzung, zu welcher Everhard einlädt, ward dem Apian ein letztesmal gegen seine Unterwerfung Gnade angeboten, und als er auch jetzt, die Gefahr der Verbannung unmittelbar vor Augen, auf seinem Sinne beharrte, ermahnte man ihn, wie oben angegeben, wenigstens den äussern Eclat zu vermeiden und die Universität ihres wenig ehrenvollen Bütteldienstes durch seinen Abzug vor der Zeit zu überheben.

Beschluss stand unwiderruflich fest, der Universität war das Exequatur anvertraut, und die gestellte Frist eine kurze, denn das Georgi-Fest wird in einigen katholischen Gegenden am 23., in anderen am 24. April gefeiert. So stand denn Apian, wenn auch, wie wir sahen, nicht mittellos, so doch ohne augenblicklich zu eröffnende Hülfsquellen in bedrängter Lage da. Der Senat ertheilte ihm den guten Rath, den Termin der Austreibung nicht erst abzuwarten, sondern lieber rechtzeitig die Stadt zu verlassen — ein Rath, der einem Manne von Apian's feinem Gefühl für das Schickliche gegenüber gewiss höchst überflüssig war. Er beschleunigte nach Kräften seine Abreise, obgleich ihm Hindernisse genug im Wege standen. Besass er doch in Ingolstadt das vom Vater ererbte schöne Haus, welches erst kürzlich von den Söhnen mit grossen Kosten einer Renovirung unterzogen worden war,[**]) fesselte ihn doch daselbst ein gewaltiger gelehrter Apparat, den eben die Räume seines Wohnhauses bargen, und dessen Fortschaffung nur unter grossen Schwierigkeiten erfolgen konnte. So griff er denn zu dem Answeg, fast seine gesammte, liegende wie fahrende, Habe vorläufig unter der Obhut treuer Verwandten zu Ingolstadt zu belassen und sich sammt seiner treuen Lebensgefährtin nach einem ruhigen Asyle zurückzuziehen. Denn auch Ehemann war Philipp in der Zwischenzeit geworden, und der Wohnort der schwiegerväterlichen Familie war es, den er sich zum ersten Zufluchtsorte ausersah. Hiedurch sind wir jedoch vor eine neue Phase in Philipp's Leben geführt, und um diese richtig übersehen zu können, ist es nöthig, in unserer Darstellung einige Jahre zurückzugehen und ein Ereigniss nachzuholen, dessen Schilderung wir im Interesse einer zusammenhängenden Erzählung der religiösen Wirren bis zu diesem Punkte vertagt haben.

### Verheirathung.

Cellius behauptet,[***]) dass Apian viele günstige Gelegenheiten, eine gute Partie zu machen, unbenützt an sich vorübergehen liess. Erst in seinem 33. Lebensjahre lernte er zu Rosenheim, wohin ihn seine geodätischen Ausflüge führten, die Tochter des herzoglichen Pflegers Johann Scheuenstuel und dessen Ehefrau, einer gebornen Hüffer,[*]) kennen. Das Mädchen, welches den Vornamen ihrer Mutter führte, war nach des Cellius, auf genauer persönlicher Kenntniss beruhender, Beschreibung mit allen Vorzügen des Geistes und Körpers ausgestattet[**]) und erwiederte die Liebe des jungen Gelehrten durch ihre Gegenliebe. Gleich nach der Rückkehr von der zweiten italienischen Reise ward am 4. September 1564 zu Ingolstadt die Hochzeit gefeiert, über 100 Gäste waren dabei anwesend, und der damals noch wohlgewogene Herzog sandte reiche Hochzeitsgeschenke.[***]) Apian scheint in seiner Sabine eine Gattin gefunden zu haben, deren Naturell in jeder Hinsicht zu dem seinigen passte. Er lebte mit ihr in ungetrübtem Familienglück bis zu seinem frühzeitigen Tode. Auch seine kirchlichen Überzeugungen scheint sie sich ganz angeeignet und ohne Widerstreben, wie so

---

*) Die Familie der Mutter war nach Cellius eine sehr gute und insbesondere mit „den edlen Preysingern" nahe verwandt. Wahrscheinlich ist damit das gräfliche Haus der Preysing gemeint. Auf diese Weise erklärt sich wohl auch, dass Apian's Schwager, wie wir früher sahen, dessen Blutgesuch direkt beim Herzog einzureichen in der Lage war.

**) Unser Gewährsmann rühmt der Frau Sabine besonders nach, sie sei mit Vorliebe zu Pathin auserschen worden. Nach den Gebräuchen des XVI. Jahrhunderts liegt darin allerdings eine Auszeichnung der betreffenden Persönlichkeit.

manche andere Ehefrau jener Übergangszeit, den Gang aus der Messe in die Predigt an
der Seite ihres Gemahles mitgemacht zu haben. Ein Kind war aus dieser Verbindung im
Jahre 1569 — man darf wohl sagen glücklicherweise — nach nicht hervorgegangen, und so
war denn Apian wenigstens dieser Sorge ledig, als er sein Weib nach Rosenheim zu den
Schwiegereltern brachte und sich selbst auf die Wanderschaft machte, um durch persönliche
Vorstellung anderwärts eine seinen Kenntnissen entsprechende Versorgung zu erlangen.

### Reise durch Deutschland.

Sein erstes Ziel war Wien. Den Kaiser Maximilian II. kannte er als einen Freund
und Förderer der Wissenschaft; auch war ihm wohl bewusst, dass gerade dieser Herrscher
gar kein Glaubenseiferer, vielmehr der Parität beider Religionsparteien in seinem Reiche
von Herzen zugethan war. Auch dürften durch Übersendung der bayrischen Landtafel bereits
einige Anknüpfungspunkte beim Wiener Hofe gefunden gewesen sein. In der That war die
Aufnahme des aus Bayern verbannten Gelehrten eine sehr freundliche, und als durch den
Grafen Ferdinand v. Ortenburg Verhandlungen über eine Mappirung von Kärnthen mit ihm
angefangen wurden, schien sein Schicksal eine überraschend günstige Wendung nehmen zu
wollen. Allein die Verläumdung wusste ihren Weg wie nach München so auch längs des
Ufers der Donau zu finden, und auch politische Erwägungen mögen den Kaiser verhindert
haben, einen Verbannten, dem ein Reichsfürst von Gewicht die ganze Schwere seines Zornes
hatte fühlen lassen, durch eine Verwendung im österreichischen Staatsdienst ostensibel aus-
zuzeichnen. „Sic evangelii professio, quae ipsum Bavaria excludebat, in Austria locum habere
non sinebat."[100]) Indess behielt ihn doch Maximilian drei volle Monate bei sich in Wien,
belohnte ihn für das Kartenwerk mit der stattlichen Summe von 100 Joachimsthalern und
erzeigte ihm sonst seine Gnade; nicht minder zeichnete ihn der Erzherzog Karl, der als
Statthalter der inneren Kronländer sich besonders für jene Vermessung Kärnthens interessirt
zu haben scheint, mehrfach durch Geschenke aus.*) Endlich jedoch konnte seines Bleibens
in der Hauptstadt nicht länger mehr sein; er verliess sie also und wandte sich auf einem
grossen Umwege nach Bayern zurück. Auf seiner Reise berührte er Prag, Karlsbad, Annaberg,
Leipzig, gieng dann nach dem Stammsitze seines Geschlechtes, nach Leisnig, und besuchte
fernerhin die Städte Meissen, Dresden, Torgau, Wittenberg, Naumburg und Jena. In der
Mitte des September traf er, nach fünfmonatlicher Abwesenheit, wohlbehalten wieder zu
Rosenheim im bayrischen Oberlande ein.

### Berufung nach Tübingen.

Freilich konnte er ein greifbar günstiges Ergebniss von seiner grossen Wanderung
nicht mit nach Hause bringen, indess konnte er sich doch der Hoffnung hingeben, mannig-
fache neue Verbindungen angeknüpft und so für eine baldige bessere Wendung seines Ge-
schickes den Boden bereitet zu haben. Und diese Hoffnung trog ihn nicht, denn bald

---

*) In dem durch die „Zeitschr. f. wissensch. Geographie" (IL, S. 249) veröffentlichten Katalog der Aus-
stellungsgegenstände des geographischen Congresses von Venedig wird auch einer Apian'schen
Karte des Königreiches Ungarn gedacht. Soll man dieselbe auf den vorübergehenden Aufenthalt
Philipp's in Oesterreich oder aber auf den Vater Peter zurückführen?

darauf, am 4. Oktober 1569, berief ihn der Senat der Universität Tübingen als wirkliches Mitglied der Artistenfakultät und ordentlichen Professor für Geometrie und Astronomie an die würtembergische Landesuniversität.[491])

### Die mathematischen Wissenschaften in Tübingen.

Diese Hochschule war im ganzen Reiche als ein Hort des „reinen Glaubens" bekannt; sie stützte sich ganz mit derselben Ausschliesslichkeit auf den protestantischen Lehrbegriff, wie Ingolstadt auf den römisch-katholischen, und so mochten ihre Mitglieder es als eine Art von Gewissenspflicht betrachten, den um seines Glaubens willen aus dem Vaterlande Verstossenen in ihre Mitte aufzunehmen. War doch die Universität nach Cellius (a. a. O.) „exalibus Christi semper propitia et prompta hospita." Auch die Persönlichkeit des amtirenden Rektor magnificus, des Rechtsprofessors Johann Hochmann, den der strenge Strauss an der einen Stelle [492]) „einen helldenkenden Rechtslehrer," an der anderen [493]) „einen in Universitäts- und Staatsgeschäften gewiegten Mann" nennt, mag zu Gunsten des Apian ihre Rolle gespielt haben. Doch hatte überhaupt die Schule als solche von jeher dem mathematischen Studium ihre Fürsorge zugewendet. Von 1511—1531*) lehrte daselbst Johann Stoeffler von Justingen, ein tüchtiger Astronom, der sich durch die von ihm ausgegangene Wiederbelebung der stereographischen Projektion ein entschiedenes Verdienst um die mathematische Erdkunde erworben und auf Sebastian Münster und Schoner, ja selbst auf Melanchthon, einen nachhaltig fördernden Einfluss ausgeübt hat.**) Ihm folgte nach Schnurrer[494]) einer seiner Schüler im Lehramt, der Strassburger Philipp Imbser, der sich als Schriftsteller allerdings nicht hervorthat, als Lehrer aber in Tübingen grosse Achtung genoss.***) Nach dessen Ableben scheint die mathematische Kathedra einige Zeit verwaist gestanden zu sein, und so war man denn in jeder Hinsicht froh, durch Bethätigung einer schönen Pflicht protestantischer Bruderliebe zugleich einen der hervorragendsten Universitätslehrer für ein wichtiges Lehrfach gewinnen zu können.

### Antritt der Professur.

Dass Apian den gerade zu rechter Zeit kommenden Ruf mit Freuden annahm, ist leicht zu denken. Die Übersiedelung verzögerte sich allerdings noch einige Zeit, doch konnte er am 1. März 1570 sein neues Amt mit der Rede „de more" antreten.[495]) Den Professoreneid legte er am 28. April ab und war somit vollständig in seinem Berufe installirt, dem er sich denn auch mit gewohnter Energie hingegeben zu haben scheint. Die Achtung der Collegen erwarb er, der Fremde, sich bald in ungewöhnlich hohem Grade, denn schon ein Jahr nach

---

*) Nicht 1530, wie Peschel [496]) angiebt. Wir halten uns an den höchst genauen Gruner.[497])
**) In seiner trefflichen und von uns mehrfach zu Rathe gezogenen Biographie Kepler's, von welcher leider nur der erste Theil erschienen ist, bemerkt Reidlinger a. a. O.: „Stöffler's Schriften benutzte schon sein Zeitgenosse Copernicus, aber auch Mästlin und Kepler machten noch von ihnen Gebranch. Sehr lange galt seine Schrift über Verfertigung des Astrolabiums bei Astronomen und Geometern für die beste Quelle."
***) Der uns wohlbekannte Cellius besingt in einem anderen seiner Werke [498]) den Mathematiker Mästlin. Von den mathematischen Studien an der Tübinger Universität heisst es dort:
„Laus hic est igitur, fueritque aeterna Tubingae;
Stoefflero, Imbsero, parque, Apiane, tibi."

seinem Eintritt in die Fakultät finden wir ihn als deren Dekan wieder. Es geht diess hervor aus der folgenden Mittheilung von David Strauss im Leben Frischlin's: \*\*\*) „Als im Herbst die Universität sich abermals vor der Pest nach Esslingen geflüchtet hatte, wurde Frischlin von Apian, als damaligem Dekan des Artistencollegiums, angesprochen, den Dekanen und der Facultät die Last des Vorsitzes bei den philosophischen Disputirübungen abzunehmen, welche mit den Baccalaureen allsonntäglich drei Stunden lang zu halten waren" — ein Wunsch, der, beiläufig bemerkt, von Frischlin acceptirt und völlig zur Zufriedenheit des Auftraggebers erfüllt wurde.

### Spätere Reisen.

Der Umzug von Ingolstadt nach Tübingen war, wie schon erwähnt, nicht so leicht zu bewerkstelligen. Die pekuniären Beziehungen zu den Brüdern mussten geordnet werden, insbesondere soweit es das bis dahin allen Nachkommen gemeinsam gehörende Elternhaus betraf; den Transport der Sammlungen, der Bibliothek und der Druckereieinrichtungen kann man sich bei den damaligen Beförderungsmitteln kaum schwierig genug vorstellen. So konnte die akademische Wirksamkeit Apian's für den Anfang keine ganz ungestörte sein. Auch nachher noch machten die Geschäfte der Druckerei häufige und anstrengende Reisen nach den benachbarten grösseren Städten, nach Basel, Augsburg, Nürnberg, Strassburg, Frankfurt, ja selbst nach Köln nöthig, und wenn wir auch nur mit Vorbehalt die Nachricht des Cellius (u. a. O.) registriren, es sei Apian später noch einmal vom Herzog nach Bayern zurückberufen worden, so wollen wir ihm doch um so lieber glauben, dass Familienangelegenheiten noch öfter seine vorübergehende Anwesenheit daselbst erforderten. Jedenfalls waren für die ersten Jahre des Tübinger Aufenthaltes Unterbrechungen in den Vorlesungen keine Seltenheit, doch scheint es nicht, als ob die gegen Versäumnisse sonst sehr strenge Universitätsbehörde an diesen Reisen Anstoss genommen hätte, wie sie denn im Gegentheil bemüht war, für die Dauer von Apian's Entfernung einen Vertreter aus der Zahl der übrigen Professoren zu stellen.\*)

---

\*) Einmal war dieser Substitut der nun schon viel genannte Nicodemus Frischlin, und da während seiner Aushülfsperiode ein für ihn unangenehmes Ereigniss stattfand, welches ihn gegen seine Collegen, und indirekt auch gegen Apian, in Harnisch brachte, so mag die Sache mit den eigenen Worten Frischlin's\*\*\*) hier einen Platz finden: „Rectore Valentino Voltio, J. u. Doctore, viro clarissimo et optime de Academia Tubingensi merito, abfuerat diutius a schola vestra D. Philippus Apianus: Professor Mathematum; nec erat rediturus ante mensem, unumque atque alterum. Ne igitur aliquid decederet adolescentum studiis, orgitabat Academiae senatus aliquem surrogare in locum Apiani, qui vices illius interea obiret. Ubi autem, quaeso te, erant tunc Crusii, septem artium liberalium Magistri? Beanus quidam sive decanus eras tunc tui contubernii. Sed nusquam prodibas. Cum igitur nullis moribus obtrudi possent ista, itum est ad me, et itum multis cum pollicitationibus: quod nimirum senatus aliquando, operae meae vellet grato animo recordari. Quid fit? Ego mihi persuaderi hoc patior, ut istam provinciam suscipiam et doctrinam sphaericam ad eam fere modum propenam, quo vides in lucem jam prodiisse . . ." Nun seien aber fremde Gelehrte durch Tübingen gekommen, die sich für ihn interessirt hätten, und diese, nicht aber zugleich auch ihn, habe der „Bean" Crusius zu einem kostbaren Mahle auf Universitätskosten eingeladen\*\*\*). Wenn übrigens der kluge Oslander auf Frischlin's mathematische Lehrthätigkeit in späterer Zeit den Spruch, „Wenn man nicht Habicht hat, muss man mit Eulen beizen", anwenden durfte\*\*\*), so wird Apian von seinem Vikar nicht allzusehr befriedigt gewesen sein. Überhaupt hat der ruhige, friedliebende Mathematiker den stürmischen, renommistischen Poeten nie zu seinen Freunden gezählt.\*\*\*)

#### Familienverhältnisse.

Abgesehen von diesen lästigen Zwischenfällen verlief das erste Decennium Apian's in Tübingen in durchaus ungetrübter Weise. Sein häusliches Glück erhöhte sich, als ihm am 27. Juli 1570 ein Töchterchen geboren wurde. Georg Hitzler, der später erblindete Professor der Rhetorik und des Griechischen, und Regina, die Gattin des Juristen Nikolaus Varnbüler, standen bei dem Kinde zu Gevatter.<sup>114</sup>) Dasselbe wuchs zu der Eltern Freude heran. Da die nunmehr an die Reihe kommende zweite Auflage der alten Religionsverfolgungen uns von jetzt ab einige Zeit vollauf beschäftigen wird, so anticipiren wir schnell die ferneren Schicksale dieser Tochter. Obwohl ihre Eltern dieselbe recht lange als das einzige Kind bei sich zu behalten gewünscht hatten, so konnten sie doch nicht umhin, ihr Jawort zu ertheilen, als im Jahre 1587 ein junger Thüringer von Stand, der Rechtslicentiat Christoph Durfeld, um die Hand des Mädchens anhielt. Nach am 2. Oktober dieses Jahres gefeierter Vermählung siedelte das junge Paar nach Speier über, wo Durfeld eine Anstellung beim Reichskammergericht erhalten hatte, und wo, wie wir uns erinnern, der Oheim Theodor in gleicher Eigenschaft bereits seit geraumer Zeit wohnte. Im nächsten Jahre hatte Apian das Glück, Grossvater zu werden; leider schied die Enkelin noch eher wieder aus dem Leben als er selbst. —

#### Die Concordienformel.

Der Biograph gelangt jetzt zu dem unerfreulichsten Abschnitt in dem Leben des vielgeprüften Mannes, zu einer Episode, deren Beschreibung jeden Rechtlichdenkenden mit dem tiefsten Widerwillen gegen ein Zeitalter erfüllen muss, in welchem solche Zerrbilder edler Tugenden nicht nur bestehen, sondern sogar als eine grosse, unwiderstehliche Macht bestehen konnten. Wir haben gesehen, dass ein Mann von anerkannter Frömmigkeit, von tief religiösem Sinn, einen von ihm zur höchsten Zufriedenheit aller Betheiligten ausgefüllten Platz nur um desswillen räumen musste, weil seine schlichte Denkart die theologischen Construktionen einer herrschlustigen Kaste verwarf. Und doch ist das Vorgehen der katholischen Kirche nicht aller Entschuldigungsgründe baar. Hart bedrängt und genöthigt, einen altererbten Besitz gegen einen durch seine Jugend nur umso gefährlicheren Feind zu vertheidigen, wollte sie wenigstens den Rücken frei haben und musste sonach gegen zweifelhafte Freunde oder gar gegen offene Gegner im eigenen Lager mit schonungsloser Härte verfahren. Von all' dem konnte bei dem Protestantismus keine Rede sein. Er hatte nur dann ein Recht zu existiren, wenn er sich auf seine Grundsätze besann und sich seine Lebensluft, das Recht der freien Schriftforschung, durch keinerlei Winkelzüge verkümmern liess. Allein kaum hatte das Lutherthum in einigen Staaten die Position der Staatsreligion erworben, so vergass es die seiner eigensten Natur entstammenden Principien und giong bei dem verfolgungssüchtigen Katholicismus mit nur zu gründlichem Erfolge in die Schule. Genau so wie Herzog Albert gegen die Evangelischen insgesammt, verfuhr Kurfürst August von Sachsen gegen die Anhänger der helvetischen Confession; es wurden Kirchenvisitationen mit der ausgesprochenen Absicht veranstaltet, die sogenannten „Kryptocalvinisten" im Lande von den orthodoxen Lutheranern zu sondern, und zuletzt beschloss man, durch eine Neubearbeitung des lutherischen Lehrbegriffes die „Einheit" der Religion allen Unterthanen wiederzugeben. Zwölf der angesehensten Theologen wurden von dem Kurfürsten berufen, an ihrer Spitze der Schwabe Andreae und auf drei, zu Lichtenberg, Torgau und Kloster-Bergen abgehaltenen Tagsatzungen war man so glücklich, für eine neue Redaktion der wichtigsten Punkte der lutherischen Dogmatik Einigkeit zu erzielen. Im Jahre 1580 konnte diese „Concordienformel", durch welche in Wahrheit ein neuer Erisapfel in das ohnehin so zerrüttete Deutschland geworfen ward, dem Druck übergeben werden, und diejenigen Reichsstände, welche sich durch ihre Unterschrift mit derselben einverstanden erklärt hatten, konnten nun daran gehen, mit allen Mitteln der Überredung und Gewalt die Anerkennung des Concordienbuches bei ihren Unterthanen durchzusetzen. Und unter diesen Reichsständen stand das Herzogthum Würtemberg obenan.

### Zwangsakt der Würtembergischen Regierung.

Den Angehörigen der Landesuniversität ward, ganz wie es vordem zu Ingolstadt mit der päpstlichen Bulle geschehen, die schriftliche Zustimmung zu dem neuen Religionsgesetz als etwas ganz Selbstverständliches zugemuthet; der Kanzler war ja kein anderer als eben jener Andreae, der in akademischen Angelegenheiten ein selbstherrliches, von dem gutmüthigen Herzog Ludwig viel zu wenig beschränktes Regiment auszuüben pflegte. Auch in diesem Falle war sein ausgesprochener Wille genügend, die Professoren sich fügen zu lassen; nur ein einziger hatte den Muth, sich, sowie früher dem Pontifex maximus, so nunmehr dem protestantischen Päpstlein energisch zu widersetzen. Konnte er es doch nicht für möglich halten, dass man gerade ihm gegenüber den traurigen Muth besitzen würde, das in Ingolstadt beliebte Tendenzverfahren wieder aufzuwärmen! Allein er täuschte sich; der starrsinnige, rechthaberische Andreae wollte vor dem Bischof von Eichstätt und seinen jesuitischen Handlangern nichts voraushaben, und leider stand auch der Herzog von Würtemberg theologischer Aufdringlichkeit nicht fester gegenüber, als sein Bruder von Bayern. So ward denn Apian zum zweitenmale, und zwar diessmal auf Betreiben der eigenen Glaubensgenossen, seines Amtes und seiner Würden entsetzt!

### Mangelhafte Quellenberichte.

Aus den Angaben jener Geschichtschreiber, welcher in erster Linie zur Aufhellung dieses, freilich düsteren, aber doch auch in hohem Grade interessanten Zeitbildes berufen gewesen wären, eine genaue Vorstellung von dem Verlaufe des zweiten über unseren Apian verhängten Ketzergerichtes zu erhalten, wäre keine leichte Sache. Dieselben scheinen sich förmlich das Wort gegeben zu haben, diese unangenehme Geschichte durch Todtschweigen aus der Welt zu schaffen, und, soweit sie selbst Würtemberger sind, kann man ihnen diese Fürsorge für ihr Land nicht übel nehmen, denn zur Ehre gereicht ihm dieser Vorfall in keiner Weise. Freher, Cellius und auch der sonst so sorgsam registrirende Crusius suchen mit wenigen nichtssagenden Worten um die Affaire herumzukommen, und Zeller stellt dieselbe im denkbarst harmlosen Lichte da, indem er schreibt:[413] „Er beharrte 1582 die Formulam Concordiae nicht zu unterschreiben, und wurde 1583 desswegen beurlaubt." Mit diesem „Beurlauben" war es denn doch so eine eigene Sache. Allein auch der zuverlässige Klüpfel, der einzige neuere Autor, aus dem wir, da Schnurrer's Werk leider nicht mehr bis zu diesem

Zeitpunkt reicht, Positives zu erfahren hoffen konnten, begnügt sich mit der zwar völlig zutreffenden, jedoch allzu kurzen Mittheilung: [416]) „Die Confessions-Angelegenheiten verfolgten Apian auch in Tübingen, er musste sein Amt niederlegen, weil er die Concordien-Formel nicht unterschreiben wollte." Demjenigen also, dem, wie Schreiber dieses, ein unmittelbarer Einblick in die Verhandlungen des Tübinger Senates nicht möglich ist, wäre die Gewinnung eines richtigen Urtheiles über den ganzen Hergang der Sache auf's Äusserste erschwert, wenn nicht glücklicherweise in dem uns wohlbekannten Werke von David Strauss eine ebenso authentische als ausführliche Schilderung der zwischen Apian und seinem theologischen Widerpart gepflogenen Unterhandlungen enthalten wäre. Derselbe giebt einen Auszug aus den Senatsprotokollen vom 22. September und 16. November 1582, sowie vom 21. März und vom 13. Juni 1583 und zwar mit folgenden Worten: [417])

### Apian's zweite Absetzung.

„Der Mathematikus Philipp Apian hatte vor 14 Jahren um seiner Anhänglichkeit an das Evangelium willen seine Stelle in Ingolstadt verlassen und war nach Tübingen gewandert, wo er zum Professor angenommen wurde. Unterdessen brachte der Tübingische Kanzler, Jakob Andreae, die Concordienformel zu Stande, und auf sein Betreiben wurde vom Herzog im Jahre 1582 den Universitätsprofessoren die Unterzeichnung derselben angesonnen. Wer sich dessen weigerte, machte sich des Calvinismus verdächtig, und Apian zauderte wenigstens. Andreae liess ihm keine Ruhe; Apian verantwortete sich. Ein Calvinist sei er nicht, sondern habe Luthers Katechismus gelernt und bekenne sich dazu und zur Augsburgischen Confession; aber die Spitzfindigkeiten der Concordienformel verstehe er nicht, es seien ja auch fürnehme Theologen, die das Concordienbuch nicht wissen zu defendiren. Es zu defendiren, erwiederte ihm der Kanzler, muthe ihm Niemand zu, sondern nur, sich zu erklären, ob er den Inhalt des Buches als wahr erkenne. Er wolle glauben, versetzte der Andere; aber seinen Glauben geometrisch ex Euclide demonstriren könne er nicht, und mit ihm disputiren wolle er nicht, er wisse wohl noch, wie es ihm zu Ingolstadt mit den Theologen ergangen. Gleichviel, meinte der Gottesmann, ob er auch jetzt nicht mit ihm disputiren wolle, so werde er doch dereinst auf dem Todtenbett mit dem Teufel disputiren müssen. Auf dieses wurde der Mathematikus auch warm und meinte, es sei nur ein Ehrgeiz der Theologen, dass man einander nicht verstehen wolle. Nein, ein Zelus sei es, ein frommer Eifer, erwiederte Andreae, vergass ihm aber diesen Ausfall nicht. Er wirkte einen Befehl vom Herzog aus, der dem Apian auf Ende des laufenden Dienstjahres kündigte. Im Senat war dieser als friedlicher Gelehrter beliebt; auch fürchtete man das üble Ansehen, einen um Christi willen Vertriebenen von Neuem zu vertreiben, und suchte daher zu vermitteln. Vergebens: im Juni 1588 erfolgte ein herzogliches Reskript, das den Apian wegen seiner hartnäckigen Weigerung, die Concordienformel zu unterzeichnen, von seiner Profession beurlaubte." Soweit der aktenmässige Bericht von Strauss. Als Nachfolger Apian's wurde sein früherer Schüler Michael Mästlin, bis dahin Pfarrer zu Backnang und Professor zu Heidelberg, berufen, von dem wir später Weiteres hören werden. Hier führen wir ihn blos deshalb an, weil in der vom Herzog ausgestellten Ordre nach Reitlinger [118]) die merkwürdige Stelle vorkommt: „Wir haben hochwichtiger Ursachen halber den Appian unserer Hohenschulen zu Tübingen, Mathematum

Professorem, seiner Lektur entlassen und Euch dagegen anzunehmen befohlen, weil er sich aber dessen viel bekümmert, so haben Wir Befehl gegeben, ihn noch einige Monate in seinem Amte zu gedulden." — „Wir verkennen nicht," fährt Reitlinger (a. a. O.) fort, „die Milde des Herzogs in diesem Aufschube. Aber welche Zeiten des dunklen Fanatismus, wo die Duldung so aussah, und wo Protestanten einen Märtyrer ihres Glaubens wegen kleiner Abweichungen von einer starren Formel zu einem zweifachen Märtyrer machten!"

### Vergleich zwischen Protestanten und Katholiken.

Unterwirft man das Verfahren der Ingolstädter und der Tübinger Ketzerrichter vergleichender Betrachtung, so ist nicht zu leugnen, dass in Einem Punkte die Letzteren in einem günstigeren Lichte erscheinen. Man vertrieb den dissentirenden Professor weder aus dem auch Herzogthum, nochaus der Stadt, sondern gestattete ihm, seinen Wohnsitz auch ferner, und bis an dasEnde seines Lebens, in Tübingen beizubehalten. Allein dem gegenüber darf auch nicht verkannt werden, dass, wenn überhaupt eine Rechtfertigung oder doch Entschuldigung solch' krasser Unduldsamkeit möglich erscheint, den Ingolstädtern doch weit bessere Rechtsgründe zur Seite stehen, als ihren schwäbischen Gesinnungsgenossen. Die römische Kirche steht und fällt mit ihrem Anspruch, die alleinseligmachende zu sein, sie kann und darf keine Toleranz üben und durfte das am Allerwenigsten gegen ein Mitglied ihrer „universitas clerica". Die bayrischen Herzöge, die sich nun einmal als Protektoren des alten Glaubens fühlten, konnten diese Auffassung ihrer Hoftheologen nicht wohl verleugnen, und so musste Apian schon als Opfer der Staatsraison fallen. Wie leid das aber dem Fürsten that und wie er sich bis zur letzten Stunde fast persönlich bemühte, seinen abgeirrten Unterthanen auf einen besseren Weg zu bringen, davon haben wir uns genugsam überzeugt. Ganz anders gelagert war der zweite Fall. Apian handelte ja nur strenge im ursprünglichen Geiste Martin Luther's, dem dieser selbst in späteren Jahren freilich mehr und mehr untreu geworden war, er beanspruchte für sich wie für alle übrigen Anhänger des Evangeliums das Recht, sich in Nebendingen, deren die augsburgische Confession keine Erwähnung that, die eigene Überzeugung bilden zu dürfen. Und dieses Recht hat man ihm bestritten. Für die katholische Kirche handelte es sich in ihrem Vernichtungskampf gegen die Lutheraner um Sein oder Nichtsein, wogegen es für die letzteren auch unter dem rein theologischen Gesichtspunkt sehr gleichgültig hätte sein müssen, wie der Einzelne über die feinen dogmatischen Tüfteleien der angeblichen Eintrachtsformel dachte. Apian blieb sich völlig gleich; wie seiner Zeit den bayrischen Theologen des Bekenntniss Luther's und das mit ihm sich deckende Schriftwort, so hielt er jetzt dem Andreae seine in zahlreichen Kämpfen gestählte Überzeugung entgegen. Er disputire über Glaubenssachen nicht, war dort wie hier sein letzter Bescheid. Dass sein Verhalten, bei welchem die zeitlichen Güter so wenig in's Gewicht fielen, in der Zeit verknöcherter, theologischer, Disputirkunst nicht, wie bei uns Epigonen, Bewunderung, sondern lediglich Widerwillen erregte, ist zu verstehen, allein trotzdem bleibt die Tübinger Amtsentsetzung Apian's eine ungleich brutalere und unsittlichere Gewaltthat, als die dereinstige Verbannung aus Bayern. —

### Letzte Lebensjahre.

Apian stand, als ihn dieser Schlag traf, im zweiundfünfzigsten Jahre, also immer noch im kräftigen Mannesalter. Indess scheint ihn diese Wiederholung früheren Missgeschickes doch tief gebeugt zu haben; wenigstens verzichtete er auf jeden Versuch, an eine andere Schule überzugehen, und vergrub sich fortan gänzlich unter seinen Büchern. Häufiges Unwohlsein, unserer Vermuthung nach nicht etwa eine Jugenderinnerung, sondern ein Rückstand aus dem anstrengenden Reiseleben während der bayrischen Landvermessung, trübte seine letzten Jahre, und nur die, schon erwähnte, Vermählung seiner Tochter kann als ein Lichtblick in diesem Stillleben gelten. Doch auch dieses Glück sollte nicht ohne tiefe Schatten bleiben.

### Pläne für die Zukunft.

Im Jahre 1589 nämlich kam die Nachricht an Apian, dass Schwiegersohn, Tochter und Enkelkind gleichzeitig von schwerer Krankheit befallen wären. Frau Sabine machte sich, der vielen Mühsale einer solchen Reise ungeachtet, zur Hülfeleistung auf den Weg. Es gelang ihr auch, nach erfolgter Genesung ihrer Lieben, mit gutem Trost nach Hause zurückzukehren, allein daselbst angekommen flösste ihr der Zustand ihres Eheherrn so wenig Zutrauen ein, dass sie froh war, ihm den bereits gefassten Plan zu einer Reise nach Bayern wieder ausreden zu können.⁴¹⁹) Doch scheinen die Gespräche beider Gatten von jenem Zeitpunkt an einen immer ernsteren Charakter angenommen zu haben. Als die Gattin nach Hausfrauen-Art die besorgte Frage stellte, was denn mit den massenhaft das Haus anfüllenden gelehrten Geräthschaften werden solle, da lautete Apian's Entgegnung (in des Cellius Übersetzung⁴²⁰): „Animo sis, mea Conjunx, quieto: propediem rebus istis tua domus gravida pariet, et evacuabitur ordine: Francofurtum deinde foetus excipiet, et paulatim educabit." Er scheint sonach auch damals noch literarische Zukunftspläne in sich getragen zu haben. Allein der besorgten Gattin stiegen bereits ernste Zweifel auf, ob diese Hoffnungen wohl noch sich erfüllen würden, und so regte sie die weitere Frage an, was denn aus all' dem werden solle, wenn ein frühzeitiger Tod ihm die Vollendung unmöglich machen würde.⁴²¹) Dann, meint der gottergebene Mann, wolle ein höherer Wille diese Vollendung eben nicht. Allein diese Resignation war nicht nach dem Sinne der Frau, und mit liebevollem Drängen lag sie ihm an, er möge doch, wo nicht im eigenen, so doch in ihrem und ihrer Tochter Interesse grössere Schonung angedeihen lassen. Hierauf antwortete er mit den schönen Worten: „Sic est, mea charissima Sabina, et mihi, et omnibus studendum, laborandumque, ac si perpetuo nobis esset vivendum: sic vero vivendum, ac si nobis moriendum."

### Frühere Krankheiten.

Selbst ärztlich gebildet und ein scharfer Beobachter der Natur, gab sich Apian keiner Täuschung über die Gefährlichkeit des Zustandes hin, in welchem er sich befand. In früherer Zeit hatte er bereits einmal einen Schlaganfall mit vorübergehender, halbseitiger Lähmung überstanden, und solche Zufälle pflegen bekanntlich leicht zu recidiviren. In seinem Glauben gefasst*), bereitete er sich also zum Tode vor, liess jedoch in seinen, gerade mit Eifer betrie-

---

*) Es ist charakteristisch, dass Cellius, der doch als offizielle Persönlichkeit den Apian für einen Ketzer halten musste, dessen hohe Frömmigkeit rühmt. Der Gnadenmittel der evangelischen Kirche habe er sich stets auf's Eifrigste bedient. Und trotzdem?

benen, astronomischen Studien doch keine Unterbrechung eintreten.***) Wie richtig sein
diagnostischer Blick gesehen, sollte nur zu bald offenbar werden.

### Tod.

Am 12. November 1589 — der Astrologenfreund Cellius vergisst nicht anzumerken, dass
gerade Vollmond war und die Sonne im Schützen stand***) — kehrte Frau Sabine Abends
von dem Besuche einer Verwandten heim und stattete, wie sie diess gewöhnlich zu thun
pflegte, ihrem Gatten einen Besuch in dessen Studierzimmer**) ab. Dieses Plauderstündchen
hielt sie schon um desswillen in Ehren, weil es dem Studieneifer ihres Philipp einen heilsamen Dämpfer aufsetzte. Derselbe war gerade damit beschäftigt, eine Genealogie seiner
kleinen Enkelin abzufassen, welche damals allerdings, ohne dass die Grosseltern es wissen
konnten, bereits wieder gestorben war. Wie immer war er heiterer Laune, und die Unter-
redung des Paares — die letzte, die sie zusammen pflogen — bewegte sich in den gewohnten
Geleisen. Die Gattin gieng hinaus, die Abendmahlzeit zu rüsten. Allein als sie nach kurzer
Frist wieder zurückkehrte, war Apian auf seinem Ruhebette zusammengesunken und lehnte
sprachlos an der Wand.***) Er konnte Sabinen nur anblicken und ihr die linke Hand reichen,
als sie ihn mit Hülfe der eiligst herbeigerufenen Mägde auf sein Lager brachte; die rechte
Seite war durch einen erneuten apoplektischen Anfall sammt der Zunge gelähmt. Zwei tüchtige und Apian nahe befreundete Ärzte, die Doktoren Daniel Moegling und Philipp Grauver,
versuchten alle Mittel, welche die dürftige Therapie jener Tage an die Hand gab. Apian
begrüsste, da er nicht sprechen konnte, eintretende Freunde durch Erhebung der Hand zum
Kopfe; auch wollte er wohl, nach des Cellius Meinung,***) andeuten, dass dort der Sitz
seiner Krankheit sei.***) Seine Geisteskräfte und sein Gedächtniss schienen nach und nach
abzunehmen, doch erkannte er bis zuletzt die Stimmen seiner Frau und seines Beichtvaters
Dr. Johannes Sigwart. Ein Freund — sehr wahrscheinlich war diess Cellius selbst, der
überhaupt hier stets als Augenzeuge berichtet — übernahm es, dem Kranken die üblichen
Gebete vorzusprechen. So dauerte dieser traurige Zustand mehr denn zwei volle Tage und
Nächte an; am 14. November, früh morgens um vier Uhr, entrang sich eine der edelsten
Seelen, die je an einen irdischen Leib gefesselt waren, ihrem Gefängniss.***) Apian ward
zu Tübingen begraben. Sein Schwiegersohn und seine Tochter, welch' letztere trotz soeben
überstandenen Wochenbettes die Gefahren einer winterlichen Reise nicht scheute, waren

---

\*\*) Dieses Heiligthum der Gelehrten wird in der Modesprache des XVI. Jahrhunderts gerne deren
„Museum" genannt. So ist auch der Satz bei Freher ***) über Apian zu verstehen: „Apoplexia cor-
reptus obiit in Musaeo studiis incumbens, aet. 58."

\*\*\*) Cellius macht (a. a. O.) die Bemerkung, es möge dem Apian ähnlich ergangen sein, wie dereinst dem
Fracastor, jenem berühmten Arzt und Mathematiker, zu welchem uns weiter oben Nachforschungen
auf dem Gebiete der Kometenkunde geführt haben. Als diesen nämlich der Schlag rührte, soll er
durch alle möglichen Geberden den behandelnden Ärzten nahe zu legen bemüht gewesen sein, sie
möchten sich eines gewissen, von ihm selbst gegen solche Anfälle erfundenen, Heilmittels bedienen,
von welchem er sich in gesunden Tagen unfehlbaren Erfolg versprach. Niemand jedoch habe er-
rathen können, was er bezwecke, und so habe er denn schliesslich selbst an der Krankheit sterben
müssen, welche er früher so oft bei Anderen geheilt hatte (?).

an das Sterbebett des Vaters berufen worden, konnten aber natürlich nur noch dem Leichenbegängnisse desselben beiwohnen.*) —

### Apian's Charakter.

Nicht leicht wird der Historiker auf die vor ihm ausgebreitet liegende Lebensskizze irgend eines tüchtigen und um das Wohl seiner Mitmenschen verdienten Mannes mit gleich ungetrübter innerer Befriedigung hinblicken können, wie auf diejenige Philipp Apian's. Selbst der Splitterrichter würde in eine schlimme Lage versetzt sein, sollte er an dem blanken Ehrenschilde dieses Braven auch nur einen leisen Hauch auffinden wollen. Der Vater Peter war gewiss auch ein wackerer und tüchtiger Mann, der als Gelehrter hoch über dem Pegel des Gewöhnlichen stand, und von dem uns keinerlei unehrenhafte oder zweideutige Handlung bekannt ist. Allein in Welthändeln war er ein vorsichtig zurückhaltender Diplomat, dazu ein Hofmann, dessen Devotion gegen Höhergestellte zwar gewiss niemals die Moral, wohl aber, wenigstens nach unseren geläuterteren Begriffen, den guten Geschmack hie und da ein wenig verletzte. Ganz anders steht Philipp da. Ein treuer Diener seines Fürsten und wohlbekannt mit allen Erfordernissen weltmännischer Sitte, ein musterhafter Bürger, Lehrer, Gatte und Vater, sanftmüthig und nachgiebig bei untergeordneten Dingen, dagegen treu und fest, wie Stahl, wenn es sich um Gewissensfragen handelt — so erscheint uns der treffliche Mann als eine durch und durch ideal angelegte Persönlichkeit. Und er behauptet seine Palme in einem an Knechtssinn, Tyrannei und Erbärmlichkeit so reichen Zeitabschnitt. Was aber von der ethischen Seite in dem Charakter Philipp Apian's, das kann getrost auch von seinen wissenschaftlichen Leistungen ausgesagt werden, zu deren näherer Betrachtung wir nunmehr in consequenter Verfolgung unseres Arbeitsplanes uns geführt sehen.*)

---

*) Einigermassen differirt in den Zeitangaben der Bericht des Crusius, der jedoch über Apian's Alter schlecht unterrichtet war. Er sagt:**) „Novemb. 15 Philippus Apianus moritur, Med. Dr. et Mathematicus, die Sabbati, mane media quinta, anno aetatis circiter 56 ictu sanguinis, quam ἀποπληξίαν Graeci vocant. Concionatus est Dr. Sigwartus ex Apocal. 16. Beatus est, qui vigilat." In einem griechischen Nachwort rühmt Crusius, dieser starre Lutheraner, noch besonders die evangelische Treue des Verlebten!

**) In seinem illustrirten Elogium auf die Tübinger Professoren giebt Cellius auch das Bildniss Apian's (ein anderes ist v. Aretin's „Beyträgen" vorgedruckt) und begleitet es mit einem Gedichte, von welchem ein Theil,***) als recht bezeichnend, hier Platz finden möge:

„Morte Pater rapitur: Natus profitendo Mathesin
Succedit magna conditione Patri.
Summa Auditorum profitetur laude suorum,
Inque sua multos inchoat arte libros.
Editur hinc ili Boiae Descriptio terrae,
Inclyta, perfectae sedulitatis opus.
Dia Gallos adiit, bis et Itala rura: creator
Doctor: et in magno vivit honore diu.
Sed cum Pontificis Romani dogma negaret,
In vera immotus religione Dei,
Pellitur e Patria! (res o miseranda) fit exul:
Suscipit a miti corde Tubinga virum.
Ille profitendo din, scriptis ornando Mathesin,
Claret, proelo jamque daturus erat...."

**Naturwissenschaftliche Studien.** (Vgl. Anhang IV.)

Als Gelehrter strebte Philipp Apian seinem Vater darin nach, den gesammten, damals ja immer noch bescheideneren Umfang des Wissens zu umspannen. Er zeigt sich als Polyhistor im eigensten Sinne des Wortes. Vor Allem zeichnet ihn auch die Tendenz aus, durch Sammlungen aller Art eine möglichst grosse Menge gelehrten Stoffes der unmittelbaren wissenschaftlichen Betrachtung und Bearbeitung dienstbar zu machen. Die antiquarische Neigung Peter's war auch auf seinen Sohn übergegangen; wenigstens erzählen Cellius[129] und Reitlinger,[130] dass derselbe Alterthümer sammelte, und zwar in der ganz bestimmten Absicht (Cellius, a. a. O.): „ut antiquitatum totius orbis librum illum a Patre jam olim editum" — es ist das Inschriftenwerk gemeint — „aliquando auctiorem emitteret." Allein auch eine Naturaliensammlung legt er in seinem, mit mannigfachem gelehrten Material, wie wir wissen, angefüllten Hause an: „copiam mineralium terrestrium et aqueorum corporum admirabilium sollicite collegit," sagt Freher.[131]) Was man sich unter diesen „wässrigen Körpern" zu denken habe, erläutern wohl die Worte des Cellius, der (a. a. O.) von einem Metall- und Fossilien-Kabinet spricht. Versteigerungen scheinen demnach einen besonderen Reiz für Apian gehabt haben, und die umfassende Kenntniss, welche er sich auf einem hiefür so günstigen Terrain wie es Würtemberg ist, erworben haben kann, liess ihn wohl auch ahnen, dass man es hier mit Überbleibseln aus einer früheren wässrigen Periode zu thun habe. Für Gegenstände der Erdphysik, ein damals noch sehr wenig gepflegtes Gebiet, bekundete Apian überhaupt die lebhafteste Theilnahme. Die Bergwerkskunde zog ihn lebhaft an; nicht ohne Lebensgefahr suchte er in Stollen und Schachten die Geheimnisse des Erdinneren zu ergründen, und Cellius (a. a. O.) schreibt, wohl nicht ganz ohne Grund, gerade dieser Liebhaberei manchen Keim des späteren Siechthumes zu. Nicht minder beschäftigten ihn nautische Studien, von deren glücklichen Fortgang nach seines Biographen Aussage ein, leider spurlos untergegangenes, Buch „Magnes" Zeugniss abgelegt haben soll. Eine Spezialschrift über den Magneten, 30 Jahre vor jener Gilbert's erschienen, welch' unschätzbaren Werth müsste sie nicht für die Geschichte der Experimentalphysik besitzen!

**Vorlesungsgegenstände.**

Als akademischer Lehrer amtete Philipp Apian, wie wir erfuhren, unter grossem, ja ungewöhnlichem Zulauf Lernbegieriger. Dem Cellius[132]) zufolge waren seine Vorlesungsgegenstände gewöhnlich diese: Gemma Frisius' Arithmetik,\*) Euklides, Nicolaus Simius' Theorica (ein uns vollständig unbekanntes Werk), Sphaera Procli (wohl überhaupt das unter dem Namen „der kleine Astronom" bekannte Compendium), praktische Geometrie,\*\*) Gebrauch der geodätischen Instrumente, zumal des gleich nachher zu besprechenden Triens, Sonnenuhrkunde nach eigenem Heft („Sciatherica sua"), Sphaera Gerhardi Mercatoris, also wohl

---

\*) C. v. Wolf, der bekannte Systematiker, rühmt das hier gemeinte Werkchen gar sehr wegen seiner Leichtfasslichkeit; er selbst habe daraus ohne Lehrmeister in der Jugend sämmtliche Species sich angeeignet.[133]) Die Wahl dieses Leitfadens spricht sonach für Apian's richtigen didaktischen Blick.

\*\*) Cellius spricht hier schlechtweg von „Geometria." Da jedoch die theoretische Raumlehre bereits durch den Euklid vertreten ist, so gehen wir wohl nicht irre, wenn wir diese „Geometrie" schlechtweg mit der Feldmesskunst identificiren.

Globuslehre und Kartenzeichnung, Cosmographia Patris et ejusdem Quadrantis usus, Theorica Planetarum, Sphaera Winshemii und manches Andre. Das letzterwähnte Werk ¹¹⁴) hatte dadurch einen gewissen Werth, dass in ihm die astronomische Erklärung der bei den Dichtern vorkommenden Stellen über Auf- und Untergang der Gestirne u. s. w. einen hervorragenden Platz einnahm. Gewiss war somit Apian's Programm ein reichhaltiges, wie sich dessen nur wenige Universitätsprofessoren des XVI. Jahrhunderts rühmen konnten. Dass er ab und zu jedoch den Kreis seiner Disciplinen auch nach der nichtmathematischen Seite hin erweiterte, ersahen wir oben aus dem der Ethik angehörigen Thema, über welches er seine Antrittsvorlesung hielt. Auch durfte Apian mit den von ihm als anregenden Lehrer erzielten Erfolgen zufrieden sein. Unter seinen Schülern befand sich jener Mästlin,*) der sowohl durch sein treffliches Lehrbuch der Sternkunde, ¹¹⁶) als auch durch eine geistreiche und viel zu wenig gewürdigte Methode, den Ort eines Sternes als Durchschnitt zweier Diagonalen eines sphärischen Viereckes zu bestimmen, ¹¹⁷) sein Talent und Wissen bekundet hat. Allein noch berühmter ist der Name des schwäbischen Astronomen geworden durch den segensreichen Einfluss, welchen sein Unterricht auf zwei der grössten Geister aller Zeiten ausgeübt hat. Dass er, obgleich der Aussenwelt gegenüber pflichtgemäss ein Anhänger des Ptolemaeus, gleichwohl den ihm anvertrauten und lebenslang ihm pietätsvoll anhängenden Kepler im Geiste der coppernicauischen Lehre heranzog, ist bekannt, minder bekannt dagegen, dass ein von ihm über die Einrichtung des Weltgebäudes gehaltener Vortrag für die spätere Richtung des jungen Galilei bestimmend gewesen sein soll. ¹¹⁸) „Apian lebte noch als Privatmann zu Tübingen, als Kepler dahin kam, und beschloss dort während dessen Studienzeit sein Leben"; ¹¹⁹) persönliche Berührung zwischen Beiden erscheint somit keineswegs ausgeschlossen. Jedenfalls weist die von Apian ausgegangene Anregung durch das Mittelglied Mästlin auf die grossen astronomischen Entdeckungen hin, welche den Beginn des XVII. Jahrhunderts in auszeichnender Weise charakterisiren.

### Apian's Einwirkung auf Andere.

Allein nicht blos jüngere Leute, sondern auch wirkliche Gelehrte erkannten dankend an, was sie dem geistigen Verkehr mit dem tüchtigen Manne verdankten. Konnte es sich doch selbst ein Tycho Brahe nicht versagen, gelegentlich seiner ersten Reise durch Deutschland, welche wesentlich den Zweck der Anknüpfung neuer Bekanntschaften hatte, auch dem jungen, aber bereits wohlbekannten Professor seine Aufwartung zu machen: „Trajecto Danubio vidit Ingolstadii Philippum Appianum, quicum jucundissimum habuit de Petro parente, deque ejus studiis, quibus filius quoque non parum afficiebatur, serere sermones." ¹¹⁰) Dass Galgemayr, ein ehemaliger Zuhörer Apian's, bei Herausgabe seiner geometrischen Schriften, des ehemaligen Meisters Rath einholte, ist uns vom ersten Theile her noch in Erinnerung. Aber auch beim Erscheinen eines anderen Werkes von ähnlicher Tendenz war er hervorragend betheiligt und wir dürfen sagen, dass das Interesse, welches er gerade an dieser Publikation nahm, ihm durchaus nicht zur Unehre gereicht. Der Deutsch-Ungar Puebler meldet

---

*) Da Mästlin von 1568—1571, in welchem Jahre er Magister wurde, als Stipendiat zu Tübingen weilte, so muss er wenigstens einen Theil seiner späteren gründlichen Kenntnisse aus dem Umgang mit Apian geschöpft haben.

In der Vorrede zu seinem Handbüchlein der Geodäsie,***) er habe vor 40 Jahren, gleichzeitig mit Peter Apian, Mathematik an der Wiener Universität studirt, später einmal ein anonymes „compendium de practica geometriae" von ungefähr in die Hand bekommen und sich dadurch versucht gesehen, selber über diesen Gegenstand weiter nachzudenken. So habe er eine andere Methode gefunden und sich über diese vor der Veröffentlichung mit dem Sohne seines Universitätsfreundes Peter, dem Ingolstädter Professor Philipp Apian, eingehend berathen. Dieses Werkchen ist nun in mehr als einer Hinsicht verdienstlich, denn es enthält in seinem 9. Kapitel eine sehr deutliche Darlegung der astronomischen Sphärik, in seinem 44. die erste, mit dem Namen einer wissenschaftlichen zu belegende, Anleitung zur Bestimmung der Tiefe eines Wasserbeckens,*) in seinem 65. endlich eine bemerkenswerthe Modifikation der uns bereits bekannten, von Werner und dem älteren Apian in Aufnahme gebrachten, Methode der Längenbestimmung durch Monddistanzen. Wir irren wohl nicht, wenn wir besonders in diesem letzten Abschnitte die Einwirkung der vom Autor mit Apian Sohn gepflogenen Berathschlagung zu erkennen glauben.

## Verlorene Handschriften und Instrumente.

Schon oben haben wir an dem Buche „Magnes" ersehen, dass es mit der gelehrten Hinterlassenschaft unseres Helden im hohen Grade schlimm bestellt ist. Cellius, der den Umfang derselben kannte, fühlt sich dadurch an die Regiomontan'schen Manuskripte erinnert und fragt, ob sich denn nicht ein Mäcen in Würtemberg für erstere finden wolle, gerade wie Regiomontan in Walter und Schoner so treue und pietätvolle Erben gefunden.***) Leider ist dem nicht so gewesen. In dem Studirzimmer des Verstorbenen sah es aus, wie in einem Heere, dessen Feldherr unmittelbar vor der Schlacht abgerufen wird. Da lagen eine neue erweiterte Landesbeschreibung, eine Abhandlung über das Planisphär, eine Geodäsie, Optik, Gnomonik, Horoskopik, im Manuskripte fast vollendet, doch noch aber der letzten feilenden Überarbeitung bedürftig.***) Und Niemand vermochte ihnen diese angedeihen zu lassen. Auch neue Instrumente waren da, ein Meteoroskop, ein dioptrisches Instrument (wohl im Sinne Heron's als Feldmesswerkzeug ohne Gläser), ein Astro- und ein Cosmolabium, alle jedoch auch nur zwar im Rohen fertig, nicht aber im Detail ausgeführt.***) Von all' dem ist, soweit unsere Kenntniss reicht, nichts auf uns gekommen; man weiss, wie gewissenlos häufig von späteren Generationen mit theueren Reliquien ihrer Vorfahren umgegangen ward, und wer das spurlose Verschwinden eines so reichen handschriftlichen und instrumentalen Apparates für unmöglich hält, den erinnern wir an das Beispiel jenes Danziger Patriciers, welcher die treffliche Kupferplatte zu der von seinem Ahnherrn Hevel angefertigten General-

---

*) Puehler's Idee gemahnt in einem wesentlichen Punkte an das beste moderne Instrument zur Seetiefenmessung, an die von Brookes erdachte Verbindung eines Stabes mit einer dachbohrten Kugel. Auch Puehler will eine Hohlkugel mit einem schweren Blech verbinden und beide zusammen an der Sondirleine in's Wasser hinablassen; sobald das Blech — wie bei Brookes die Kanonenkugel — den Boden berührt, löst sich die Hohlkugel ab und steigt, ihrer geringeren spezifischen Schwere halber, wieder an die Oberfläche empor. Die Zeit, welche sie braucht, um wieder zu erscheinen, wird bestimmt, und nun glaubt Puebler, durch Versuche an einer Art Wasseruhr auf das zwischen dieser Zeit und der Tiefe bestehende Verhältniss schliessen zu können."*) Hierin irrte er freilich, indem sollte die Geschichte der Bathometrie doch, mehr als sie es thut, von den Namen Puehler und Apian Notiz nehmen.

karte des Mondes zu einem Theebrett umarbeiten liess und sich nachträglich dieses guten Einfalles rühmte.⁴⁴⁶)

### Gedruckte Werke.

Ein nicht viel günstigerer Stern leuchtete auch den im Druck erschienenen Arbeiten Philipp Apian's. Den im ersten Jahre seiner Ingolstädter Professur geschriebenen „Dialogus de Geometriae Principiis" soll er ⁴⁴⁷) seinem alten Lehrer Vitus Amerbach [von 1545—1557 Professor der Philosophie und Rhetorik zu Ingolstadt ⁴⁴⁸)] zur Durchsicht und Verbesserung übergeben haben, und bei dessen bald hernach erfolgtem Tode mag das Concept abhanden gekommen sein. Sein Verlust ist um so grösser, da uns nunmehr jede Gelegenheit fehlt, Philipp's Thätigkeit auf dem rein-mathematischen Gebiete zu controliren. Im Jahre 1563 begann derselbe ferner das von seinem Vater angefangene Buch „de umbris" eifrig fortzusetzen, und im Jahre 1568 soll er es vollendet haben (Cellius, a. a. O.). Auch Kobolt nennt ⁴⁴⁹) „Librum de Umbris, absolutum 1568," allein ob er es selbst gesehen, ist aus seinem Citat nicht zu entnehmen. Ein Gleiches gielt von der folgenden Angabe dieses Bibliographen (a. a. O.): „De Cylindri utilitate, sine loco, et item Tubingae 1586." Was hierin enthalten war, wissen wir nicht; da, wie oben erwähnt, Apian auch über Gerhard Mercator's Arbeiten Colleg las, so wäre immer möglich, dass die cylindrische Projektionsmethode des rheinischen Kosmographen in jener Schrift behandelt worden ist. Man möchte sich vielleicht der Hoffnung hingeben, dass ein günstiger Zufall diese verlorenen Werke aus dem Staube der Büchersammlungen wieder an's Licht gelangen lassen möchte, indess wird diese Erwartung nur eine geringe sein können, nachdem die Versuche des Verf., gerade in den vorzugsweise in Betracht kommenden Bibliotheken Auskunft über den Verbleib Apian'scher Hand- und Druckschriften zu erhalten, nur von negativem Erfolge begleitet gewesen sind.*)

### Globen. (Vgl. Anhang V.)

Von den Proben, welche Apian als getreuer Sohn seines Vaters in den mechanischen Künsten abgelegt hat, ist ebenfalls nur ganz weniges erhalten geblieben. Cellius erzählt zwar Mancherlei hievon:⁴⁵¹) „Duos maximos coeli, terraeque globos incepit, et Anno 67. perfecit: Planisphaeria sua delineavit. Cosmolabium, et alia varii generis instrumenta, partim illustrissimis Ducibus Bavariae, partim aliis, partim sibi confecit." Nur die dem herzoglichen Brüderpaar gewidmeten Globen scheinen ein zäheres Leben gehabt zu haben, als ihre zahlreichen Geschwister, wie aus folgenden Äusserungen von Kobolt⁴⁵²) hervorgeht: „In der k. b. Central-Bibliothek befinden sich zwey grosse, von Apian verfertigte und von Johann Mielichs gemalte Globi Coelestes et Terrestres, worauf folgende Inschrift zu lesen ist: „Illustrss. Seren. Principi ac Domino D. Alberto Com. Pal. Rheni. Sup. Inf. que Bav. Duci Domino suo Clementissimo Globum hunc geographicum Cels. ejus jussu juxta veterum ac recentium Historiographorum Observationes Tradicionesque Descr. et Ded. Philippus Apianus,

---

*) Vossius⁴⁵⁰) nennt nur die anerkanntermassen unvollendet gebliebenen Entwürfe: „Complura tamen, morte praeventus, perficere non potuit: ut sunt Sciatherica, Geodaesia, Optica, Gnomonica, Horologica, Meteoroskopica, Dioptrica, Horoscopia aliaque."

M. D. Anno salutis 1576." So hatte sich also der Gelehrte zur möglichst würdigen und
kunstgerechten Ausführung der bei ihm bestellten Erd- und Himmelskugel mit dem berühmten
Miniaturmaler verbunden, von welchem der Cimeliensaal der k. Hof- und Staatsbibliothek
noch heute im 5. und 6. Schrank (Orlando di Lasso's Partitur der Busspsalmen mit Müelich's
Federzeichnungen und Miniaturen) prachtvolle Probestücke aufbewahrt. Wahrscheinlich ist
jenes Münchener Globenpaar das nämliche, von dem Vossius[453]) in seiner kurzen Biographie
Philipp's berichtet („Idem duo ingentes caeli, terraeque globos elaboravit.") Die oben (S. 48)
noch nicht fest entschiedene Frage nach dem eigentlichen Verfertiger der Globen hat sich
inzwischen dem Verf. nach genommenem Augenschein vollkommen in dem Sinne gelöst, dass
Philipp, nicht Peter gerade die Münchener Exemplare herstellte. —

### Apian's erhaltene Schriften.

Es bleiben uns demgemäss für eine tiefer eindringende Berichterstattung nur übrig
jene Überreste von Apian's wissenschaftlicher Thätigkeit, welche durch den Druck verewigt
und zugleich dem Schicksale seiner übrigen Werke entronnen sind. Es sind deren drei: ein
selbstständiges geodätisches Werk, ein astronomisches Fragment und die bayrischen Landtafeln. Wie früher, so werden wir auch jetzt unsere Eintheilung in der Art wählen, dass
Geodäsie, Astronomie und Geographie einander in dieser Ordnung nachfolgen.

### Der Triens.

Schon bei Peter Apian erwähnten wir, dass die Klage seines Schülers Fugger, das
Werk über den „triens" werde nun der Welt ewig vorenthalten bleiben, sich als grundlos
herausgestellt hat. Philipp Apian liess dem vom Vater überkommenen Manuskripte seine
liebevolle Fürsorge angedeihen, verwebte seine eigenen reichen Erfahrungen damit und gab
schliesslich, mit Benützung seiner eigenen Druckeinrichtung, ein stattliches Werkchen darüber
heraus[454]). Der Triens ist ein, zum mannigfaltigsten geodätischen, chronoskopischen und astronomischen Gebrauch eingerichteter Kreissektor, der — daher sein Name — einen Winkel
von 120° fasst. Man kann seine Construktion kaum kürzer auseinandersetzen, als mit den
Worten Kästner's, welche wir deshalb hier folgen lassen:[455]) „Ein Kreisbogen hat, von einem
Zeichen auf ihm, nach einer Seite hin 90 Grad, nach der andern 30. An einem Halbmesser
Dioptern, auf ihm Abweichungen der Sonne, welche mit Parallelkreisen der Sonne auf der
Fläche was ausmachen, das Zodiacus revolutionum heisst, auf dem andern Halbmesser,
Gradus altitudum, auf den Rücken ein Kreis und eine Scheibe, die sich drehen lassen." Mit
Hülfe dieses Instrumentes lehrt Apian u. a. die Höhe der Sonne und Sterne über dem Ho-
rizont zu bestimmen,[456]) aus der Beobachtung der Sonne, wenn noch der Wochentag gegeben
die Zeit abzunehmen,[457]) die Höhe der Sonne zu beliebiger Zeit, auch wenn sie gerade nicht
scheint, aufzufinden[458]) und dergleichen mehr. Für die Sonnendeklination — zum Zwecke der
Breitenbestimmung — wird eine Tabelle gegeben.[459]) Natürlich spielen auch die Planetenstunden wieder ihre Rolle;[460]) zur Auffindung der Judenstunden werden, vielleicht nach dem
von Hartmann gegeben Beispiel, gewisse Curven auf der Oberfläche des Sektors gezogen.
Wenn der Leser in dieser Aufzählung der wichtigsten Materien die Anwendungen auf feld-
messerische Praxis vermisst, so ist daran zu erinnern, dass Apian, des von ihm in der Vor-

rede scharf betonten Kostenpunktes halber, nur einen Theil des Werkes herausgiebt. Gleich auf der ersten Seite steht: „Liber tertius"; die beiden ersten Bücher werden also wohl den mehr geodätischen Theil enthalten haben. Überblicken wir das Ganze, so finden wir, dass der Verfasser wesentlich in dem uns bekannten Geiste seines Vaters fortarbeitet, indess zeichnet sich seine Darstellung vor derjenigen Peter's durch weit mehr Klarheit und mathematische Gewandtheit im Ausdruck aus. —*)

### Anschauungen über den neuen Stern von 1572.

Mit dem astronomischen Bruchstück, zu dessen Kennzeichnung wir nunmehr fortschreiten, hat es die folgende Bewandtniss. Im Jahre 1572 erschien bekanntlich ein hellflammender neuer Stern in der Cassiopeja, durch dessen sorgsame Beobachtung und Beschreibung der junge dänische Edelmann Tycho Brahe sich sofort bei seinem ersten Auftreten einen geachteten Namen in der Gelehrtenwelt erwarb. Er behielt jenen Stern auch ferner im Auge und bemühte sich Alles zu sammeln, was über denselben irgendwo und irgendwann geschrieben worden war. So kam er auch auf Untersuchungen, die Philipp Apian über dieses Phänomen angestellt hatte, deren u. a. auch Gassendi in Brahe's Leben [113]) und Riccioli [113]) Erwähnung thun. In seiner erwähnten Zusammenstellung der über den neuen Stern erwachsenen Literatur erwähnt Brahe,[114]) er habe vernommen, dass Philipp Apian, den er noch von seinem Besuche in Ingolstadt her gut im Gedächtniss habe, seine Ansichten über die Erscheinung in einem Sendschreiben an den Landgrafen von Hessen niedergelegt habe; dieser Brief — leider aber nicht auch zugleich die Antwort des Fürsten — sei ihm auf seinen Wunsch von dem Augsburger Rektor Hieronymus Wolf — Tycho's altem Gastfreund — verschafft worden und folge hier in lateinischer Übersetzung. Der Titel derselben ist: „Apographum litterarum, ad Illustrisimum Principem Wilhelmum Hassiae Landgravium, a D. Philippo Appiano perscriptum, quibus ipsius de hac Stella judicium declaratur." Derselbe hat den Stern, den er für einen Kometen hält, bis vor 6 Wochen, wo Krankheit ihn am Nachtwachen verhinderte, beobachtet; gewiss sei der Stern neu und vormals nie gesehen. An Helligkeit übertrifft er den Jupiter. Was seinen Ort angeht, so hat er ungefähr 6° astronomische Länge, 53° astronomische Breite und bildet mit 3 bekannten Cassiopeja-Sternen ein Trapez. Betreffs des Erscheinens eines Kometen beruft sich Apian — ohne Astrologie gieng es nun eben einmal nicht — auf Albumasar und eine kurz zuvor stattgehabte Mondfinsterniss und Planetenconjunction. Auch der plötzliche Einfall von Kälte möge in causalem Zusammenhang mit dem Kometen stehen. Der Stern nimmt an der täglichen Bewegung des Himmelsgewölbes Theil. Bemerkenswerth für Apian's physikalische Ansichten ist seine Er-

---

*) Apian's Instrument errang noch in weit späterer Zeit einen schönen Erfolg. Der Nürnbergische Astronom Eimmart hatte auf seiner Sternwarte zuerst einen grossen Quadranten aufgestellt gehabt; da sich derselbe aber, nach Doppelmayr,[113]) nicht bewährte, „so liesse er A. 1687. an dessen Stelle einen sehr grossen Trianten, im Radio von 10. Nürnbergischen Schuhen aus Eisen und Messing, durch einen feinen Mechanicum, Hanns Lautring, machen und selbigen in eben diesem plano Meridiani anstellen, dessen er sich nach dem zur Abmessung unrichtiger Mittag-Höhen bei den Sternen bis an sein End bedienet." Doppelmayr constatirt auch noch ausdrücklich, dass dieser Trient Eimmart's nach den in Philipp Apian's Monographie niedergelegten Grundsätzen eingerichtet gewesen ist.

klärung des an dem neuen Sterne beobachten Licht- und Farbenwechsels: „prout etiam aliae stellae, Solque et Luna in declivori situ majores apparent, ratione exhalationum sive vaporum in aere ascendentium." Nun wird noch einmal die Frage nach der Natur des fremdartigen Himmelskörpers erörtert; ein Planet oder Fixstern ist es kaum, wahrscheinlich vielmehr ein Komet, denn, wie z. B. Joannus Anglus (Eschvid?) angiebt, erscheinen oft Kometen „sine cauda et barba". Die Frage, in welcher Region der Stern sich befinde, ist schwierig zu beantworten. „Deinde quod hic Cometa sive Stella secunda, non in Regione elementari existat, sed Stellis fixis annumeranda veniat. ex quo multo altior sit quam Luna et nullam Parallaxim efficiat, aut aspectus diversitatem causetur, quemadmodum Luna facit."[3]) Wäre er der Erde näher, als der Mond, so müsste seine Parallaxe diejenige unseres Trabanten übertreffen. Sind auch die Aristoteliker mit dieser Behauptung nicht einverstanden, und wollen auch die Physiker die Entstehung der Kometen aus den in den oberen Theilen der Ätherregion zusammenströmenden Dünsten erklären,\*) so muss man doch den Beobachtungen der Astronomen mehr Glauben schenken. Er für seinen Theil glaube nicht daran; die Kometen möchten vielleicht durch die Strahlenwirkung der Himmelskörper, zu welchen sie ohne Zweifel gehören, in den oberen Himmelsräumen entstehen. Auch gehörten dieselben nicht einer bestimmten Sphäre, sondern verschiedenen Regionen an. Solange die Optik etwas gelte, dürfe der neue Stern nicht in die Elementarzone versetzt, sondern müsse als Komet gleichberechtigt den übrigen Himmelskörpern zugezählt werden. Das Schreiben ist unterzeichnet: „Datum Tubingae 26. Decemb. Anno 1572. Cels. Tuae Subjectissimus Philippus Apianus." — Brahe knüpft daran einige kritische Bemerkungen. Auf die astrologischen Gründe Apian's hält er natürlich wenig; auch die Kometen-Natur des Gestirnes erscheint ihm bedenklich, wie sich dasselbe denn auch keiner der üblichen plinianischen Rubriken einreihen lassen will. Hingegen rühmt er die Entschiedenheit, mit welcher Apian die elementarische Natur bestritten habe: „rectissime deindo pronunciet Stellam hanc novam in Regione Elementari, non extitisse."[7]) Und auch der Astronom der Neuzeit wird mit Vergnügen bestätigen, dass Apian, wenn er auch in manchen Stücken das Kind seiner Zeit nicht verleugnet, trotzdem in zwei Dingen scharfen Verstand und hellen, unbefangenen, Blick bethätigte: in seiner Betonung des parallaktischen Winkels und nicht minder in seiner bestimmten Erklärung, dass es Kometen allüberall in den eigentlichen Himmelsräumen geben könne und geben müsse. —

### Die bayrischen Landtafeln.

Das Hauptverdienst Apian's jedoch wird stets seine Aufnahme und Vermessung des gesammten Herzogthums Bayern bleiben, ein Werk, von welchem wir bereits weiter oben Einzelnes mitzutheilen hatten, dessen Schilderung im Ganzen jedoch unsere letzte Aufgabe bilden soll. Wie gut dasselbe allen Zeitgenossen gefiel, hat sich uns bereits bei verschiedenen Gelegenheiten herausgestellt, allein auch die Neuzeit vermag dieses Urtheil der Mitwelt nur in allen Theilen gutzuheissen; v. Prantl[\*\*\*]) nennt die Karte eine „staunenswerthe",

---

\*) Diess war, wie wir uns entsinnen, die von dem eigenen Vater des Briefstellers aufgestellte Kometentheorie.[44])

Peschel bezeichnet [???]) Bayern als dasjenige Land, welches im 16. Jahrhundert durch Philipp Bienewitz von allen Räumen der Erde am Getreuesten dargestellt worden war," und an einer anderen Stelle [???]) rühmt er dessen Atlas, „auf der namentlich die Bewässerung der süddeutschen Hochebene *) so gelungen dargestellt ist, dass dieses Bild unendlich höher steht, als das entsprechende Blatt in Mercator's Kartensammlung." Sehr gewichtig ist auch die rückhaltlose Anerkennung, welche ein so tüchtiger Kartograph, wie E. v. Sydow, der Leistung unseres Landsmannes zollt. Er sagt: [???]) „Da die älteste Landkarte von Bayern aus dem Jahre 1523, welche durch den Geschichtschreiber Aventinus (Johannes Thurmaier von Abensberg) entstanden, um seine historischen Forschungen über die Ansiedelungen der Bayer'schen Volksstämme und die Römischen Stationen durch einen Grundriss zu versinnlichen, mehr historisches wie geographischen Werth hat, so ist die Appian'sche Karte vom Jahre 1566 als erstes geographisches, selbst topographisches, Kartenwerk zu betrachten. Schon in der Mitte des 16. Jahrhunderts hatte Herzog Albrecht eine Landes-Mappirung nach den Vorschlägen des Philipp Apian (auch Appian, eigentlich Bienewitz), Professor der Mathematik und Physik (?) auf der Hochschule zu Ingolstadt, verordnet, und im Jahre 1566 erschienen die Resultate derselben in Holzstich auf 24 Blättern mit der Aufschrift „Geographia Bavarica" oder „Bayer'sche Landtafeln" etc. Aus den Original-Aufnahmen im Massstabe von $\frac{1}{50000}$ auf 40 grossen Blättern, geht die Zugrundelegung astronomischer und geometrischer Arbeiten hervor, und die Reduktion auf ungefähr $\frac{1}{144000}$ zeigt schon soviel praktischen Sinn sowohl für die zeichnende Auffassung des Naturbildes, wie für die Einrichtung einer Karte, dass Appian nicht allein als Gründer der Bayer'schen Topographie, sondern auch als erster Typograph des Mittelalters angesehen werden muss." Für die wissenschaftlich-technische Seite des Unternehmens ist mit diesem wohlmotivirten Lobe eines ausgezeichneten Fachmannes wohl genug gesagt. Was die mehr äusserliche Herstellung der Karten anbetrifft, so wissen wir bereits, dass dem Apian ein Zeichner von Seiten des Herzogs zur Verfügung gestellt war, von sonstigen Arbeiten giebt sein authentischer Bericht in der uns bekannten „Supplication" Kunde. Dort erzählt er, [???]) wie er „mit tauglichen berühmten künstlern reissern formschneidern schriftgiessern, desgleichen mit beschwerlicher umbgekehrter verzaichnung aufs holtz, mit abformieren einrichten einkütten setzen trukhen papir, also auch mit malern illuministen und was dessen noch mehr ist," sattsam zu thun gehabt habe. Seine eigene mechanische Kunstfertigkeit wurde dabei hart auf die Probe gestellt, allein er bestand diese glänzend. So kam er bei dieser Veranlassung ganz selbstständig auf eine Erfindung, die allein schon hinreichen würde, seinen Namen bekannt zu machen.

*) Wir möchten bei diesem Anlass darauf aufmerksam machen, dass gerade diese Flusskarte, in ihrer trefflichen Ausführung, für Peschel eine werthvolle Bestätigung zu dessen Theorie des Banes eines Nebenstromes in seinem mittleren Laufe geboten hat. Es handelt sich darum, nachzuweisen, dass solche Beiströme unter äusserst spitzem Winkel sich vereinigen, und dass auch das kleinste Zuflüsschen seine Mündung möglichst weit hinausschiebt. „Zwischen Lech und Wertach," sagt Peschel, [???]) „floss ehemals noch ein kleiner Bach, die Senkel, welche man noch auf der für ihre Zeit meisterhaften Karten des Philipp Bienewitz (Apianus) aus der zweiten Hälfte des 16. Jahrhunderts angegeben findet." Ohne diese genaue Verzeichnung des jetzt (durch Menschenhand) zum Verschwinden gebrachten Wasserlaufes musste Peschel auf eine werthvolle Stütze seiner Thesen verzichten.

### Erfindung des Stereotypirens.

Der Freiherr von Aretin überschreibt in seinen bekannten „Beyträgen" einen Abschnitt: „Die Stereotypen in Baiern im XVI. Jahrhundert erfunden." Dann heisst es weiter:[474]) „In dem hiesigen Landesarchiv befinden sich die Platten, deren sich der bekannte bayerische Gelehrte Philipp Apian bey dem Abdruck seiner Landtafel oder geographischen Charte von Baiern bedient hat. Diese beweisen unwidersprechlich, dass Apian — denn vor und noch lange nach ihm waren keine Stereotypen bekannt — der erste Erfinder, wenn gleich nicht der erste glückliche Anwender dieser Kunst war. Diese Platten sind nämlich, so wie die heutigen stereotypischen Tafeln, von einer zinnartigen Composition, und jede derselben enthält wie diese eine ganze Druckseite. Nur hat Apian die Anwendung dieser Erfindung nicht so zu machen gewusst, wie wir oder vielleicht auch nicht gewünscht; denn zu seiner Absicht war dieses nicht nothwendig. Seine Landcharte war nämlich ganz in Holz geschnitten. Die Namen der Ortschaften aber konnte oder wollte er nicht eben so schneiden lassen. Er verfiel daher auf den Gedanken sie hineinzudrucken. Um dieses auszuführen, erfand er die oben beschriebenen stereotypischen Platten, auf deren jeder so viele Ortsnamen, als darauf Platz hatten, zusammengesetzt waren. Diese Namen schnitt er sodann aus der Platte heraus, und befestigte sie mit Kitt*) auf den Holztafeln an den gehörigen Orten. Weil beym Abdruck der Charte manche dergleichen aufgekittete Namen beschädigt wurden oder herausfielen, musste er mehrere derselben in Vorrath haben, und diese sind es, die man noch itzt im Landesarchive aufbewahrt.... Obgleich auf diese Art Apian nicht als Erfinder der heutigen Stereotypie betrachtet werden kann, so lässt sich doch nicht in Abrede stellen, dass seine Tafeln wahrhaft stereotypisch verfertigt sind, und dass es nur eines geringen Zusatzes von Erfindungskraft bedurft hätte, um schon damals diese Kunst zu dem Grade von Vollkommenheit zu führen, den sie gegenwärtig erreicht hat."

### Spätere Auflagen.

Die nach v. Aretin im Landesarchiv aufgehobenen Originaltafeln Apian's befinden sich zur Zeit im Besitze des bayrischen Armee-Conservatoriums zu München.[475]) Doch wurden zahlreiche Atlanten als Abzüge davon dem Buchhandel übergeben, von denen wir nach Kobolt[476]) die folgenden anführen: einen ersten vom Jahre 1566,[477]) einen zweiten, auch noch von Apian selbst besorgten, vom Jahre 1568[478]) und einen Nachdruck aus dem XVII. Jahrhundert.[479]) Kobolt (a. a. O.) benachrichtigt uns auch von einer letzen, 1802, erschienenen Ausgabe, und von einem Berliner Nachdruck: „Diese baierischen Landtafeln sind auch von der königl. Akademie der Wissenschaften zu Berlin im Jahre 1766, in Kupfer gestochen, herausgegeben." Endlich hat man eine, bereits dem Jahre 1561 entstammte, Generalkarte Bayerns von Apian;\*) sie besteht aus nur Einem Blatte und ist mit den Wappenschildern der wichtigsten bayrischen Städte geziert. Eine solche Karte besitzt die Sammlung des germanischen Museums,

---

\*) Man denke an das im Bericht an den Herzog erwähnte „einkotten."
\*\*) Mit welchem Rechte Kobolt (a. a. O.) den Aventin als Triebfeder für die Entstehung des Apian'schen Kartenwerkes bezeichnet, können wir nicht ergründen.

und auch dem vom Verf. benützten Exemplar der grossen Ausgabe von 1566 ist eine „Electoratus Bavariae compendiosa delineatio" beigegeben.\*)

### Beschreibung des Kartenwerkes.

Die Vertheilung des Gesammtlandes auf die einzelnen Blätter ist folgende: 1. Gegend von Nürnberg sammt angrenzenden Gebietstheilen der Oberpfalz, 2. Fortsetzung letzterer, 3. Oberes Altmühlthal (Nordgau), 4. Südliche Oberpfalz mit Regensburg, 5. Böhmerwald und Bayerwald, 6. Fortsetzung der böhmischen Grenzgebirge, 7. Donauufer zwischen Donauwörth und Ingolstadt, 8. Nördlichster Theil des heutigen Oberbayern, 9. Gegend zwischen Laber und Isar, 10. Gegend zwischen Vilshofen und dem Gebirge, 11. Lechrain und schwäbischbayrischer Grenzgau, 12. Isarstrom zwischen München (Ismaning ist noch auf der Karte) und Landshut, 13. Rottthal, 14. Innstrom (unterster Theil), 15. Gegend am Ammer- und Würmsee, 16. Gegend zwischen Isar, Inn und Mangfall („Mangualda flumen"), 17. Chiemgau incl. Tachensee (heutzutage Wagingersee), 18. Erzstift Salzburg bis zum Attersee, 19. Staffel- und Kochelsee, 20. Alpenlande zwischen Walchensee und Inn, 21. Propstei Berchtesgaden, 22. Lauf der Salzach bis zum Pass Lueg aufwärts (23 fehlt in unserem Exemplare, wenn nicht etwa die erwähnte, treffliche Übersichtskarte als solche dienen soll). Die einzelnen Karten sind sehr gut orientirt, die Berge erscheinen selbstverständlich noch „als Reihen kleiner Maulwurfshügel, als ob sie das Auge von der vorliegenden Ebene aus betrachtete."\*\*\*) Überhaupt ist im Ganzen die landschaftliche Auffassung in der Terraindarstellung noch die vorherrschende, allein sehr im Gegensatz zu anderen kartographischen Versuchen aus dieser Zeit ist sie eine höchst treue und einheitliche. Wenn F. Simony mit Recht hervorhebt „dass damals ein und derselbe Holzschnitt mehrmals verwendet wurde, um durch ihn die verschiedensten Städte, ja ganze Länder, darzustellen,"\*\*\*) so trifft diess der Apianschen Karte gegenüber nicht zu, und allenthalben erkennt man, dass der Zeichner, was er graphisch wiedergiebt, auch wirklich mit seinen eigenen Augen gesehen hat. So ist z. B. die Stadt Nürnberg mit ihren runden — damals eben neu erbauten — Thürmen auf den ersten Blick zu erkennen. So hübsch und abwechselnd diess Verfahren jedoch die Karten erscheinen lässt, so sehr erschwert es die Anwendung der schönen Methode,\*\*) mittelst deren Wolf\*\*\*\*) die Prüfung älterer Karten mit grosser Exaktheit zu vollziehen lehrte. Immerhin ergeben einzelne Versuche auch in dieser Hinsicht so gute Resultate, und so scheint denn in der That Apian's grosse kartographische That über jeden Tadel nach wie vor erhaben zu sein.\*\*\*) Das Jahrbuch des „deutsch-öster. Alpenvereins" kündigt für den XII. — zur Zeit des Druckabschlusses erst begonnenen — Jahrgang einige Bemerkungen über Apian's Topographie an, und zwar aus der Feder des um die Kunde Altbayerns hochverdienten Geschichtsforschers Hartwig Peetz

---

\*) Während des Druckes dieser Abhandlung ist (München 1881) eine neue Auflage der Landtafeln veranstaltet worden.

\*\*) Es ist hiezu wünschenswerth, dass die Ortspositionen sich an Grösse möglichst mathematischen Punkten nähern. Wie sehr des Apian Neigung, landschaftliche Genauigkeit walten zu lassen, ihn hiegegen und gegen die Natur unter Umständen in Gegensatz bringt, zeigt u. a. des Beispiel des See's von Seeon auf Blatt 17; die Abtei ist so correkt und in Folge dessen so gross ausgefallen, dass die Insel, auf welcher sie liegt, den kleinen See beinahe ganz verschlingt.

\*\*\*) An diesen Landtafeln soll nach Cellius\*\*) ein Belgier Jamolxus sich als Plagiarius erwiesen haben.

in Traunstein. Wir wollen nicht unterlassen, unsere Leser auf diese gewiss interessanten Mittheilungen aufmerksam zu machen.

### Zusammenfassendes Urtheil.

Fassen wir nach all' diesem unser Gesammturtheil über den Sohn, wie dereinst über den Vater, in Thesen zusammen, so können wir sagen:

I. Philipp Apian hat sich, sowohl durch seine Beihülfe bei Puehler's inhaltsreichem Werke, als auch durch seine Bearbeitung des „Triens", als sachkundiger und erfahrener geodätischer Schriftsteller bewiesen;

II. Seine Bemerkungen über den Zusammenhang zwischen Distanz und Parallaxe eines entfernten Gegenstandes verrathen ebenso den kundigen Mathematiker, wie seine Ansichten über den Ort der Kometen den freidenkenden Astronomen;

III. Sein bayrisches Kartenwerk, bei dessen Ausfertigung er auch zur selbstständigen Erfindung einer Art von Stereotypie geführt ward, bleibt das erste, wissenschaftlich allseitig anerkannte, Probestück einer nach geometrischer wie geographischer und künstlerischer Seite gleich reformatorisch vorgehenden Topographie. —

Halten wir aber diese, uns offenbaren, Verdienste mit dem zusammen, was seine Zeitgenossen über Philipp's anderweite Leistungen wussten, so können wir nur billigen, wenn M. Adam von ihm sagt:[146]) „Ita damnum deus, quod bonae litterae" — durch Peter Apian's Tod — „fecerunt, hujus exortu compensare voluit." Und auch Rotmar, der principielle Gegner des edlen Häretikers, kann nicht umhin, ihm nachzurühmen:[147]) „Aequabat patrem in Matheseos scientia; imo superabat fortassis."

### Die Familie Apian.

Da Philipp Apian, wie erwähnt, männliche Nachkommenschaft nicht hinterliess, so starb der — sit venia verbo — mathematische Zweig der Familie mit ihm aus. Diese letztere selbst dagegen hat sich bis in die neueste Zeit erhalten. Der Wurzener Lokalhistoriker Schöttgen weiss von einem Johann Bennewitz oder Apianus zu erzählen, der in Schulpforte studirte, 1577 in Leipzig die Magisterwürde erwarb und am 21. Oktober 1607, als Stadtrichter von Wurzen, der Pest erlag.[148]) Im gleichen Jahre starb an der gleichen Krankheit ein Philippus Apianus, der dem Pförtner Matrikelbuche zufolge im Jahre 1573 jene Klosterschule bezogen hatte.[149]) Ferner berichtet Kaestner:[150]) „Lateinische Verse, mit deutschem Anmerkungen, auch einer deutschen Übersetzung, verfertigt von Philipp Apianus oder Bennewitz 1618 zu Dresden gedruckt." Nicht sicher, jedoch bei der Übereinstimmung des Vornamens wahrscheinlich identisch ist mit dem Letztgenannten jener Philipp Apian, der nach Schoettgen[151]) im Jahre 1600 Pförtner Student war und ein geachteter Gottesgelehrter wurde. Ihn allein kennt auch Schwarz, der ihn als höchst ehrenwerthen Mann und als „Ecclesiae cathedralis Misnlensis ac Wurzensis praepositus" bezeichnet.[152]) — Noch heute endlich existirt in Sachsen, z. B. in Leipzig, der Familienname Apian-Bienewitz, der auf ruhmvolle Vorfahren zurückweist.

Wir erfahren auch, nachdem das Manuskript schon längst der Druckerei übergeben war, auf privatem Wege, dass man in Leisnig mit der Gründung einer dem Studium der

Ortsgeschichte und damit auch des Lebens und Wirkens des berühmtesten Mitbürgers sich widmenden Gesellschaft vorzugehen gedenke. Sollte sich diese Nachricht bestätigen, so hoffen wir diesen wackeren Männern durch unsere nunmehr zum Abschlusse gebrachte biographische Darstellung ihre schöne Aufgabe einigermassen erleichtert zu haben.

## Anhang I.

### Peter Apian's Beziehungen zu Kaiser Karl V.

Durch Herrn Direktor Dr. Breusing in Bremen ward der Verf. darauf aufmerksam gemacht, dass das im Texte erwähnte grossmüthige Geschenk von 3000 Goldgulden einen gewissen Haken hatte. Es existirt nämlich ein Brief Peter Apian's an den kaiserlichen Hof-Uhrmacher Du Chemin („A Via"), den Pinchart im ersten Bande seiner „Archives des Arts, Sciences et Lettres; Documents inédits, I. Série, Gand 1860)" veröffentlicht hat. Es heisst dort (S. 137 ff.):

„Domino Joanni a Via, horologiario sacrae Caes. M<sup>tis</sup>, amico suo charissimo, Bruxellae, en la court de l'empereur."

„Très-chier amy, maistre Jehan. J'ai receu vos lettres auxquelles me signifiez que l'empereur, mon très-redoubté seigneur, a ordonné que par le receveur de Neuburg me soyent baillé et contez troys mille florins, combien que les lettres après la date sont esté aulcuns jours supprimés et retenuz, et je vous remercye de cestes mesmes novelles. Peu jour après, je viens au-dict receveur lequel me racontoit cestes mesmes novelles, et me disoit, que me ballieroit les troys mille florins, mais il fauldroit que je anttendisse autant que les biens confisqués soyent venduz, ou que je acceptasse les biens du feu receveur, lequel aux querres passées a esté contre l'empereur et après s'enfuyt: par ceste cause Sa Majesté a confisqué ses biens. Ainsy crains que le payement se arrestera et prolongera, et à ceste foys je consentay de vouloir accepter les biens, et cela environ ung moys. Cependant j'ay changé l'opinion, en pensant, sy je acceptasse les biens, que grand inimicice et envie m'engendroyt auprès d'aulcuns, et les dicts biens sont esté taxé du dict receveur peu molus que septe mille florins. Ainsy en acceptant les biens je seroy contraint de rendre quatre mille florins. Sy je fusse en bonne santé ung ou quatre ans, je vouldray avoir franche et libre les dictz biens. Mais non sachant la fin de ma vie, et estant en vielle age, ainsi que sy le Dieu omnipotent en brief me révocasse de ceste vie, en l'sternelle habitation, ma femme et enfans ne sauroynt entretenir les dictz biens, mais seroyent contreints de les vender avecque leur grand domaige, car ilz sont esté taxé plus hault, que la coustume de notre pays requiert. Par ce je suis délibéré de ne me charger de ces cures, sur cela j'ai renumeré audit receveur le traittement des biens, en requérant les dictz troys mil florins de luy. Mais j'ay bien adverti qu'il n'estoyt pas bien content de ma réquisition, ainsy que je doubte, que le payement se prolongera, et j'eusse besoigne de l'argent. Par ces causes je vous prie tant comment je puis, que vous plaise de supplier de ma parte alla Cesarea Majesté que Sa Majesté commande et ordonne que à ung aultre lien me soynt satisfaict les dictz troys mille florins, et par les seigneur les Fuggers se pourroyt faire le payement, et que le dit receveur satisferoit après ceste somme aulx dictz seigneurs Fuggers, et sy je attand le payement du receveur, enfin je seroy contreint luy présenter au moins cent florins, afin que ne parle mal de moy, mais se je seroy payé des seigneurs les Fuggers, je ne présenteré rien, et avec ces cent florins je pourrais entretenir ung année en Italie ung de mes filz. Ces jours passés j'ay envoyé mon ainné filz Philippum en France*) pour estudier là, lequel, sy par fortune vous le verrés, je le vous recommande. Je eusse besoing d'argent à ce temps pour faire imprimer les livres que vous avez veu, que sont six, pour satisfaire et aider les studians en l'art mathématique car là dedans se trouveron choses jamais veu et ouy, ainsy que je eusse besoigne envyron 2000 florins auprès. J'ay achetté par grand nécessité une maison pour 1200 florins, car je n'avoys plasse en ma vielle habitacion pour imprimer des livres pour tant de rechief je vous prie comment, mon üdel frère, que vous plaise le bonheure supplier de ma part en ces mez affaires alla Cesarea Majesté, comment desus est dict, me offerant de vous faire choses services au pays de par-deslà agréables, et à Dieu soyés. Vous priant de rendre responce sur mes lettres et que vous plaise vous lettres adresser à Sébastien Kürtz, factor des seigneurs de Fuggers, et à Dieu soyés. Datum in Augusta, le XX° jour du moys d'aust l'an XLVIII. Sébastien Kürtz est pour le présent alla court de Sa Majesté."

Petrus Apianus, amicus tuus ex animo,<br>manu propria."

Dieses Bittschreiben ist interessant genug für die Kenntniss der Beziehungen, in welchen vormals Männer der Wissenschaft zu ihren erhabenen Mäcenen standen. Apian scheint es mit seinem ihm so wohlwollenden Monarchen Karl nicht viel besser ergangen zu sein, als ein halbes Jahrhundert später unserem Kepler mit Rudolph II. Beide Fürsten waren vom besten Willen beseelt, die irdische Lebenslage ihrer getreuen und berühmten Unterthanen zu verbessern, allein sobald es sich um die Umsetzung dieses guten Willens in baare Münze handelte, machte sich die chronischen Krankheiten unterliegende Finanzlage geltend. In Apian's Brief zeigt sich aber ebenso sehr der sorgsame Hausvater, als der kluge Weltmann, der vor Allem mit seinem Ehrensolde keinerlei persönliche Gegnerschaft einheimsen möchte. Da der Brief aus Augsburg datirt ist, so mag die Annahme erlaubt sein, der Gelehrte habe sich daselbst unmittelbar an das Haus Fugger gewandt und dasselbe habe den von ihm vorgeschlagenen Ausweg gebilligt gehabt; damit wäre auch die Wahl des niederländischen Prokuristen der Firma als Brief-Vermittler's erklärt. — Auch sonst enthält der Brief betreffs der Lebensumstände Peter Apian's manchen Fingerzeig. Im Texte ward als ein auffälger Umstand der hervorgehoben, dass die Produktivität des einst so rührigen Mannes in seinen späteren Lebensjahren bedeutend nachgelassen habe, allein unserem Briefe zufolge muss diese Angabe erheblich eingeschränkt werden. Was freilich aus den sechs dort erwähnten neuen Lehrbüchern geworden ist, wissen wir nicht zu sagen; möglicherweise lieferten sie dem Sohne Philipp den Stoff zu seinen, einen so grossen Kreis wissenschaftlicher Stoffe umfassenden, Anfangsvorlesungen.

---

*) Vgl. die oben über Philipp's Studienreisen beigebrachten Bemerkungen.

## Anhang II.

### Nonius und Peter Apian.

Der bekannte portugiesische Mathematiker Pedro Nuñez hat in seinen astronomischen Schriften (Opera cuncta, Basileae 1592, S. 95) eine gelehrte Polemik gegen seinen Ingolstädter Collegen eröffnet: „Examinatur modus Petri Appiani, quo in Cosmographia usus est, ad inveniendam altitudinem poli omni die per horam cognitam." Der erste Gegengrund des Nonius ist nicht stichhaltig, wohl aber der zweite, wenigstens theoretisch. Apian hatte sich die Aufgabe gestellt, die Polhöhe aus der Sonnenhöhe, der Sonnendeklination und dem Stundenwinkel zu finden, und ganz in ähnlicher Weise wollte Jakob Ziegler in seinem Commentar zum zweiten Buche von Plinius' Naturgeschichte das Problem der Breitenbestimmung lösen, indem er nur den Stundenwinkel durch das Azimuth ersetzte. Beide Methoden bekämpft nun Nonius wesentlich aus dem Grunde, weil durch dieselben keine eindeutigen Lösungen erzielt würden. Bezeichnet man in gewohnter Weise durch $\varphi$, $h$, $d$, $s$ und $a$ Polhöhe, Horizonthöhe, Deklination, Stundenwinkel und Azimuth, so liefert das bekannte Kugel-Dreieck Zenith-Pol-Stern nach Apian und Ziegler resp. diese beiden Gleichungen:

$$\sin h = \sin \varphi \sin d + \cos \varphi \cos d \cos s, \quad \sin d = \sin \varphi \sin h + \cos \varphi \cos h \cos a.$$

Setzt man im ersten Falle $\sin d = r_1 \cos \psi_1$, $\cos d \cos s = r_1 \sin \psi_1$, im zweiten $\sin h = r_2 \cos \psi_2$, $\cos h \cos a = r_2 \sin \psi_2$, so gehen unsere Gleichungen bezüglich in die folgenden über:

$$\sin(\psi_1 + \varphi) = \frac{\sin h}{r_1}, \quad \sin(\psi_2 + \varphi) = \frac{\sin d}{r_2},$$

und es ist richtig, dass sowohl $(\psi_1 + \varphi)$ und $(\psi_2 + \varphi)$ als auch $(180^\circ - \psi_1 - \varphi)$ und $(180 - \psi_2 - \varphi)$ diesen Relationen genügen. Apian hat jedoch in seinem „Cosmographicus liber" diese Aufgabe gar nicht durch trigonometrische Rechnung, sondern lediglich mit seinen wohlbekannten Drehscheiben gelöst, und bei solcher manueller Behandlung der Frage war es leicht, den wirklich genügenden Werth zu finden. Nonius sieht sich denn auch am Schlusse seiner zwei Folioseiten einnehmenden Prüfung des Apian'schen Verfahrens gezwungen, sein herbes Urtheil von früher bedeutend zu mildern, und daran that er sehr wohl. Denn, wie uns ein so gründlicher Kenner des Seewesens, wie Herr Dr. Breusing, brieflich berichtet, bedienen sich unsere Schiffer, des aprioristisch unverwerflichen Einwandes von Nonius unerachtet noch heute mit grossem Nutzen der von Apian angedeuteten Methode, die geographische Breite ihres Beobachtungsortes aufzufinden.

## Anhang III.

### Die angebliche Ptolomaeus-Ausgabe.

Betreffs der S. 79 erwähnten Pirkheimer-Apian'schen Ausgabe der ptolemaeischen Geographie ist nachzutragen, dass unsere Vermuthung, dieses Werk müsste in irgend einer Form auch wirklich erschienen sein, thatsächlich nicht das Richtige traf. Was wir damals nicht beachteten, ist die hierüber von Doppelmayr in seinem bekannten Werke „Historische

Nachricht von den Nürnbergischen Mathematicis und Künstlern" (Nürnberg 1730) gemachte Angabe. Derselbe sagt nämlich (S. 43.) Folgendes: „Es versprache Petrus Apianus in seinem An. 1532 edirten Calender, und zwar in dessen Practica, dass er nächstens des Ptolemaei Cosmographie in Griechischer Sprach, und dabey das lateinische, in einer neuen Translation, in welcher Sprach solche der hochberühmte Pirckheimerus jetzt zum andermal transferiret, und nach ihn verlassen, samt einer neuen Art der Land Tafeln, die Joh. Regiomontanus gebessert habe, zum Druck geben wollte, es ist aber diese und, wie glaublich, vornemlich des wegen, weil Pirckheimerus die Version nicht völlig ausgemacht (Vid. Opera Pirckh. p. 238.) hernach unterblieben." Der gute Albinus hat also offenbar geflunkert, als er die buchhändlerische Anzeige Apian's in der Praktik für 1532 mit der vollzogenen Thatsache der Herausgabe einfach identifirte.

Wir bemerken noch anhangsweise, dass ausführliche Nachweisungen über die Pirkheimer'sche Ptolemaeus-Bearbeitung und über die auf dieser weiterbauende Lyoner Ausgabe des Villanovanus (Servet) detaillirte Nachweisungen in Tollin's Aufsatze „Michael Servet als Geograph" (Kouer'sche Zeitschrift, 10. Band, S. 190 ff.) zu finden sind. Die „Praxis" zur Bestimmung zweier Orte auf der Erdoberfläche (Tollin, S. 211) ist von Servet unmittelbar der Kosmographie Peter Apian's entnommen worden.

## Anhang IV.

### Apian's Magnetnadel.

Bei seinen Studien über den Magneten wird sich wohl Philipp Apian des ihm von seinem Vater hinterlassenen Compasses in erster Linie bedient haben, der sich anscheinend einer gewissen Berühmtheit unter den Fachmännern jener Zeit erfreute. Wenigstens spricht von ihm Rheticus da, wo er die bekanntesten Instrumente seiner Collegen aufzählt (vgl. Hipler, Die Chorographie des Joachim Rheticus, Zeitsch. f. Mathem. u. Phys. 21. Jahrg. Hist. lit. Abtheil. S. 148). Das sechste Kapitel dieser Anleitung zur Länderaufnahme ist überschrieben: „Wie man die Magneten probieren und die schippercompas recht machen solle." Und da ist eben von Apian's Boussole die Rede, die einen etwas grösseren Ausschlag der Nadel habe ersehen lassen, als diejenige des Tanstetter, dagegen einen geringeren als diejenige des Georg Hartmann und als ein Instrument, das Rheticus selber in Danzig zu untersuchen Gelegenheit hatte.

## Anhang V.

### Philipp Apian's grosser Erdglobus.

Dem Verf. ward erst nach Beendigung seiner Schrift die Möglichkeit, den oben erwähnten Erdglobus Philipp Apian's, der zur Zeit im Inkunabelnsaal der k. Hof- und Staatsbibliothek zu München seine Aufstellung gefunden hat, einer Okularinspektion zu unterziehen, und da über dieses beachtenswerthe Denkmal aus der Zeit energischer geographischer

Wissenserweiterung nur wenig veröffentlicht zu sein scheint, so erschien es ihm angezeigt, einige Ergebnisse dieser Besichtigung hier anhangsweise noch mitzutheilen. Die Apian'sche Erdkugel ist ihrer Zeichnung und Ausstattung nach ein wirkliches Meisterwerk. Auf der Südhalbkugel sind zwei Tafeln bemerkbar, deren eine die Zueignung an den Herzog, die andere eine kurze Geschichte der neuesten ozeanischen Entdeckungen enthält. Was nun die Einzelheiten betrifft, so mag Folgendes als das Bemerkenswertheste angeführt werden. In Asien ist die Axenrichtung des kaspischen Meeres völlig verfehlt, allein dieser Fehler wird mehr als ausgeglichen durch die treffliche Zeichnung sowohl der vorderindischen als auch der hinterindischen Halbinsel. Von den indischen Inseln ist Sumatra recht gut wiedergegeben, Ceylon und Java sind dagegen viel zu gross, Borneo ist zu klein ausgefallen. Ostasien reicht begreiflicherweise viel zu nahe an Amerika heran, und Japan ist ziemlich stark verzeichnet, allein die allgemeine Configuration der asiatischen Küste des stillen Ozeans muss gleichwohl eine befriedigende genannt werden. Von Afrika, dem an „Küstenentwickelung" ärmsten Continente, lässt sich naturgemäss auch hier am wenigstens sagen; Lob verdient die ziemlich zutreffende Orientirung von Madagaskar. Von Australien wusste man vor Abel Tasman's Fahrten nur wenig, doch hat Apian die Lage und Gestalt von Neu-Guinea sehr kräftig und correkt angedeutet. Er bemerkt dazu: „Quae an insula sit aut pars continentis australis, incertum est; hanc Andreas Corsalus videtur appellasse Piccinaculi." Den besten Eindruck, den Eindruck gründlichster Beherrschung des ganzen vorhandenen Materiales, macht die Darstellung Nord- und Mittel-Amerika's. Kalifornien, Yukatan, Kuba, Florida und Hispaniola lassen ebenso wie die Kette der kleinen Antillen für jene Zeit kaum etwas zu wünschen übrig. Die Auffassung Südamerika's ist dagegen beeinflusst von jenem Vorstellungskreise, den F. Wieser's schöne Monographie treffend gekennzeichnet hat, und so sehen wir denn das bei weitem nicht spitz genug zulaufende Festland Patagonien's durch die lange Magelhaēns-Strasse von einem grossen Landcomplex, der terra ignota im Süden, getrennt. Sonst verdient noch Beachtung die gegenüber der richtigen Zeichnung Grönland's auffallende Verwirrung in der Wiedergabe der zwischen Brittanien und Island eingestreuten Inselwelt „Frislant"). Die politisch wichtige Linie der magnetischen Null-Deklination ist auch eingezeichnet und durch drei Boussolen signalisirt, welche resp. eine westliche, eine östliche und gar keine Missweisung erkennen lassen.

---

### Berichtigungen.

Seite 4, Z. 5 v. o. l. Adam's Sammelwerk. — Seite 7, Z. 2 v. u. l. Landshut. — Seite 8, Z. 19 v. o. l. Peter Apian's. — Seite 79, Z. 20 v. u. ergänze: (Vgl. Anhang III.).

# Literaturverzeichniss.

¹) M. Adam, Vitae Germanorum Philosophorum, qui seculo superiori, et quod excurrit, philosophicis ac humanioribus Literis clari floruerunt, Heidelbergae 1615. S. 141 ff.
²) Kobolt, Baierisches Gelehrten-Lexikon, Landshut 1795. S. 58 ff.
³) Lectorem benevolum ad orationem de fulminibus ordini literatorum fatalibus XXVIII. Sept. A. MDCCXXIII. audiendam humanissime invitat et hoc schediasmate Vitam Petri Apiani praestantissimi sui ordinis Mathematici breviter exponit Chr. Gottl. Schwarzius, Altdorfi 1723.
⁴) Rotmar-Engerd, Annales Ingolstadiensis academiae, Pars I. Ab Anno 1472 ad Annum 1572, ed. Mederer, Ingolstadi 1782. S. 125.
⁵) C. Schneider, Ehren- und Gedächtniss-Seule der Stadt Leisnig, Leisnig 1689.
⁶) Riccioli, Almagestum Novum, Bononiae 1651; Chronicon, S. XLII.
⁷) Albinus, Meissnische Land- und Berg-Chronica, Dresden 1589. S. 380.
⁸) Schwarz, S. 5.
⁹) Io. Augusti Thuani Historiarum sui temporis tomus I., Londini 1554. S. 400.
¹⁰) Cosmographia Petri Apiani etc., Coloniae Agrippinae 1554. Blatt 84, 1.
¹¹) Kästner, Geschichte der Mathematik, 1. Theil, Göttingen 1796. S. 86.
¹²) Günther, Der Algorithmus linealis des Heinrich Stromer, Prag 1880. S. 6.
¹³) Schwarz, S. 9.
¹⁴) Ibid. S. 7.
¹⁵) Novae theoricae Planetarum Georgii Peurbachii Astronomi celeberrimi: Temporis importunitate et hominum injuria locis compluribus conspurcatae, a Petro Apiano Mathematicae rei Ordinario Ingolstadiensi jam ad omnem veritatem redactae, et eruditis figuris illustratae, Ingolstadi 1528. Vorrede.
¹⁶) Isagoge in typum cosmographicum seu mappam mundi (ut vocant) quam Apianus sub Illustrissimi Saxoniae Ducis auspiciis praelo nuper demandari curavit, Landishuti 1534.
¹⁷) v. Prantl, Geschichte der Ludwigs-Maximilians-Universität in Ingolstadt, Landshut, München, 1. Band, München 1872. S. 210 ff.
¹⁸) Ibid. S. 77.
¹⁹) Curtze, Die Mathematischen Schriften des Nicole Oresme, Berlin 1870. S. 9 ff.

²⁰) Günther, Die Anfänge und Entwickelungstadien des Coordinatenprincipes, Denkschr. d. naturf. Gesellsch. zu Nürnberg, VI. S. 18.
²¹) Gerhardt, Geschichte der Mathematik in Deutschland, München 1877. S. 2 ff.
²²) v. Prantl, 1. Band. S. 54.
²³) Ibid. S. 140.
²⁴) Hankel, Zur Geschichte der Mathematik in Alterthum und Mittelalter, Leipzig 1874. S. 354 ff.
²⁵) Strauss, Leben und Schriften des Dichters und Philologen Nikodemus Frischlin, Frankfurt a. M. 1856. S. 25.
²⁶) v. Prantl, 1. Band. S. 77.
²⁷) Ibid. S. 137.
²⁸) Ibid. S. 209.
²⁹) Ibid. S. 198.
³⁰) Ibid. S. 210.
³¹) Wiedemann, Johann Turmair, genannt Aventinus, Geschichtschreiber des bayerischen Volkes, Freising 1858. S. 58.
³²) Cellius, Oratio de vita et morte nobilis, et clarissimi viri Philippi Apiani Ingolstadiensis, Medicinae Doctoris, et Mathematum in Academia Tubingensi Professoris quondam celeberrimi, Tubingae 1591. S. 20.
³³) Mois, Das Gut Ildhofen und die Familie Apian, Verhandl. d. histor. Vereins für den Regenkreis, III. S. 457 ff.
³⁴) Schwarz, S. 8.
³⁵) Zapf, Vorläufige Nachricht von der ehemaligen berühmten Privatbuchdruckerey ad insigne pinus in Augsburg, Augsburg 1804. S. 5 ff.
³⁶) Schwarz, S. 13.
³⁷) Cellius, S. 8.
³⁸) Wiedemann, S. 60.
³⁹) Peter Apian, Ein kurtzer bericht der Observation unnd urteils des jüngst erschinnen Cometen, jm weinmon und wintermon dises Jars etc. auffs fleyssigst wargenommen und practicirt, Ingolstadt 1532.
⁴⁰) v. Prantl, 1. Band. S. 210 ff.
⁴¹) v. Prantl, 2. Band, München 1872. S. 499.
⁴²) Schnurrer, Erläuterung der Württembergischen Kirchen-Reformations- und Gelehrtengeschichte, Tübingen 1798. S. 349 ff.
⁴³) Kobolt, S. 84.
⁴⁴) v. Prantl, 1. Band. S. 161.
⁴⁵) Wiedemann, S. 59.
⁴⁶) Keyssler, Neueste Reisen durch Deutschland,

Böhmen, Ungarn, die Schweiz, Italien und Lothringen, 2. Abtheilung, Hannover 1751. S. 1449.
⁴⁷) Baumeister, Neue Europäische Staats- und Reisegeographie, Dresden und Leipzig, 3. Band 1780. S. 370.
⁴⁸) Rotmar, S. 250.
⁴⁹) Vossius, De Universae Mathuseos natura et constitutione liber, cui subjungitur chronologia Mathematicorum, Amstelodami 1650. S. 188.
⁵⁰) Riccioli, Chronicon S. V.
⁵¹) Schwarz, S. 9.
⁵²) Literarisches Wochenblatt, oder gelehrte Anzeigen mit Abhandlungen. 2. Band, Nürnberg 1770. S. 338 ff.
⁵³) Ibid. S. 341.
⁵⁴) Ibid. S. 351.
⁵⁵) Ibid. S. 353.
⁵⁶) Ibid. S. 354 ff.
⁵⁷) Cellius, S. 9.
⁵⁸) Westenrieder, Historischer Calender für 1801, München 1801. S. 294.
⁵⁹) v. Prantl. 1. Band. S. 94.
⁶⁰) Kepleri Opera omnia, ed. Frisch, Francofurti et Erlangae, Tom. I. 1858. S. 193.
⁶¹) Parnassus boicus oder neu eröffneter Musen-Berg München 1722—40, 2. Band. S. 132.
⁶²) Cellius, S. 10.
⁶³) Schwarz, S. 11.
⁶⁴) Lunigius, Reichs-Archiv, Pars specialis, Contin. II., Vol. XI. S. 38.
⁶⁵) Rotmar, S. 250.
⁶⁶) v. Prantl, I. Band. S. 118.
⁶⁷) M. Adam, S. 142.
⁶⁸) Malagola, Della vita e delle opere di Antonio Urceo detto Codro, In Bologna 1878. S. 328.
⁶⁹) Cellius, S. 12.
⁷⁰) Schwarz, S. 13.
⁷¹) Rotmar, S. 252.
⁷²) Cellius, S. 38.
⁷³) M. Adam, S. 142.
⁷⁴) W. Hermann, Persecutiones ecclesiasticae, Ingolstadii 1541.
⁷⁵) Zeidler, Theatri eruditorum compendium, Leipsigae 1710. S. 6.
⁷⁶) Gesner, Bibliotheca instituta et collecta, ed. J. J. Frisius, Tiguri 1583. S. 664 ff.
⁷⁷) Apian-Amantius, Inscriptiones sacrosanctae vetustatis non illa quidem Romanae, sed totius fere orbis summo studio ac maximis impensis Terra Marique conquisitae, Ingolstadii 1534.
⁷⁸) Klein, Annalen d. Vereins f. nassauische Gesch. u. Alterthumsk., S. 330.
⁷⁹) Wiedemann, S. 60.
⁸⁰) Iselin, Neu-vermehrtes Historisch-Geographisches Allgemeines Lexikon, Basel 1784. S. 213.

⁸¹) Baumgartner, Nachrichten von merkwürdigen Büchern, 5. Band, Halle 1854. S. 52.
⁸²) Scheibhorn, Amoenitates litterariae, Francofurti a. M. 6. Band. 1725. S. 286.
⁸³) Treutlein, Das Rechnen im XVI. Jahrhundert, Abh. z. Gesch. d. Math., 1. Heft, Leipzig 1877. S. 9.
⁸⁴) Ein neue und wolgegründte underweisung aller Kauffmanns Rechnung in dreien Büchern, mit schönen Regeln und fragstücken begriffen. Sonderlich was fortel und behendigkeit in der Walschen Practica und Tolleten gebraucht wirt, desgleichen vormals weder in Teutscher noch in Welischer Sprach nie gedruckt, durch Petrum Apianum, der Astronomei zu Ingolstadt Ordinarium, Frankfurt a. M. 1537.
⁸⁵) Kästner, 1. Theil. S. 40.
⁸⁶) Treutlein, S. 15.
⁸⁷) Gerhardt, S. 42 ff.
⁸⁸) Ibid. S. 45.
⁸⁹) Cantor, Vorlesungen über Geschichte der Mathematik. 1. Band, Leipzig 1880. S 6.
⁹⁰) Ibid. S. 43.
⁹¹) Ibid. S. 108 ff.
⁹²) Ibid. S. 446.
⁹³) Ibid. S. 456.
⁹⁴) Ibid. S. 710 ff.
⁹⁵) Treutlein, S. 22.
⁹⁶) Kästner, 1. Theil, S. 47.
⁹⁷) Treutlein, S. 30.
⁹⁸) Ibid. S. 45.
⁹⁹) Ibid. S. 47.
¹⁰⁰) Ibid. S. 51.
¹⁰¹) Ibid. S. 54.
¹⁰²) Ibid. S. 56.
¹⁰³) Busse, Kleine Beiträge zur Mathematik und Physik und deren Lehrmethode, Leipzig 1786. S. 92 ff.
¹⁰⁴) Treutlein, S. 60.
¹⁰⁵) Ibid. S. 61.
¹⁰⁶) Gerhardt, S. 43.
¹⁰⁷) Kästner, 1. Theil. S. 119.
¹⁰⁸) Treutlein, S. 65.
¹⁰⁹) Ibid. S. 73.
¹¹⁰) Cantor, S. 367.
¹¹¹) Treutlein, S. 77.
¹¹²) Ibid. S. 80 ff.
¹¹³) Ibid. S. 87.
¹¹⁴) Ibid. S. 89.
¹¹⁵) Ibid. S. 93 ff.
¹¹⁶) Breusing, zur Geschichte der Kartographie, Zeitschr. f. wissensch. Geographie. 2. Band. S. 130.
¹¹⁷) Schwarz, S. 14.
¹¹⁸) Treutlein, die deutsche Cosa, Abh. z. Gesch. d. Math., 2. Heft, Leipzig 1879. S. 17.
¹¹⁹) Leupold, Theatrum arithmetico-geometricum, Lipsiae 1727. S. 3.

[116]) Günther, Johann Werner von Nürnberg und seine Beziehungen zur mathematischen und physischen Erdkunde, Halle 1878.
[117]) Apian, Introductio geographica in doctissimas Verneri annotationes, contiuens plenum intellectum et judicium omnis operationis, quae per sinus et chordas in Geographia confici potest, adjuncto Radio Astronomico cum quadrante novo Meteoroscopii loco longe utilissimo, Norimbergae 1533.
[118]) Adjuncta est et epistola Joannis de Regiomonte ad reverendissimum Patrem et Dominum D. Bessarionem Cardinalem Nicenum, atque patriarcham Constantinopolitanum, de compositione et usu ejusdem Meteoroscopii armillaris, Cui recens jam Opera Petri Apiani accessit Torquetum Instrumentum pulcherrimum, suae et utilissimum. ibid. 1533.
[119]) Kästner, 2. Theil, Göttingen 1797. S. 545.
[120]) Introductio geographica Petri Apiani in doctissimas Verneri annotationes, cui recens jam opera P. Apiani, accessit Torquetum instrumentum pulcherrimum suae et utilissimum, Ingolstadii 1537.
[121]) Kästner, 2. Theil. S. 549.
[122]) Cantor, S. 633.
[123]) Kästner, 2. Theil. S. 548.
[124]) Apian, Introductio etc. 8 ff.
[125]) Ibid. S. 20.
[126]) Instrumentum sinuum, seu primi mobilis, nuper a Petro Apiano inventum, nunc autem ab eodem diligenter recognitum ac locupletatum. Cujus tractatione, cum genuinus et latissimus pateus Sinuum usus clarissime deprehenditur, tum vero quicquid eorundem Sinuum auxilio in rebus astronomicis ratiocinando indagari potest, facillime et celerrime conficitur, Norimbergae 1541.
[127]) Ibid. S. 9.
[128]) Kästner, 1. Theil, S. 578 ff.
[129]) Curtze, Reliquiae Copernicanae, Zeitschr. f. Math. u. Phys., 20. Jahrg. S. 221 ff.
[130]) Ibid. S. 230.
[131]) Kästner, 1. Theil. S. 404.
[132]) Cosmographicus Liber Petri Apiani Mathematici studiose collectus, Landshuti 1524. S. 105.
[133]) Maedler, Populäre Astronomie, Berlin 1861. S. 591.
[134]) Ein künstlich Instrument oder Sonnen ur, dardurch auch vil nutzbarliche Dinge gefunden werden, als dy regierenden Planeten zu allen stunden und die natur oder eygenschafft der menschen, so unter dem auffsteigen der XII zeichen geborn seindt, auch wirt hirane beschlossen ein Instrument dardurch man auss einer ytzlichen Sonnen ur, Compas oder Maur ur die stundt zu nacht bey monschein finden mag, des gleichen, auss dem lauff der gestirn des herrwagens, durch Petrum Apianum Mathematicum gemert und erclerth Landshut 1524.

[135]) Ibid. S. 11.
[136]) Wolf, Geschichte der Astronomie, München 1877. S. 8.
[137]) Quadrans Apiani Astronomi et jam recens inventus et nunc primum editus, Ingolstadii 1532.
[138]) Ibid. S. 24 ff.
[139]) Ibid. S. 21.
[140]) Ibid. S. 31.
[141]) Kästner, 1. Theil. S. 656 ff.
[142]) Apian, Quadrans. S. 26.
[143]) Cantor, S. 642.
[144]) Kästner, 2. Theil. S. 578.
[145]) Ibid. 1 Theil. S. 569 ff.
[146]) Ibid. 2. Theil. S. 577.
[147]) Horoscopium Apiani generale, dignoscendis horis cujuscunque generis aptissimum, neque id ex sole tantum sed et noctu ex luna, aliisque planetis et stellis quibusdam fixis, quo per universum Rhomanum imperium at que adeo ubivis, gentium uti queas, Ingolstadii 1533.
[148]) Introductio, S. 29 ff.
[149]) Günther, Die Lehre von der Erdrundung und Erdbewegung im Mittelalter bei den Arabern und Hebräern, Halle 1878. S. 65.
[150]) Wolf, S. 161.
[151]) v. Bauernfeind, Die Elemente der Vermessungskunde, I. Band, München 1879. S. 390 ff.
[152]) Bretschneider, Die Geometrie und die Geometer vor Euklides, Leipzig 1870. S. 43.
[153]) Introductio, S. 38 ff.
[154]) Wolf, Handbuch der Mathematik, Physik, Geodäsie u. Astronomie, II. Band, Zürich 1872. S. 117.
[155]) Apian, De radio astronomico et geometrico Liber, Antverpiae 1545.
[156]) Folium Populi Instrumentum hoc a Petro Apiani jam recens inventum et in figuram folii populi redactum per radios Solis toto orbe horas communes ostendit ex quibus horae ab ortu et occasu Solis, deinde etiam horae Judaeorum, quae in sacrarum litterarum lectione per utramque Testamentum cognitu admotum sunt necessariae, deprehendi facillime possunt, Ingolstadii 1533.
[157]) Kobolt, Ergänzungen und Berichtigungen zum baierischen Gelehrten-Lexikon, Landshut 1824. S. 18.
[158]) Joannis Verneri Norimbergensis recens interpretamentum in primam librum Geographiae Cl. Ptolemaei, Norimbergae 1532. S. 84.
[159]) Cantor, die römischen Agrimensoren und ihre Stellung in der Geschichte der Feldmesskunst, Leipzig 1876. S. 20 ff.
[160]) Nicolaus Copernicus aus Thorn über die Kreisbewegungen der Weltkörper, deutsch von Menzzer, Thorn 1879. S. 91.
[161]) Schuckburch, An Account of the equatorial instrument, Philosophical Transactions, 1793. P. I. art. X.

¹⁰⁰) Kästner, Anfangsgründe der angewandten Mathematik, 2. Theil, Göttingen 1781. S. 297.
¹⁰¹) Gunther, Die mathematische Sammlung des germanischen Museums zu Nürnberg, Leopoldina, 1878. S. 109.
¹⁰²) Sequitur hic compositio torquoti a Petro Apiano nunc recens inventi et quod potuit fieri brevissima descripta, Norimbergae 1532.*)
¹⁰³) Kästner, 2. Theil. S. 564.
¹⁰⁴) Doppelmayr, Historische Nachricht von den Nürnbergischen Mathematicis und Künstlern, Nürnberg 1730. S. 94.
¹⁰⁵) Inventum Petri Apiani: das ist, Beschreibung eines geometrischen Instruments, durch welches ohne alle rechnung gar behend und leichtlich, allerley höche, weitte, tieffe und breite, auch allerley flächen und ebenen Inhalt abgemessen, und ander mehr nützlich sachen erkundigt werden, durch M. Georgium Galgemayr, Augspurg 1616.
¹⁰⁶) Kästner, 2. Theil. S. 756 ff.
¹⁰⁷) Pet. Apiani Organon Catholicon, das ist: Ein allgemeines Mathematisches Instrument, welches allenthalben in der alten und neuen Welt nutzlich und wol kann gebraucht werden: Allen der Mathematischen Künsten Liebhabern zu gutem in Teutscher Sprach beschrieben durch Georgium Galgemayr Danuverthanum, Nürnberg 1626.
¹⁰⁸) Ibid. S. 18 ff.
¹⁰⁹) Ibid. S. 19.
¹¹⁰) v. Brühl — v. Zach, Über die Untersuchung astronomischer Kreise, (Hindenburg's Archiv der reinen u. angew. Mathem., 1. Band. S. 257 ff.)
¹¹¹) Vossius, S. 188.
¹¹²) Ibid. S. 334.
¹¹³) Ibid. S. 424.
¹¹⁴) Ibid. S. 253.
¹¹⁵) Delambre, Histoire de l'astronomie moderne, Tome I., Paris 1821. S. 681.
¹¹⁶) A. v. Humboldt, Kosmos, 3. Band. S. 383.
¹¹⁷) Poggendorff, Geschichte der Physik, Leipzig 1879. S. 199.
¹¹⁸) Arago, Analyse historique et critique de la Vie et des Travaux de Sir William Herschel, Annuaire pour l'an 1842. S. 477 ff.
¹¹⁹) P. Apian, Astronomicon Caesareum, Ingolstadii 1540. S. 69.
¹²⁰) J. J. v. Littrow, Wunder des Himmels, Stuttgart 1869. S. 320 ff.
¹²¹) Clemens, Descriptio Bibliothecae Escurialis, cap. IV.
¹²²) Kepleri Opera, ed. Frisch, Tom. I. S. 78 ff.
¹²³) Westenrieder, S. 294.

*) Der sonderbare Titel erklärt sich dadurch, dass die Monographie über den Torquet in einem Sammelband als Anhang am end gedruckt ward.

¹²⁴) Haltuck, Über den Himmelsglobus des Archimedes, Zeitschr. f. Math. u. Phys., 22. Jahrg. Hist.-lit. Abtheil. S. 106.
¹²⁵) Poppe, Ausführliche Geschichte der Anwendung alter krummen Linien in mechanischen Künsten und in der Architektur, Nürnberg 1802. S. 37.
¹²⁶) Ibid. S. 42.
¹²⁷) Ibid. S. 41.
¹²⁸) Sphaera Joannis de sacrobusto astronomiae et cosmographiae candidatis scitu opprime necessaria per l'etrum Apianum accuratissime diligenter denuo recognita ac emendata, Ingolstadii 1526.
¹²⁹) Kästner, 1. Theil. S. 597 ff.
¹³⁰) Boncompagni, Della vita e delle opere di Gherardo Cremonese, Roma 1851. S. 13.
¹³¹) Gebri Filli Hispalensis, Astronomi vetustissimi pariter et peritissimi, libri IX de Astronomia, ante aliquot secula Arabice scripti et per Girardum Cremonensem latinitate donati, nunc vero omnium primum in lucem editi, Norimbergae 1534.
¹³²) Cantor, Vorlesungen etc. S. 682 ff.
¹³³) Introductio, S. 31 ff.
¹³⁴) Kästner, 2. Theil, S. 546 ff.
¹³⁵) Astronomicon Caesareum, S. 3.
¹³⁶) Gunther, Der Wapowski-Brief des Coppernicus und Werner's Traktat über die Bewegung der achten Sphäre, Mittheil. d. Copp.-Vereins zu Thorn, 2. Heft.
¹³⁷) Astronomicon Caesareum, S. 4.
¹³⁸) Ibid. S. 10.
¹³⁹) Ibid. S. 38.
¹⁴⁰) Ibid. S. 44 ff.
¹⁴¹) Ibid. S. 55 ff.
¹⁴²) Ibid. S. 69 ff.
¹⁴³) Ibid. S. 76.
¹⁴⁴) Poggendorff, S. 726.
¹⁴⁵) Maedler, Geschichte der Himmelskunde, 1. Theil, Braunschweig 1873. S. 183.
¹⁴⁶) Wolf, S. 267.
¹⁴⁷) Kepleri Opera Omnia, Vol. III. 1860. S. 234 ff.
¹⁴⁸) Ibid. Vol I. 1858. S. 78 ff.
¹⁴⁹) Weidler, Historia Astronomiae, Vitebergae 1741. S. 349.
¹⁵⁰) Wolf, S. 266.
¹⁵¹) Novae theoricas planetarum etc. Vgl. Note 15).
¹⁵²) Novae theoricae, S. 37.
¹⁵³) Ibid. S. 43 ff.
¹⁵⁴) Schwarz, S. 14.
¹⁵⁵) Kobolt, Bayr. Gel. Lexikon etc. S. 89.
¹⁵⁶) Ibid. S. 51.
¹⁵⁷) Practica auff da 1582. Jar Zu Eren den Durchleuchtigen Hochgebornen Fürsten unnd Herrn Wilhelmen unnd Ludwigen Pfalz bey Rheyn Hertzogen in Obern und Nidern Bayrn und Gebrüdern,

durch Petrum Apianum, der löblichen Hohenschul zu Ingolstadt Mathematicum, nach rechter kunst und art der Astronomei Practicirt, Landshut 1531.
[123] Bibliotheca Foeringeriana, München 1890. S. 88.
[124] Practica etc. S. 4.
[125] Ibid. S. 6.
[126] Ibid. S. 33.
[127] Bericht der Observation etc. S. 2 ff.
[128] Ibid. S. 3 ff.
[129] Ibid. S. 7 ff.
[130] Ibid. S. 16.
[131] Practica etc. S. 61.
[132] Ibid. S. 64.
[133] Ibid. S. 66.
[134] Ibid. S. 68.
[135] Astronomicon Caesareum, S. 84 ff.
[136] Ibid. S. 88.
[137] Ibid. S. 90 ff
[138] Olbers, Über den von Apian 1533 beobachteten Kometen, Bode's Astronom. Jahrb. für 1800.
[139] Astronomicon Caesareum, S. 93.
[140] Pingré, Cométographie ou traité historique et théorique des comètes, A Paris 1773. S. 486 ff.
[141] Ibid. S. 491.
[142] Maedler, Gesch. d. Himmelsk., 1. Band. S. 85.
[143] Wolf, Handbuch etc., 2. Band. S. 341.
[144] Hind, Die Kometen, deutsch von Maedler, Leipzig 1854. S. 37.
[145] Pingré, S. 497.
[146] Ibid. S. 600.
[147] Ibid. S. 499.
[148] Wolf, Gesch. d. Astr., S. 407.
[149] Kästner, 2. Theil. S. 561.
[150] Hyeronymi Fracastori Homocentrica, Venetiis 1508. S. 117.
[151] Pingré, S. 494.
[152] Gassendi, Tychonis Brahei, Equitis Dani, Astronomorum Coryphaei, Vita, Hagae Comitum 1655. S. 46 ff.
[153] Maedler, 1. Band. S. 172.
[154] Kästner, 2. Theil. S. 560.
[155] Mensinga, Über alte und neue Astrologie, Berlin 1871.
[156] Billwiller, Die Astrologie, Zürich 1878.
[157] Haebler, Astrologie im Alterthum, Freiberg 1879.
[158] Ein künstlich Instrument etc. S. 15 ff.
[159] Ibid. S. 21 ff.
[160] Ibid. S. 30 ff.
[161] Ibid. S. 32.
[162] Practica etc. S. 7.
[163] Ibid. S. 8.
[164] Ibid. S. 28.
[165] Kobolt, S. 51.
[166] Practica, S. 69.
[167] Ibid. S. 70.

[168] Tollin, Michaeli Villanovani (Serveti) in quendam medicum Apologetica disceptatio pro Astrologia, Berlin 1880. S. 35.
[169] Bericht etc. S. 19.
[170] Vitellionis Mathematici perspectiva, id est, de natura, ratione et projectione radiorum visus. Nunc primum Opera Georgii Tanstaetter et Petri Apiani in lucem aedita, Norimbergae 1535.
[171] Schwarz, S. 14.
[172] Kobolt, S. 51.
[173] Kästner, 1. Theil. S. 278.
[174] Chasles, Geschichte der Geometrie, hauptsächlich mit Bezug auf die neueren Methoden, deutsch von Sohncke, Halle 1839. S. 602 ff.
[175] Whewell, Geschichte der induktiven Wissenschaften, deutsch v. Littrow, 2. Band, Stuttgart, 1840. S. 40 ff.
[176] Curtze, Analyse der Handschrift R 4° 2, Problematum Euclidis explicatio, der k. Gymnasialbibliothek zu Thorn. Leipzig 1869. S. 68.
[177] Liber Jordani Nemorarii viri clarissimi de ponderibus propositiones XIII. et earundem demonstrationes, multarumque rerum rationes sane pulcherrimas complectens, nunc in lucem editus. Cum gratia et privilegio Imperiali, Petro Apiano Mathematico Ingolstadensi ad XXX. annos concesso Norimbergae 1533.
[178] Curtze, S. 49.
[179] D'Avézac, Coup d'oeil historique sur la projection des cartes de géographie. Bulletin de la soc. de géogr., 1863. S. 311.
[180] Cassini, Von Ursprung, Fortgang und Aufnahme der Sternkunde und deren Nutzen in der Erdbeschreibung und Schifffarth, deutsch von Kordenbusch, Nürnberg 1771. S. 34.
[181] D'Avézac, Allocution à la société de géographie, Paris 1872. S. 14.
[182] Peschel-Ruge, Geschichte der Erdkunde bis auf Alexander v. Humboldt und Carl Ritter, München 1877. S. 260 ff.
[183] Mayer, Memoir on a mappemonde by Leonardo da Vinci, being the earliest map hitherto known containing the name of America: now in the royal collection at Windsor, London 1865.
[184] Wieser, Magelhâens-Strasse und Austral-Continent auf den Globen des Johannes Schöner, Innsbruck 1881. S. 26 ff.
[185] Ghillany, Geschichte des Seefahrers Martin Behaim, nach den ältesten Urkunden bearbeitet, Nürnberg 1853. S. 5. ff
[186] Apian, Declaratio et usus typi cosmographici, Ratisponae 1522.
[187] Kästner, 2. Theil, S. 576.
[188] Isagoge in Typum Cosmographicum seu Mappam Mundi (ut vocant) quam Apianus sub illustrissimi

¹⁰¹) Kobolt, Ergänzungen etc. S. 16.
¹⁰²) Isagoge etc. S. 4.
¹⁰³) Cosmographicus Liber etc. Vgl. Note 136.)
¹⁰⁴) Gesner, S. 66.
¹⁰⁵) Baumgartner, S. 40 ff.
¹⁰⁶) Kästner, 2. Theil. S. 566 ff.
¹⁰⁷) Joannis Verneri Nurembergensis recens interpretamentum in primum librum Cl. Ptolemaei, Norimbergae 1514. S. 1. S. 32.
¹⁰⁸) Cosmogr. Liber etc. S. 11.
¹⁰⁹) Ibid. S. 16.
¹¹⁰) Ibid. S. 26 ff.
¹¹¹) Peschel-Ruge, S. 401.
¹¹²) Cosmogr. Liber etc. S. 30 ff.
¹¹³) Peschel-Ruge, S. 404.
¹¹⁴) Wolf, S. 379.
¹¹⁵) Karsten-Weyer, Allgemeine Encyklopädie der Physik, 1. Band, Leipzig 1869. S. 576.
¹¹⁶) Cosmogr. Liber etc. S. 36.
¹¹⁷) Kästner, 1. Theil. S. 640 ff.
¹¹⁸) Cosmogr. Liber etc. S. 36.
¹¹⁹) v. Prantl, 1. Band. S. 311.
¹²⁰) Günther, Analyse einiger kosmographischer Codices der Münchener Hof- und Staatsbibliothek, Halle 1879. S. 390.
¹²¹) Cosmogr. Liber etc. S. 44. ff.
¹²²) Ibid. S 58.
¹²³) Ibid. S. 60.
¹²⁴) D' Avézac, Comp d' oeil etc. S. 311.
¹²⁵) Peschel-Ruge, S. 411.
¹²⁶) D' Avézac, S. 313.
¹²⁷) Peschel-Ruge, S. 668 ff.
¹²⁸) A. Tissot, Mémoire sur la répresentation des surfaces et les projections des cartes géographiques, Nouv. Annal. de Mathém., supplém. au tome XIX. (2. sér.) S. 7 ff.
¹²⁹) Cassini-Kordenbusch, S. 35.
¹³⁰) Cosmogr. Liber etc. S. 61 ff.
¹³¹) Ibid. S. 70 ff.
¹³²) Ibid. S. 87.
¹³³) Ibid. S. 94 ff.
¹³⁴) Ibid. S. 76.
¹³⁵) Peschel-Ruge, S. 390.
¹³⁶) Ibid. S. 416.
¹³⁷) Wolf, S. 375.
¹³⁸) Ibid. S. 380.
¹³⁹) Ruge, Geschichte der sächsischen Kartographie im 16. Jahrhundert, Zeitschr. f. wissensch. Geographie, 2. Band. S. 91.
¹⁴⁰) Kepleri Opera, Vol. II. 1858. S. 82.
¹⁴¹) Wiedemann, S. 61.
¹⁴²) Quetelet, Histoire des sciences mathématiques et physiques chez les Belges, Bruxelles 1871. S. 79.

¹⁴³) Kästner, 2. Band. S. 573.
¹⁴⁴) Cosmographia Petri Apiani, per Gemmam Frisium apud Lovanenses Medicum ac Mathematicum insignem, jam demum ab omnibus vindicata mendio ac nonnullis quoque locis aucta, et annotationibus marginalibus illustrata, Additio ejusdem argumenti libellis ipsius Gemmae Frisii, Coloniae Agrippinae 1574.
Cosmographia Petri Apiani, per gemmam Frisium apud Lovanenses Medicum ac Mathematicum insignem, jam demum ab omnibus vindicata mendis, ac nonnullis quoque locis aucta, figurisque novis illustrata: Additis ejusdem argumenti libellis ipsius Gemmae Frisii, Parisiis 1531.
¹⁴⁵) Kästner, 2 Theil. S. 574.
¹⁴⁶) La cosmografia de Pedro Apiano, corregida y anadida por Gemma Frisio Medico y Mathematico, En Anvers 1575.
¹⁴⁷) Cosmographie on déscription des quatre parties du monde contenant la Situation, division et entendue de chacune Region et province d' icelles Escrite en Latin par Pierre Apian corrigée etc. En Anvers 1581.
¹⁴⁸) Varnhagen, Jo. Schoner e P. Apiano (Benewitz). Influencia de um e outro e de varios de seus contemporaneos na adopção do nome America: primeiros globos e primeiros mappas — mundi com este nome; globo de Waltzemoller, e plaquette acerca do de Schoener, Vienne 1872. S. 39.
¹⁴⁹) Albinus, S. 351.
¹⁵⁰) Lipenius, Bibliotheca realis Philosophica omnium materiarum, rerum, et titulorum in universo totius philosophiae ambitu occurrentium, Francofurti ad Moenum 1682. S. 490.
¹⁵¹) Varnhagen, S. 17 ff.
¹⁵²) Westenrieder, S. 294.
¹⁵³) Cellius, S. 4.
¹⁵⁴) Ibid. S. 9.
¹⁵⁵) Dolch, Geschichte des deutschen Studententhums Leipzig 1845. S. 156 ff.
¹⁵⁶) v. Prantl, 1. Band. S. 96.
¹⁵⁷) Ibid. S. 93.
¹⁵⁸) Cellius, S. 11.
¹⁵⁹) Strauss, Leben und Schriften etc. S. 377.
¹⁶⁰) M. Adam, Vitae Germanorum Medicorum, qui seculo superiori, et quod excurrit, claruerunt, Heidelbergae 1620. S. 112 ff.
¹⁶¹) Kästner, 1. Band. S. 455 ff.
¹⁶²) Cellius, S. 12.
¹⁶³) Ibid. S. 13.
¹⁶⁴) Ibid. S. 14.
¹⁶⁵) v. Prantl, 2. Band. S. 494.
¹⁶⁶) Zeller, Ausführliche Merkwürdigkeiten der hochfürstlichen Universität und Stadt Tübingen, Tübingen 1743. S. 301.

⁴⁰⁷) Peschel-Ruge, S. 651.
⁴⁰⁸) Rotmar-Engerd, S. 250.
⁴⁰⁹) Cellius, S. 16.
⁴¹⁰) Freher, Theatrum vivorum eruditione clarorum, Norimbergae 1658. S. 1483.
⁴¹¹) Cellius, S. 14.
⁴¹²) Isella, S. 213.
⁴¹³) Westenrieder, S. 312.
⁴¹⁴) v. Prantl, 1. Band. S. 318.
⁴¹⁵) Cellius, S. 16.
⁴¹⁶) Conte Nerio Malvezzi, Lettere d' illustri astronomi trovate in Bologna, (Koenigsberger-Zeuner's Repertorium der literarischen Arbeiten aus dem Gebiete d. reinen u. angew. Mathem. 1. Band. S. 186 ff.)
⁴¹⁷) Volkmann, Historisch-kritische Nachrichten von Italien, 1. Band, Leipzig 1777. S. 444.
⁴¹⁸) Ibid. S. 445.
⁴¹⁹) v. Prantl, 1. Band. S. 319.
⁴²⁰) Ibid. S. 197.
⁴²¹) Ibid. S. 267.
⁴²²) Cellius, S. 28.
⁴²³) v. Prantl, 1. Band. S. 284 ff.
⁴²⁴) Ibid. S. 320.
⁴²⁵) Gerhardt, Die Algebra in Italien, Archiv d. Math. u. Phys., 3. Theil. S. 280.
⁴²⁶) Strauss, S. 297.
⁴²⁷) v. Prantl, 1. Band. S. 272.
⁴²⁸) Ibid. S. 273.
⁴²⁹) Ibid. S. 329.
⁴³⁰) Westenrieder, Beiträge zur vaterländischen Historie, Geographie, Statistik, 2. Band, München 1803. S. 254.
⁴³¹) v. Prantl, 1. Band. S. 166.
⁴³²) Ibid. S. 267.
⁴³³) Ibid. S. 331.
⁴³⁴) Ibid. 2. Band. S. 491.
⁴³⁵) Ibid. 1. Band. S. 329.
⁴³⁶) Westenrieder, Beiträge etc. S. 251.
⁴³⁷) v. Prantl, 2. Band. S. 258 ff.
⁴³⁸) Westenrieder, S. 257 ff.
⁴³⁹) v. Prantl, 1. Band. S. 259 ff.
⁴⁴⁰) Westenrieder, S. 259 ff.
⁴⁴¹) v. Prantl, 2. Band. S. 259 ff.
⁴⁴²) Ibid. S. 263.
⁴⁴³) Westenrieder, S. 277.
⁴⁴⁴) Ibid. S. 279 f.
⁴⁴⁵) Ibid. S. 280.
⁴⁴⁶) v. Prantl, 1. Band. S. 312.
⁴⁴⁷) Cellius, S. 20.
⁴⁴⁸) Ibid. S. 21.
⁴⁴⁹) Ibid. S. 21.
⁴⁵⁰) Ibid. S. 18.
⁴⁵¹) Ibid. S. 19.
⁴⁵²) Strauss, S. 44.

⁴⁵³) Ibid. S. 295.
⁴⁵⁴) Peschel-Ruge, S. 411.
⁴⁵⁵) Reitlinger-Neumann-Gruner, Johannes Kepler, 1. Theil, Stuttgart 1868. S. 81.
⁴⁵⁶) Schnurrer, S. 387.
⁴⁵⁷) Cellius, Imagines Professorum Tubingensium Senatorii praecipue ordinis, Tubingae 1596. K, 1.*)
⁴⁵⁸) Cellius, Oratio etc. S. 20.
⁴⁵⁹) Strauss, S. 32.
⁴⁶⁰) Frischlin, Poppysmus grammaticus, pro strigula sua grammatica, adversus M. Crusii antistrigilem, Pragae 1587. 2. Dial. S. 285.
⁴⁶¹) Kästner, 2. Theil. S. 444.
⁴⁶²) Strauss, S. 335.
⁴⁶³) Ibid. S. 364.
⁴⁶⁴) Cellius, Oratio etc. 24.
⁴⁶⁵) Zeller, 601.
⁴⁶⁶) Klüpfel, Geschichte und Beschreibung der Universität Tübingen, Tübingen 1849. S. 95.
⁴⁶⁷) Strauss, S. 283 ff.
⁴⁶⁸) Reitlinger, S. 82.
⁴⁶⁹) Cellius, Oratio etc. S. 17.
⁴⁷⁰) Ibid. S. 22.
⁴⁷¹) Ibid. S. 22.
⁴⁷²) Ibid. S. 20.
⁴⁷³) Freher, S. 1483.
⁴⁷⁴) Cellius, Oratio etc. S. 32.
⁴⁷⁵) Ibid. S. 34.
⁴⁷⁶) Ibid. S. 35.
⁴⁷⁷) Crusius, Annalium Suevicorum Dodecas tertia, Francofurti a. M. 1596. S. 627.
⁴⁷⁸) Cellius, Imagines etc. D, L.
⁴⁷⁹) Cellius, Oratio etc. S. 21.
⁴⁸⁰) Reitlinger, S. 82.
⁴⁸¹) Freher, S. 1483.
⁴⁸²) Cellius, S. 12.
⁴⁸³) v. Wolf, Kurtzer Unterricht von den vornehmsten Mathematischen Schrifften, Halle 1717. S. 8.
⁴⁸⁴) Novae Quaestiones sphaericae hoc est de circulis coelestibus et primo mobili, in gratiam studiosae juventutis scriptae a M. Sebastiano Theodorico Winshemio, Matheseos Professore, Vitebergae 1591.**)
⁴⁸⁵) Kästner, 2. Theil. S. 464 ff.
⁴⁸⁶) Epitome Astronomiae, quae brevi explicatione omnia tam ad sphaericam, quam ad theoricam ejus partem pertinentia, ex ipsius scientiae fontibus deducta, perspicue traduntur, conscripta per Mi-

---

*) Das Cellius Buch zählt noch alter Sitte noch nach „Alphabeten", jedes Alphabet wird für sich numerirt.

**) Diese Ausgabe, welche wir hier nach Kästner citiren, muss natürlich misstrauisch eine Vorlauferin gehabt haben, da ja von dieser selbst Cellius bei Entwerfung seiner Rede noch gar keine Kenntnis haben konnte. Dafür spricht auch, dass der Winshemius Schwiegervater, wie Kästner (a. a. O.) berichtet, bereits 1570 starb, und die Festrede Theoderich's dürfte wohl noch bei Lebzeiten des Erstern gefunden haben.

chaelem Maestlinum Goeppingensem, Tubingae 1582.
⁴⁰⁷) Kästner, 2. Theil. S. 457.
⁴⁰⁸) Wolf, Gesch. d. Astron. etc. S. 249.
⁴⁰⁹) Reitlinger, S. 86.
⁴¹⁰) Gassendi, S. 16.
⁴¹¹) Ein kurze und gründliche Anleitung zu dem rechten Verstand Geometriae durch Christoffen Puehler von Syclas in Ungarn, gemacht und von neuem beschrieben, Dillingen 1563.
⁴¹²) Kästner, 2. Theil. S. 673 ff.
⁴¹³) Cellius, S. 41.
⁴¹⁴) Ibid. S. 89.
⁴¹⁵) Ibid. S. 40.
⁴¹⁶) Westphal, Leben, Studium und Schriften des Astronomen Johann Hevellus, Königsberg 1820. S. 38.
⁴¹⁷) Cellius, S. 14.
⁴¹⁸) v. Prantl, 2. Band. S. 489.
⁴¹⁹) Kobolt, Bayr. Gel.-Lexikon etc. S. 82.
⁴²⁰) Vossius, S. 66.
⁴²¹) Cellius, S. 15.
⁴²²) Kobolt, Ergänz. u. Berichtig. etc. S. 21.
⁴²³) Vossius, S. 258.
⁴²⁴) De utilitate trientis, instrumenti astronomici novi libellus: a Philippo Apiano conscriptus, et nunc primum in lucem editus, Tubingae 1586.
⁴²⁵) Kästner, 2. Theil. S. 578 ff.
⁴²⁶) De utilitate trientis etc. S. 12 ff.
⁴²⁷) Ibid. S. 14 ff.
⁴²⁸) Ibid. S. 21 ff.
⁴²⁹) Ibid. S. 38 ff.
⁴³⁰) Ibid. S. 48 ff.
⁴³¹) Duppelmayr, S. 123.
⁴³²) Gassendi, S. 94.
⁴³³) Riccioli, S. XLII.
⁴³⁴) Tychonis Brahe Dani, Astronomiae Instauratae Progymnasmata, Pragae Bohemiae 1610. S. 643.
⁴³⁵) Ibid. 645.
⁴³⁶) Ibid. S. 651.
⁴³⁷) Ibid. S. 650.
⁴³⁸) v. Prantl, 1. Band. S. 328.
⁴³⁹) Peschel-Ruge, S. 681.
⁴⁴⁰) Ibid. S. 417.
⁴⁴¹) Peschel, Neue Probleme der vergleichenden Erdkunde als Versuch einer Morphologie der Erdoberfläche, Leipzig 1878. S. 142.
⁴⁴²) v. Sydow, Die Kartographie Europa's bis zum Jahre 1857, (Petermann's) Geographische Mittheilungen, 1857. S. 73 ff.
⁴⁴³) v. Prantl, 2. Band. S. 260.
⁴⁴⁴) v. Aretin, Beyträge zur Geschichte und Literatur 2. Band, München 1804. S. 71. ff.
⁴⁴⁵) Peschel-Ruge, S. 417.
⁴⁴⁶) Kobolt, Ergänz. u. Berichtig. etc. S. 19 ff.
⁴⁴⁷) Baierische Land-Tafeln XXIII, darinnen das hochlöblich Fürstenthumb Obern und Niedern Bayrn, sampt Obern Pfaltz, Ertz Stifft Saltzburg und Eychstett und andern merern anstoessenden Herrschafften mit fleiss beschriben und in Truck gegeben durch Ph. Apianum, getruckt zu München 1566.*)
⁴⁴⁸) Baierische Land-Tafeln XXIII darinnen das hochlöblich Fürstenthumb Obern und Nidern Bayern, sambt der Obern Pfaltz, Ertz Stifft Saltzburg und Eychstett und andern merern anstoessenden Herschaften mit vleiss beschriben und in Druck gegeben, durch Ph. Apianum, in Ingolstadt 1568.
⁴⁴⁹) Chur-Baierische Landtafeln in XXIII Stuck abgetheilt, darinnen die Hochlöbl. Chur unnd Fürstenthumber Obern und Nidern Bayrn, auch die Obere Pfalz, sampt darannstoessenden Ertz and Stifftern Salzburg, Eychstett, Passau **) etc. und andere Herrschaften. Im Jahr 1566 anfänglich beschriben und mit Truck verfertigt durch Ph. Apianum. Nachgetruckt zu München 1651.
⁴⁵⁰) Peschel-Leipoldt, Physische Erdkunde, 1. Band, Leipzig 1879. S. 561.
⁴⁵¹) Simony, Das Landschaftsbild als illustrirendes Element für eine wissenschaftliche Alpenkunde, Zeitschr. d. deutschen u. öster. Alpenvereins, Jahrg. 1880. S. 103.
⁴⁵²) Wolf, Geschichte der Vermessungen in der Schweiz, Zürich 1879. S. 6.
⁴⁵³) Cellius, S. 40.
⁴⁵⁴) M. Adam, Vitae Philosophorum etc. S. 347.
⁴⁵⁵) Rotmar-Engerd, S. 250.
⁴⁵⁶) Schoettgen, Historia der Chursächsischen Stiftsstadt Wurzen, Leipzig 1717. S. 381 ff.
⁴⁵⁷) Ibid. S. 389.
⁴⁵⁸) Kästner, 3. Theil. S. 468.
⁴⁵⁹) Schoettgen, S. 457.
⁴⁶⁰) Schwarz, S. 15.

---

*) Hierzu existirt noch eine Ausgabe auf Pergament, wahrscheinlich zu Dedikationsexemplaren bestimmt.
**) Dieser Name kommt in dieser Auflage zum erstenmale vor.